**伴你
走过 人间路**

杨恒均 著

中国青年出版社

代序 | 母亲的剪报

　　游荡了这么多年，从东到西，又从北到南，一年又一年，我在长大，知识在增加，世界在变小，家乡的母亲在变老。

　　21年前母亲把我送上了火车，从那以后，我一刻也没有停止探索这个世界。20年里，从北京到上海，从广州到香港，从纽约到华盛顿，从南美到南非，从伦敦到悉尼，我游荡过五十多个国家，在十几个城市生活和工作过。每到一个地方，从里到外，就得改变自己以适应新的环境，而唯一不变的是心中对母亲的思念。

　　IP电话卡出现后，我才有能力常常从国外给母亲打电话，电话中母亲兴奋不已的声音总能让我更加轻松地面对生活中的艰难和挑战。然而也有让我不安的地方，那就是我感觉到母亲的声音一次比一次苍老。过去两年里，母亲每次电话中总是反复叮嘱：好好在外面生活，不要担心我们，一定要照顾好自己，不要想着回来，回来很花钱，又对你的工作和事业不好，不要想着我们……说得越来越啰唆，啰唆得让我心疼——我知道，母亲想我了。

　　母亲今年75岁。

我毅然决定放下手头的一切工作，搁下心里的一切计划，扣下脑袋里的一切想法，回国回家去陪伴母亲一个月。这一个月里，什么也不干，什么也不想，只是陪伴母亲。

从我打电话告诉母亲的那一天开始到我回家，有两个月零八天。后来我知道，母亲放下电话后，就拿出一个本子然后给自己拟定了一个计划，她要为我回家做准备。那两个月里，母亲把我喜欢吃的菜都准备好，把我小时候喜欢盖的被子"筒"好，还为我准备在家里穿的衣服……这一切，对于一个行动不便、患有轻微老年痴呆症和白内障的75岁的老人来说，是多么的不容易，年轻的你肯定无法体会。直到我回去的前一天，母亲才自豪地告诉邻居：总算准备好了！

我回到了家。在飞机上，我很想见到母亲的时候拥抱她一下，但见面后我并没有这样做。母亲站在那里，像一支风干的劈柴，脸上的皱纹让我怎么也想不起以前母亲的样子，只有那笑容让我永远难忘，因为那笑容只属于我。

母亲花了好多个小时准备菜，她准备的都是我以前最喜欢吃的家乡小菜。但是我知道，我早就不再习惯我以前喜欢的菜。更何况，由于眼睛看不清，手也不稳，加上味觉的迟钝，母亲做的菜总是咸一碗、淡一碗的。母亲为我准备的被子是新棉花垫的，厚厚的像席梦思，压得我喘不过气来——我早就习惯空调被子和羊毛毯子了。但我都没有说出来，我是回来陪伴母亲的。

开始两天，母亲忙着张罗来张罗去，没有时间坐下来。后来有时间坐下来了，母亲就开始啰唆了。母亲开始给我讲人生的大道理，只是这些大道理是几十年前母亲反复讲过的。母亲注意到我有些心不在焉，就开始对照这些道理来检讨我的生活和工作。例如，我饭后没有"百步走"，我没有"早睡早起"，要我时刻记住不做亏心事和与人为善的原则等等。

我打断母亲的话，不耐烦地说，那些道理过时了，也老掉牙了，时代变了……这时，我看到母亲痴呆呆地坐在那里。

情况变得越来越糟糕。我发现母亲由于眼睛不好，做饭时不讲卫生，饭菜里竟然混进苍蝇，而且老习惯不改，饭菜掉在灶台上，她又会捡进碗里……于是我婉转地告诉母亲，我们到外面吃一点。母亲马上告诉我，外面吃不干净，假东西多。于是我找机会说，我想出钱为她请一个保姆。话音还没落，母亲就生气了。她站起来，在房间里一拐一拐、噼啪噼啪地转圈，一边说她自己还可以去给人家当保姆。我无话可说。

我要去逛街，母亲一定要去，结果我们一个上午都没有走到商场。买了东西，我要坐出租车，母亲说她晕出租车，结果只好提着大包挤公共汽车。

当我们坐下来讨论一些现在社会上的事情时，母亲总以老眼光看人和事，每每以为儿子已经误入歧途。而我也开始不客气地告诉母亲，时代进步了，不要再用老眼光看事物。

和母亲在一起的下半个月，我越来越多地打断母亲的话，越来越多地感到不耐烦，但我们从来没有争吵，因为每当我提高声音把自己的观点加给母亲的时候，她都会停下来，默默地坐在那里，浑浊的眼睛里充满迷茫和忧伤——不知道母亲在想什么。我想，也许母亲的老年痴呆症越来越严重了。

我要走之前，母亲从床底下吃力地拉出一个小纸箱，打开来，取出厚厚的一叠剪报。原来我出国后，母亲开始关心国外的事情，还专门订了份《参考消息》。每当她在报纸上看到国外发生的一些排华辱华事件，又或者国外出现严重的治安问题，她都会忧心忡忡地把它们剪下来，小心翼翼地放好。另外，她还把报纸上登载的一些小偏方治大病的小文章也剪下来收藏。她要等我回来，一起交给我。她常常说，出门在外，一要注意安全，二要有一个好身体。

　　几天前邻居告诉我，有一天母亲在家看一部日本人欺负华人的电视剧，在家哭了起来，第二天到处打听怎么样才能带消息到日本。那时我正在日本讲学。

　　母亲吃力地把那捆剪报搬出来，好像宝贝一样交到我手里，沉甸甸的。我为难了，我不可能带这些走，何况这些也没有什么用处，可是母亲剪这些资料的艰难也只有我知道——母亲看报必须使用放大镜，她一天可以看完两个版面就不错了，要剪这么大一捆资料，吃力可想而知。我正在为难，那一捆剪报里飘落下一片纸片。我想去捡，没有想到，母亲竟然迅速弯腰捡了起来。只是她并没有放进我手里的这捆剪报中，而是小心地收进了自己的口袋。

　　我问，妈妈，那一张剪报是什么？给我看一下。

　　母亲犹豫了一会，说那张剪报不是给你看的。我坚持要看那张剪报，并假意威胁，如果不给我看，我就不带这一堆剪报。母亲不情愿地把那张小剪报放在我怀里一叠剪报上面，转身到厨房准备晚餐去了。

　　我拿起那张小小的剪报，发现是一篇小文章，题目是"当我老了"，日期是《参考消息》2004 年 12 月 6 日（正是我开始越来越多打断母亲的话，对母亲不耐烦的时候）。我一口气读完这篇短文：

当我老了，不再是原来的我。请理解我，对我有一点耐心。

当我把菜汤洒到自己的衣服上时，当我忘记怎样系鞋带时，请想一想当初我是如何手把手地教你。

当我一遍又一遍地重复你早已听腻的话语，请耐心地听我说，不要打断我。你小的时候，我不得不重复那个讲过千百遍的故事，直到你进入梦乡。

当我需要你帮我洗澡时，请不要责备我。还记得小时候我千方百计哄你洗澡的情形吗？

当我对新科技和新事物不知所措时，请不要嘲笑我。想一想当初我怎样耐心地回答你的每一个"为什么"。

当我由于双腿疲劳而无法行走时，请伸出你年轻有力的手搀扶我。就像你小时候学习走路时，我扶你那样。

当我忽然忘记我们谈话的主题，请给我一些时间让我回想。其实对我来说，谈论什么并不重要，只要你能在一旁听我说，我就很满足。

当你看着老去的我，请不要悲伤。理解我，支持我，就像你刚开始学习如何生活时我对你那样。当初我引导你走上人生路，如今请陪伴我走完最后的路。给我你的爱和耐心，我会报以感激的微笑，这微笑中凝结着我对你无限的爱。

一口气读完，我差一点忍不住流下眼泪。这时母亲走出来，我假装什么也没有发生。我随手把那篇文章放在这一捆剪报里，然后把我的箱子打开，取出一套昂贵的西装，把剪报塞进去。我看到母亲特别高兴，仿佛那些剪报是护身符，又仿佛我接受了母亲的剪报，就又变成了一个好孩子。母亲一直把我送上出租车。

　　那捆剪报真的没有什么用处，但那篇"当我老了"的小纸片从此以后会伴随我……

　　现在这张小小的剪报就在我的书桌前，我把它镶在了镜框里。我把这文章打印出来，与像我一样的游子共享。在新的一年将要到来的时候，给母亲打个电话，告诉她你一直想吃她老人家做的小菜……

目录

上编

伴你
走过人间路

我与我的父亲母亲

这些年，父母在一个锅里吃饭，一起种花、卖花，一起散步、买菜，一起看电视，一起旅游，一起接听子女的电话……有时我甚至怀疑，他们可能还会约好，一起去想事、一起去做梦吧……

在母亲对我们的爱的面前，"我爱你"三个字显得如此轻浮和微不足道；而在我们对母亲的感情面前，"我爱你"却又如此沉重，沉重得让我无法开口。

要说爱你不容易，母亲！我只想年迈患病的你能够多给我一点时间，好让儿子有时间对你表达那三个字——这正是你传递给我的表达"我爱你"的方式：从来不说出口，默默地用自己的一生，无时无刻不让我们深深地感受到，你是那么爱我们……

父亲的影子多次出现在我写的小说中，父亲对我们姐弟四人特别是对我的影响是非常大的。从某种程度上说，我就是按照父亲的期望成长起来的。

直到工作多年后，人到中年时，才真正认真思考父亲，那已经是在自己当了父亲后。对照父亲的性格，检讨自己的性格；对照父亲的为人，检讨自己的为人；对照父亲的世界观，检讨自己的世界观……

父亲总是鼓励我们要背井离乡去追求理想，希望在他乡；母亲则总是在我们离开前悄悄告诉我们，如果我们遇到了挫折也不要太忧伤，总可以回到故乡，她永远在那里等着我们。正因为有了父亲，我们才充满希望，背起背囊到处流浪；正因为有了母亲，我们才从来没有陷入过绝望。只要有母亲在那里等着我们，随时迎接受挫的游子的归来，我坚信自己永远不会迷失方向，可是……

所有的人都有父母，他们的父母都会死去，所有
的人也总有一天会死去。我对生与死的思考、对
死亡的探索已经超过了我的家庭，我希望对所有
的人都有一些用处。

青年时的我常常身在人群中却感到莫名的孤独；政治上的过分敏感，往往造成过激；骨子里有些自卑，在和人交往中又常犯多疑的毛病；而且对未来缺乏持之以恒的信心和决心。

当我提高自身修养，克服性格上的这些缺陷的时候，我发现并发扬了父亲对我的另外一种影响。对政治和社会的敏锐让我不甘堕落，人间的不平路和人世间的不公正让我不会再保持沉默，对弱势和弱小的同情让我哪怕在最孤独的状态下，也感觉到充满力量。

我不再惧怕死亡，因为不再惧怕那个陌生的死亡的
世界，只因为我的母亲已经过去了——她老人家已
经过去了，那个世界不再陌生。有母亲的地方，就
是我的故乡。只要母亲在那边，她会把一切都准备好。

突然响起的电话铃声

2006 年 7 月 23 日，星期天。7 月是悉尼冬天里最冷的月份，可是与我待过的大多数地方相比，这里的冬天充其量只能算是早春或者深秋而已。这大概也是我在游荡了这么多年，最终选择把悉尼作为驿站落脚的原因之一。

这天，我起床后就去楼下的温水游泳池游了二十个来回。上楼洗完澡开始吃早餐。吃早餐时，小儿子一直在餐椅上跳上跳下，他和哥哥都放寒假了，正是无所事事闲得慌的时候。他声称我不久前的某一天答应过要带他去公园和海边玩，他说今天该兑现了，他想和哥哥到海滩去玩澳洲橄榄球（一种我至今没有搞懂规则的球）。

我佯装严肃地开始询问他这半年的学习情况，问他上学期在学校捣蛋了几次，是否被罚过站。他找出了上学期表现和成绩评估单，又得意地指了指墙上贴得像联合国彩旗似的表扬条和奖状。

我心里很高兴，但表面不动声色。我说，如果他半个小时内能够精读一本书，并用十句话告诉我那本书里讲了些什么，我就带他和哥哥到海边去。他从餐椅上跳下来，冲进房间，"哐当"一声把自己关在里面用功去了。

我躺在阳台的摇椅上，一边喝咖啡一边欣赏着窗外碧蓝的天空和翠绿的树梢，远处海港大桥的乌黑桥拱和悉尼歌剧院乳白色的圆顶在朝阳中相互辉映。

　　又是一个好天气！我的心情和悉尼一年四季晴空万里的天空一样，总是很开朗的。前几天，我第一次认真考虑，计划再赚一些钱就提前退休了。到时就可以有更多时间陪伴两个儿子，也有时间去从事自己喜欢的事情。想想不久就可以像那些澳洲的老人一样，悠闲地在海滩散步、晒太阳，在公园一边喂鸟一边喝咖啡，还可以躺在草地上一上午或者干脆一天都沉浸在阅读之中，我忍不住独自暗笑。在澳洲，人们越来越早地计划自己的退休，像我这样 41 岁就萌生退意的也不在少数。比起生出来就把享受放在第一位的澳洲人，我们这些华人的付出要多得多。出国 9 年，最艰难的年岁已经过去，没有理由不让享受的日子来得更快一点、更长一些……

　　这时，房间里的电话突然响起来，打断了我的思绪。我走进去抓起话筒，说了声"hello"，话筒里传来空洞的回声，我知道这是长途电话。等了几秒钟，我又"hello"了一声，姐姐有些沙哑的声音才传过来……

　　自从 9 年前出国后，我一直和父母保持着频繁的联系，特别是这些年 IP 电话卡让长途通话变得非常便宜，我几乎每个星期都和父母通一次电话。在父母身体不好时，更是两天没有听到他们的声音，心里就觉得不那么踏实。

　　由于我的电话打得勤，这些年来，家里人很少给我挂长途电话。

国内向国外打电话不但很贵，而且我一直在美国、澳洲和欧洲等地到处漂流，加上让他们糊涂的时差，他们既不知道把电话打到哪里去，也不知道什么时候打才不会把我从凌晨三点的熟睡中叫醒。

这几年，家里给我打过寥寥可数的几次电话，都是父母让姐姐或者哥哥打的。

第一次是美国发生911事件时。当时我住在华盛顿，那几天正好出差到纽约，在纽约时又正好打了一个电话给家里。所以，911事件发生时，父母都知道我正好在纽约，他们很担心，电话打到我的手机上，为了让他们放心，我说我已经离开纽约了。还有一次是印度洋海啸发生时，哥哥弄错了，他以为既然地处南边的澳洲和东南亚很近，肯定也受到了海啸的波及，害得父母又担惊受怕了好几天。

印象中，这几次电话都是父母担心我而打的。父母觉得人生地不熟的国外到处都有危险，如果少了他们的叮嘱，我就会随时迷失方向。作为儿子，本来是我关心他们才打电话，可还没有等我把关心的话讲出来，他们反过来噼里啪啦地左叮咛右嘱咐起来。弄到后来，只要超过一个星期没有打电话回去，他们就坐立不安，以为我出了什么事。所以，我定期给他们打电话，让他们关心我。

这些年，父母用那越来越苍老的声音一遍又一遍地叮嘱我注意事项，我心中对他们的关心和思念也与日俱增。我总想在电话里多询问一点有关他们的情况，看看我能够为他们做些什么。可是，谈起他们自己，父母就失去了兴趣。谈起我和我的家庭，他们就来劲了。我想，给父母最好的安慰和关心，就是给他们一个机会，让他们继续把你当小孩子来爱护和关心吧，让他们远离"老之将至"的感觉。

可是我毕竟担心他们，他们老是不多谈自己，也不是个事。而且，我从姐姐那里了解到，父母对我这个在外的游子采取的是报喜不报忧的策略，以免我在外为他们担惊受怕。几年前，父母甚至向姐姐和哥哥做出了明确的规定：他们的身体状况以及家庭经济情况不能不经他们同意就让我知道。

这个规定是有来历的。大概是早几年，哥哥、姐姐和我在电话聊天中透露了一些老家的情况，大概是母亲的退休金只能拿到三分之一、随州的房子四面漏风需要装修、看病越来越贵公费医疗不管用了等等。我知道后，就想办法或多或少寄一些钱回去。那些钱就国外收入来说微不足道，也不会影响我的生活水平。可是到父母手里就很管用了。谁知道父母扳指头一算，就痛心疾首起来，于是泄漏了"家庭机密"的哥哥姐姐成了挨批对象。姐姐说，父母说得活灵活现，仿佛已经看到我为了节约这些钱而过着省吃俭用的艰苦生活似的。

另外一个需要对我保密的就是父母生病住院的情况。在他们看来，我在国外每天都紧张兮兮，上顿还没有吃完，就开始为下一顿奔波，我是不应该为远在地球另外一边的父母的身体操心的。父母甚至要求我不要老是挂念着他们，以免影响自己的家庭、生活和工作。

一辈子都在家乡转悠的父母，是无法体会一个游子的心情的。对父母的挂念不但不会成为游子的羁绊，而且会成为他们漂泊途中的航标和前进的动力。

过去三年，父母的身体每况愈下，前后住过好几次院，除了有一次我从他们说话中听出来，其他几次竟然都是在他们出院后才告诉我的。事后他们都会爽朗地告诉我：我们已经好了，告诉你干什么？我们不是好了吗，哈哈……

此时此刻在这个冬日7月的早晨，姐姐有些沙哑的声音让我突然有了一种不祥的预感。我前天才打过电话回家，父亲接听的，他说妈妈正在休息，她上午到医院抽骨髓检查了。我很生气，我说肯定又是医院在搞鬼，他们为了赚钱，动不动就让人家检查这个检查那个。母亲曾经因为感冒而接受过不止一次的全身检查。在我印象中，抽骨髓是很痛苦的，那些医生太过分了。父亲打断我小声地说，母亲已经瘦得皮包骨了，医院只是怀疑，检查一下也好……

每一次知道父母到医院接受检查时，我都会隔两天打电话回去询问检查结果。按照他们说的，检查的结果都很棒，有些指标比我的体检结果还要正常。所以，我对这次的抽骨髓检查也没有在意，不准备打电话回去跟进了。姐姐打电话来该不是和这次检查有关吧？

姐姐沙哑的声音再次从话筒里传出来，妈妈抽骨髓的检查结果出来了，白血病，就是血癌，还是急性的……

我的脑袋先是嗡嗡直响，随后又一片空白，我呆呆地站了好一会，不知道说什么。当我开口说话时，我又不知道自己说了些什么。我大概质问了姐姐，检查结果是否可信。我又问这是什么病，病情如何，姐姐的回答我也懵懵懂懂。

我脑袋昏昏沉沉，好像有些犯困。我沉默了，不知道或者不愿意再提问题。姐姐理解了我的沉默，用低沉的声音说，医生说三个月到半年，一个感冒或者其他任何感染，妈妈随时有可能走……

放下电话转过身时，发现妻子和两个儿子都站在我背后。我讲电话的声音一定很异样。小儿子虽然已经换上到沙滩的衣服，不过他脸上的表情显示他知道计划取消了，很失望的样子。

我和姐姐约定，我暂时不打电话给母亲。母亲的检查结果出来后，医院通知了大姐和三哥，母亲还不知道确切结果。姐姐担心我这么快就打电话回去，如果掩饰不住感情，会让母亲察觉的。医生叮嘱了，母亲得的虽然是不治之症，但病人情绪的好坏以及配合治疗的程度将能决定生存期限的长短。无法猜测母亲对自己得病的反应，我们决定暂时隐瞒病情。

接下来的几天，我们姐弟四人先是在电话里进行了密切的磋商，随即按照商定好的，各自展开了行动。大姐是我们的老大，下岗后独自一人在广州经营一个牛仔布料公司，这一两年刚刚起步，公司员工已经达到20人。母亲生病的消息传来后，她立即放下公司业务，回到了湖北。这之后，已经50岁、身体也不好的姐姐背起一个小行囊，开始穿梭于武汉和广州之间，拿着母亲的各项检查结果和医生意见，去一个又一个血液科专家门诊咨询。

姐姐说是要多咨询几个专家，找到更好的治疗方法。我也非常同意，而且我和姐姐一样，希望某一天有一个专家看到姐姐呈现的检查结果后，哈哈一笑，随手把这些检查结果轻轻推开，轻描淡写地说：前面那些专家都弄错了，你母亲得的根本不是白血病，只不过是白血球减少或者一般的贫血而已。

当时放下电话我就想立即到机场买机票飞回去，但想想姐姐说的也很有道理。她说两个哥哥和她的意见是我不应立即回去，他们需要我暂时留在国外，要我拿着传真过来的检查结果和病历在澳洲和美国开辟另外一个战场，请洋专家会诊和确定治疗方案。

姐弟四人分工后我还有另外一个任务，那就是这些年我一直游荡其间的互联网——要从互联网上了解这种病，以及各种治疗方法和医院的分布地区、联系方式。两个哥哥，我的二哥和三哥，也都各负其责：下岗后到河南一个工厂打工的二哥负责联系河南的一些医院；留在家乡湖北随州的三哥和三嫂则负责父母日常的生活起居，并每天护送母亲往返医院。

一切似乎都安排得合情合理天衣无缝，我感到很满意。参加工作后，我们姐弟四人相聚机会不多，交流也少了。母亲诊断出白血病后，我们联系密切，同心协力，决定不惜一切帮助母亲战胜癌魔和死神。

回想过去，在那么艰难的情况下，父母含辛茹苦抚养和教育我们姐弟四人长大成人，这些年，我们姐弟都没有停止过奋斗，都在各自的领域和岗位走出了一条属于自己的路。凡是我们姐弟和父母齐心协力的时候，还没有什么困难是我们无法克服的，还没有什么事情是我们办不到的。

一场与血癌和死亡的战斗拉开了序幕，我信心十足，坚信只要不轻言放弃，团结一致，共同打拼，命运就掌握在我们自己手里……

母亲说，要分手的时候总是要分手的

我去了三家澳洲医院，拜访了三位血液病专家，可是他们说病人不在澳洲，按规定他们不能看病，也不能咨询。最后我通过熟人结识了其中两位，我到他们家里去拜访了他们，避免了医院的规定造成的麻烦。同时我还通过美国华盛顿的同事与那边的白血病专家取得联系，并在网上进行了咨询。

让我失望的是，这些外国专家的意见竟然和姐姐已经拜访过的中国血液病专家的高度一致。

我还不死心，在拜访另一位澳洲有名的专家时，我改变了策略。我把化验单上的一些中文字翻译成英文，讲了母亲的身体情况，没有把母亲在大陆的病历翻译给他听。我说，还没有确诊。那位白人专家随手翻看了厚厚的一叠化验单，抬起头狐疑地说，不可能没有确诊吧，非常明显的白血病。

这些我看不懂但又恨透了的化验单在那个外国专家那里似乎一目了然，他的结论同样快速而冰冷，一串字母我听不懂，但"急性白血病"几个字却像刀子一样划破了我最后的希望。

没有确诊的问题，他说，只有确定治疗方案的问题。说起治疗方法，他也是开门见山——化疗的话，母亲也许能够多活一段时间，如果不化疗，则估计在半年左右病发，因为很难保证一个 77 岁的老人半年内不得感冒或者任何感染！

澳洲专家的这一结论和武汉协和医院、广州中山医学院附属医院的专家意见一致。同时几位专家都认为，对于一名77岁的患者来说，化疗确实有很大的风险，甚至要有心理准备——患者在化疗过程中不是死于白血病，而是死于化疗引发的综合征。

最后我提出了这些天一直想问的话，把患者接到美国或者澳洲来治疗是否比在中国大陆要好一些？这里的技术是否要成熟一些？或者条件要好一些？

那位白人专家说，他并不了解中国大陆医疗技术和医院的条件怎么样，所以无法比较。但他也实话实说地告诉我，现在全世界治疗此种急性白血病的方式只有一种——就是化疗。而化疗技术是西医中普遍推广了的，没有什么亚洲模式或者中国特点，应该都一样。当然，他也对他们的先进性大肆吹嘘了一番，特别提到一些刚刚发明的用于减轻化疗病人痛苦的药物。他说，据他所知，那些药物还没有推广到亚洲各国。

我说，那我就带母亲到澳洲来进行化疗，减少母亲的痛苦是最重要的。可当我进一步询问细节时，专家却打住话头，抬起头打量了我一番，然后慢吞吞地说，你母亲不是澳洲公民，没有本国的医疗保险，治疗白血病需要多少钱，你知道吗？恕我直言，我看你不是很有钱的人吧。

我告诉他我能筹集到多少钱。专家对我提出的数字感到惊讶，但随即他又摇了摇头，提出了另一个问题：你母亲77岁了，身患糖尿病等多种疾病，现在又患急性白血病，而且病情在加重，就算你有能力把她转到世界上最好的医院，她的身体状态也不适合长途跋涉。再说，你把一个老人转移到完全陌生的环境展开一场和血癌的殊死搏斗，老人在意志上已经输了，她会想家的，也许那比白血病更加致命。

我没有想到一个澳洲的白人专家有这样的想法。我并不认为白人们真正理解中国人，可眼前的专家让我刮目相看，我不觉对他肃然起敬。记得几年前父母到澳洲来看我的孩子们，本来计划住半年的，可是一个月不到，母亲就待不住了。这位白人专家可能对中国人的文化了解一些吧，我注意到他家里挂了好几幅中国的字画。

直到后来接触多了，我才知道，任何一个血癌专家，都既是医生，又是心理学家。在同血癌的战斗中，医学无法深入的地方，心理知识则可以触摸得到，也显得尤其重要。在那位白人专家的眼里，一位77岁的老人要对抗最恶毒的白血病，首先要从精神上武装自己，这一点有时甚至比医学治疗还重要。

其实，转移母亲到国外治疗的想法并不实际，而且我对医生说出的那个金钱数字，对我并不是那么容易，可能会动用两个孩子的教育基金。可我不管那么多，我只想母亲得到最好的治疗。这位澳洲专家的话帮我排除了一种我们子女可能心有余而力不足的治疗方案，对我还是很重要的。

我打电话给姐姐和哥哥，告诉他们这一情况。接下来，我们把目光和全副精力放在了国内。

那些天，我一次次压下飞回母亲身边的冲动，到处找朋友托熟人介绍医生和专家，又在互联网上联系大批的医院和专家，每天都口干舌燥。我停下手头的工作，也无法再继续已经坚持了四年的业余写作，脑袋里除了"白血病"、"急性"、"化疗"和"三到六个月"这些词汇外，已经容不下任何东西。一个多月下来，竟然只有一次在夜深人静时突然迸发出眼泪而沾湿了枕头……

和母亲通过几次电话，除了小心翼翼地安慰，我不知道说什么。我忍住眼泪，以轻松的语调说，妈妈，这次住院这么久呀，现在的医院都为了赚钱，他们可能故意让你多住几天呢，你就不要担心，接着住吧。我最近正好有假期，我想回来玩一段时间，也陪陪你……

8月中旬的一天，我们在通话中说得好好的，母亲却突然沉默下来。过了好一会，她才说，你忘记了妈妈是医生，老四，我早就预感到了，要分手的时候总是要分手的，好在你们都大了——我在家排行第四，母亲总是叫我"老四"。

我告诫自己，母亲想从我的回答里得到真相，母亲在套我的话。我说，妈妈，你在说什么？疑神疑鬼，你不是要活到80岁，活到90岁，活到100岁的吗？你好好的，在那里说什么分手，还说得文绉绉的！

母亲咳了咳嗓子，平静地说：你们不用宽慰我，我想得开，倒是你们不要为我的事把自己急坏了。我老了，就是这次不走，又能待多久？可是你们要听我的，第一，你们不要太着急，不能把自己先急坏了。看你的姐姐，这些天到处奔波，比她做了几年生意都要辛苦……至于你，不能因为我的病而影响自己的工作。你们姐弟这些天太忙了，不要以为我不知道。第二，我年纪大了，受不了化疗，我不想再受那个苦。如果能中西医结合，采取保守治疗方法就可以了。我已经活了这么大，够本了。我不怕死，更不会被死亡吓死的。第三，还是关于你，你离得最远，也是最让我担心的，你有什么事，我们帮不上忙。你在国外不容易，两个孩子都还小，这里有姐姐哥哥照顾我，你不要回来，不要不顾一切地赶回来！知道吗？如果你就这样不顾一切地跑回来，我要生气的……

母亲是个直性子也是一个脑袋不会转弯的人，到这个时候，她竟然还在那里为我着想，来安慰我，一如既往地为儿女操心！

我不知道母亲对自己的病情到底了解到什么程度，所以我不愿接着母亲的话题说下去。我以故作轻松的笑声打断了母亲的话，随后问起母亲所在医院的条件。母亲说，她住的是随州市最好的医院，随州市中心医院。

我记不起有这家医院，母亲说，以前叫随州市第一人民医院，你怎么忘记了？我在这里工作过一段时间，也就是你出生的医院。3岁时，你在这里住院做过手术，6岁时你在这里住院，因为水龙头结冰无法洗脸，我去给你灌开水时摔了一跤，结果你出院那天我又入院了……后来上小学后，你又两次进过这个医院，初中后你的身体才好起来，再也没有进来过，难怪你忘记了……

讲到我身体好起来时，母亲声音里透出兴奋，显然我成功转移话题，母亲暂时忘记了自己的病。

母亲说，在外面生活不容易，要搞好自己的身体，要养家糊口，你除了工作还要业余写作，真不容易，不要为了我而回来，如果真有什么事，会通知你的……

因为上呼吸道和肺部感染，母亲的声音听上去空洞而遥远。然而，我却被这声音牵引着穿越了41年的时间和半个地球的空间而回到那张病床前，上面躺着我年轻的母亲，身边还有一个刚刚来到人间的孩子，那孩子就是我。

41年前，在同一个医院里，母亲带我来到人间，并一路伴随我走过风风雨雨的人间路，如今，她老人家又躺回到那里，已经快走到人生的尽头。我不知道天地良心之间，是否有一个理由阻止我回到母亲的身边，陪伴她走过这段艰辛的人间路……

儿子问我，你妈妈会死吗？

一个多月我都没有能够回国，主要是等母亲的第二次、第三次检验结果。国内的医生说，等一个半月后，再抽一次骨髓，看一看白血球和癌细胞升降情况，从间隔时间和升降速度就可以判断病情发展趋势，从这一发展趋势又可以推测母亲还有多少时间，是否需要冒险做化疗等等……医生向姐姐和哥哥建议，我现在回去也没有多少作用，不如留在澳洲，必要的时候把两次检查结果拿给那位已经成为我朋友的澳洲专家，用澳洲的医学标准判断一下。

那一个月让我知道什么叫度日如年。我只能靠电话和母亲保持联系，可又无法说尽心里的话。据哥哥、姐姐说，母亲对自己的病虽然知道一些，但可能仍然不知道最坏的结果。母亲这些天也不再追问自己的病，也安静了很多，只是经常一个人陷入沉思，让哥哥、姐姐看着心里难过。

我有几次想谈母亲的病，并试着安慰她。可是不知道是母亲天生乐观，还是本能的抵抗心理，又或者是她在为我着想，总之，我开口还没有说上两句，母亲竟然反过来开始安慰我，又很快把话题转移到我的家庭上。

说来说去，母亲最担心的还是儿女。她说我的儿子们还小，我不能说回去就回去，更不要一冲动就辞掉工作。她说，如果我真孝顺，就好好陪伴她的两个孙子长大。她又反复告诫，要教他们学好中文。她说在广州家里的床底下，她保存了一套共25本的《中国十大名著》，她希望两个孙子长大后能够看得懂……

母亲的话让我不知道说什么。

这些日子，我常常陷入迷惘之中，有时觉得母亲得了绝症这件事只是某个医生的误诊，又或者是一场梦。有好几个早上，我从深深的悲伤中惊醒，睁开眼，使劲掐一下自己，觉得好像刚刚做了一场噩梦，于是我冲出卧室，想尽快让自己从噩梦中回到现实——直到看见桌子上铺满的白血病资料和母亲的化验单才意识到，原来现实正是一场无法醒来的噩梦……

8月底复查的结果表明，母亲血液中的癌细胞在继续升高，糖尿病也在恶化，无法使用消炎药，使用几个中医药方也没有什么显著疗效，保守疗法已经束手无策。

我再次来到澳洲白血病专家的家里，给他看了最新的化验数据。我说我马上回去，问他有没有国外的新药可以带回去。他说那只是辅助治疗，或者减轻痛苦的，按照澳洲规定，他不能给我开这些药。不过，他写下了药的名字，让我到香港和北京了解一下是否可以买到。他又谈到，慢性的白血病可以用一些药物抑制，但母亲生的这种白血病只能使用化疗。就她的身体和年岁来说，不做化疗大概半年左右，做了化疗可能多活一段时间，也可能经受不了两个月残酷的化疗……

这样说我回去也只能陪着母亲等死？我们根本没有胜算？我回去能帮上什么忙，有什么意义？我对已经成为我朋友的澳洲专家大声喊道。

他微微摇了摇头，示意我冷静，然后盯着我说，不，我可没有说你回去没有什么意义，你可以和你母亲一起去面对白血病和死亡。

面对死亡？我抗辩道，不，我要战胜死亡。

战胜死亡？他好像没有听懂，细细品味了这几个字，随即肯定地点了点头：是的，杨先生，你可以回去和你母亲一起去战胜死亡！我绝对相信你有这个能力，没有人比你更适合这个任务。

这次我反而怔住了。

这位英格兰裔的血液病专家凝视了我一会，叹了口气，幽幽地说：死亡是不可避免的，但却并不是无法战胜的！如果这个世界上有一个人能够和你母亲一起战胜死亡的话，肯定非你莫属。杨先生，我为你母亲祈祷，祝你一路顺风，也祝你母亲一路顺风……

专家的话让我觉得莫名其妙，听他的口气，我母亲的病很难痊愈，最终的死亡无法避免。可是，他却一本正经地相信我可以和母亲一起战胜死亡，我能不糊涂嘛。

不过，我并没有时间去深究。离开专家的家时，我知道自己留在澳洲的任务已经完成，我要立即飞回母亲的身边。当我决定了飞回母亲身边时，有那么一瞬间，我突然感觉到，只要有我在母亲身边，没有什么是我们克服不了的，癌魔和死亡也会知难而退。

得知母亲身患绝症而我不得不留在悉尼的时候，两个儿子成为我最好的安慰。

大儿子出生在中国。当时我参加工作不久，正是干劲冲天的时候，经常出差。孩子长到两岁，我和他在一起不到三个月的时间。孩子两岁后，我又到香港工作，一家三口在一起的时间就更少了。1997年香港回归后，我到美国工作，那时我才有能力带妻儿一起前往。儿子到美国时不到 5 岁。两年后，我们的第二个儿子出生了。虽然他们在移民时都有了比较顺口的英文名字，但这些年我们一直保留着他们的小名，大的叫铁蛋，小的叫铜锁。这名字有浓浓的家乡味道，是母亲帮着取的。她说铁蛋可以到处滚动，但却摔不坏。铜锁则是我们家乡农村以前常用的一种历史悠久的锁扣，母亲希望这个锁扣能够锁住生在异乡的儿子的根，期望他不会忘记故乡老家。

大儿子铁蛋两年前考上了澳大利亚最好的精英中学，至今成绩仍名列前茅。他眉清目秀，外柔内刚，不但是国际象棋好手，也早就是跆拳道黑带高手了。小儿子铜锁生得虎头虎脑，6 岁时已经知道各种体育活动项目和形形色色的调皮捣蛋伎俩，经常会在学校弄出一些被罚站的事。在我的印象中，小儿子铜锁身上的擦伤、碰伤几乎从来没有完全消失过，严重时，几乎每两天就要挂一次彩。

铜锁出生后，我决定亲自照顾他。最初的原因是一时之间请不到合适的保姆，随后就出现了多个原因，例如我已经不舍得把给我带来巨大乐趣的儿子交给保姆抚养，自己却去干那些枯燥的赚钱的工作。接下来，我暂时放下工作，和儿子一起度过了两年。

至今我还认为，这一生中过得最有意义的两年，是把小儿子从不会翻身不会笑的婴儿带到会说话、会走路、会到处给我惹麻烦。

不久前有一次我去应聘一个高级职位，我的丰富多彩的简历显然给负责人留下了深刻的印象。最后他以羡慕的表情问我：干过这么多重要的工作，觉得对自己影响最深的是哪一个？又是哪一个工作经历让你觉得能够胜任正在应聘的工作岗位？我指了指长长的简历中那显然被他忽略了的两年经历：在家带孩子、看书和思考人生。

那位负责人以为我在调侃他，不解中带点不满。我只向他解释了一半就停了下来，我知道他听不懂我在说什么。事实上，我说的是实话。陪伴刚刚出世的小铜锁走过的两年，是我一生中最丰富多彩的经历，是我人生里程中最重要的一个驿站。这之前我匆匆忙忙走过了差不多一半的人生，自以为朝气蓬勃、积极向上，跟着人流和时代潮流随波逐流……是新出世的儿子让我暂时停下来的。我停下，怀里抱着稚嫩的儿子，回首过去展望未来，也开始思考现在。那两年不但改变了我很多想法，也让我理解了自己的父母，让我更清楚地看到了过去和未来。

那两年是我人生的分水岭，我的一生从此而改变——我相信，没有亲手为婴儿换尿布、喂孩子吃米糊、让哭闹的小宝贝枕着自己的手臂入睡的男人们，永远搞不清我在说什么……

两个儿子都感觉到我好像变了一个人。

铁蛋已经到了观察父母并对父母保持一定距离的年龄，他不会主动和我交谈，我还得找个机会与他谈奶奶的病和我即将回去陪伴她的事。向中学二年级的铁蛋解释起来比较容易。他有图书馆和互联网，每当他遇到了不懂的事，他就会立即从互联网上找答案。如果想进一步深入，他就会从图书馆借一包书回来。比起父母的解释，这个年龄的孩子更相信互联网和图书馆。

如何向铜锁解释呢？他上小学一年级，似懂非懂。看到我每天愁眉苦脸，也稍微收敛了一点，但也只是外表收敛了而已。有事没事，他都会在我面前转悠，盯着我的脸观察。

要飞回中国的前几天，我终于找到机会告诉他，我要回去看你的奶奶，她生病了，很严重，我必须回去为她寻求最好的治疗和最好的照顾，我要陪伴她一阵子，我暂时不能和你在一起，你要好好听妈妈的话……

奶奶很重要吗？儿子问。铜锁两岁后，我又开始东奔西走，好不容易才安定下来，显然他对我又要离开感到不解和不满。

铜锁前后和奶奶在一起生活不超过一个月，而且是在他一岁的时候，自然没有什么印象，可能也没有什么概念。而且他生在澳洲长在澳洲，他的同学中，几乎没有人是和奶奶一起生活的。

我想了想，只好这样解释道，你的奶奶就是我的妈妈。我指着妻子告诉他，我的妈妈就像你的妈妈对于你一样重要。

这一下子铜锁立即明白过来，小脸上出现了悚然动容的夸张表情。对于他，这个世界上没有比他的妈妈更重要的了。他一天不见妈妈就失魂落魄的样子。上幼稚园时，老师讲到孩子长大后都要结婚，离开母亲，男的娶女的，女的嫁男的。当时才3岁的铜锁回来后很郁闷的样子，他怎么也想不通要为一个女人而离开亲爱的妈妈。在我们解释了人长大一定要结婚，要自己建立家庭时，他当即宣称，他长大了就娶妈妈，永远不分。

妻子又好气又好笑，解释道，当你长大后，你是不需要母亲为你洗澡、做饭、叠床，为你读书哄你睡觉的……

可是我出去时，你得牵着我的手过马路吧。儿子说。

那时你长大了，就不需要了。再说，妈妈老了，哪里还有力气牵你的手过马路？

可是——儿子犹豫了一下，说，可你老了，不是需要我来牵你的手过马路吗？

解释不通后，妻只好说她已经嫁给了我。铜锁当即理直气壮地说，你们可以离婚。他说，我们小班（幼稚园）就有三个父母离婚的，他们都和妈妈生活。

在知道了奶奶对于我的重要性后，6岁的儿子不知是真理解了我，还是装着理解了我，调皮捣蛋的次数明显减少了。就在我离开的前一天，他突然问，你的妈妈会死吗？

我点点头。

死了又怎么样？儿子一脸好奇地问。

死亡就是永远离开了我们。

我知道，离开了我们，可到哪里去了呢？儿子固执地问。

我怔了一下，发现6岁的儿子正把我引向我竭力回避的深渊。现实生活中处处充满死亡的气息。战争片中，死亡变成了家常便饭。每天的新闻里，都告诉我们有多少人死在车轮下，又有多少人从高楼上跳下来。连安徒生童话中那些脍炙人口的故事，也都是被死亡事件串联起来的。那些死亡都是终结和失败的同义词，没有人去更深地追究。

和 6 岁的儿子讨论这个问题显然为时尚早。我说，等你长大就知道了。

铜锁眨了眨眼睛，突然问：我的妈妈也会死亡，也会永远离开我吗？

我大吃一惊，这才知道儿子其实并不关心我的妈妈，他只是在关心自己的妈妈。我告诉她，你的妈妈还年轻，又没有生病，当然不会死的。

是不会死，还是现在不会死？她生病了，她老了，会不会死？儿子稚嫩面孔上流露出的疑惑和害怕刹那间触碰到我心灵深处。

关于生与死，我自认为一直深有体会和研究。我生命中经历过那几堂生与死的课程深入我心，成为我所受教育中最精华的部分，至今还影响我人生的轨迹。而我也曾经在死亡的阴影下思考和写作……

可是当得知母亲得了白血病后，我心里却一直在回避"死亡"这个阴森可怖的字眼——只因我对死亡一无所知，也不愿意去深想……

生与死的第一堂课：产房

我的母亲于 1950 年参加工作，一直是随州市（原随县）的乡镇医院妇产科医生。我上小学时，母亲在随县草店（公社）和天河口（公社）医院妇产科工作，是主要的有时是唯一的妇产科医生。那段时间，整个公社医院里的婴儿绝大多数都是由她亲自接生的。当时的公社医院，宿舍、门诊、住院部和太平间都在一个大门里，有的相隔也不超过十步，生与死也仿佛只有几步之遥。就在跟着母亲生活的那段时间里，我用自己还没有见过世面的眼睛，看到了一个个鲜活生命的诞生和为数不少的死亡的发生，那是我接受的生与死的第一堂课。

有时我就在母亲接生的产房外面做作业。冬天时，我可以进入产房里面，和生孩子的产床隔一个布帘。我一边背诵课文，一边听着孕妇痛叫着生孩子，夹杂着母亲沉着冷静的指挥声：忍住……提气……使劲，一、二、三，憋气……突然是一片死亡般的沉寂，这死亡般的沉寂有长有短，随即，就会有"哇"的一声初生婴儿的啼哭划破这寂静，宣布一个新生命的诞生。

这时和我一起等在外面的家属就会夸张地松一口气，每个人脸上都洋溢着喜气，有些老实巴交的农民也会一反常态，得意忘形、手舞足蹈起来。我也会停下作业，被这欢乐的气氛感染。当然我也是真心高兴，因为一个小生命的诞生就意味着母亲晚上会炒一个鸡蛋给我吃。这些鸡蛋大多是孕妇的家属硬留下来的。当时生完孩子的孕妇往往要一口气吃掉十七八个糖水煮鸡蛋，说是补充体力，加强营养。我一直对这种提法抱怀疑态度，我认为，那十几个鸡蛋大概是为了填满新出生的婴儿刚刚留下的空间。

由于当时医疗条件差，农村的生活也很艰难，特别是孕妇没有基本的医疗和保健知识，我并不是每一次都能够听到婴儿的哭声，吃到炒鸡蛋。婴儿有些是在难产中夭折，有些则是孕妇到达医院之前在腹中就死掉了。虽说婴儿夭折的绝大多数责任在于孕妇，有些孕妇有心脏病或者高血压，本不应该生产，母亲也告诫过她们，可是大多数的农村妇女并不听从劝告，把生儿育女当成是神圣的使命，甚至以自己的性命换来儿女的生命。

母亲的从医经历中，没有出现过一次因为人为医疗事故而造成婴儿死亡的事件。可是母亲仍然对每一次婴儿夭折都耿耿于怀，痛苦不堪。

母亲几十年接生的经历中，孕妇死在产房的情况也出现过，我就亲眼看到两起。那两起死亡事件也都是因为病人本身的疾病以及当时的医疗条件造成的。死亡般的寂静突然笼罩着产房，左等右等，始终没有听到婴儿的啼哭，倒是某个角落里突然传出大人压抑的嘤嘤的哭声。不久就看到农村汉子背着他已经变得软绵绵的妻子的尸体出来，脚步虽然急促却异常沉重，把尸体放在等在外面的板车上，一路回那个失去了女主人的家。

更多的死亡事件发生在山区的农村，由于交通条件和经济情况，很多农妇还是选择在家里生产。农村的接生婆或者赤脚医生能够应付顺产和不太难的难产。如果出现复杂的难产，特别是出现大出血等情况，孕妇会很快陷入生命危险。这个时候再用板车把孕妇往医院拉是来不及的，往往是派人或者打电话叫公社妇产科医生前往。那些年，公社医院每个星期都有至少一次出诊。母亲行医的几十年里，前后出诊几百次。出诊大多是在山区，黑灯瞎火中翻山越岭，又累又危险，可是如果稍微慢点，孕妇、胎儿就可能死去，所以每一次母亲都是拼命地赶路。

回忆当年，退休后的母亲仍然很兴奋。她说，赶山路出诊，就像从前她的妈妈牵着她跑土匪、跑日本鬼子一样，都是和死亡的赛跑，你慢了一点，一个生命就会被死神夺走。以前是她们自己的生命，后来是孕妇的。母亲说，虽然也有好几次因为赶不到，来不及救治，死神带走了孕妇或者婴儿，但绝大多数时候都能挽救他们的生命。

我问母亲，有多少婴儿经过你的手来到人间。她说记不清了，当初在草店人民公社时，负责几十个大队的公社医院，只有她一个是妇产科医生。母亲说，36年了，你算一算。我帮她算了一下，发现绝对在一万人以上，其中包括出诊去山里接生的几百名孩子。

母亲行医的历史中，没有出现过医疗事故。但也经历过好几起孕妇因病死亡的事件。至于说到婴儿死亡，则比孕妇死亡要多一些。我曾经问母亲，你如何面对那么多的生，又是如何面对那些死亡的。母亲平静地说，只要尽力了，只要拼了命也不让死神把生命从你手里夺走，你就能够平静面对这一切了。

在我们询问过去时，母亲总会提到一件事。那是发生在极少数孕妇身上的事情。由于孕妇自身身体状况，在生产的过程中，婴儿在前往人间的通道中突然窒息，孕妇也陷入昏迷状态。孕妇和未出生的婴儿都危在旦夕。按照医学准则和道德，在只能救活一个的情况下，都是牺牲婴儿而保全大人。但在这样做之前，是要把家属喊进来告知真相的。有一次，母亲把孕妇的丈夫叫进来，告诉他，为了保住他妻子的命，必须放弃他未出世的儿子。这时，孕妇苏醒过来，听到要牺牲婴儿而救她的命，那位孕妇突然反应激烈，强烈要求牺牲自己救儿子，甚至在产床上挣扎起来，想要自残——这件事母亲多次讲给我们听。让母亲感到欣慰的是，医疗条件越来越好，这种情况已经鲜有发生。

母亲对自己的工作很满意，曾经开玩笑地说，如果有来生，还会去当一名妇产科医生，而且她一直想让我去接她的班。还说我的手指头细而长，如果当接生员，孕妇会少受不少苦，听得我毛骨悚然。母亲热爱自己的职业，这一点和父亲完全不同。父亲是教师，他反复告诫子女，长大后干什么都可以，不要去教书，更不要去误人子弟。

母亲也有遗憾，都是和子女有关。由于当妇产科医生根本没有白天黑夜之分，所以我们姐弟四个小的时候大多是跟随父亲生活的。父母当时虽然都在一个县城工作，却因为革命工作的需要住在不同公社，相隔一百多里，一年却只能在春节等节日时见一两次面。

母亲最大的遗憾就是发生在我和她一起生活的时候。那时我刚刚出生不久，需要母亲照顾，母亲把我留在了身边。可是她却不能不上班去接生。有一次发生了我在婴儿床上差一点被被子窒息的事件，从那以后，母亲不管是在医院产房工作还是出诊到乡下接生，都把我带在身边。

那次折磨母亲几十年的事件就发生在我四个月大的时候。

我当时有些发烧，可母亲不得不出诊接生。好在那次路程不远，只有 3 公里左右。母亲抱着我上路了。半路上不小心踩在一个牛脚洞里（下雨天牛踩出的深洞，孩子恶作剧，把上面用树叶盖起来，再撒上一层土，让路人的脚陷进去取乐），摔倒了。母亲摔得不重，但我却飞出了5米之远。母亲爬过去把我抱起来时，发现我虽然呼吸正常，却哭不出来。当时母亲也不知道我出了什么事，稍微有些犹豫，一度想把我送回医院。但难产中的孕妇在等待，作为公社唯一的妇产科医生，母亲没有选择折返医院。我不知道是因为受了惊，还是哪里噎住了，两个眼睛睁得大大的，可就是哭不出来。直到一个多小时后，当母亲接生的那个婴儿被人间的光亮吓得突然哭起来时，我才跟着"哇"的一声哭了出来。

我想，那次四个月大的我虽然被摔出了5米之外，由于包得比较厚，加上地上有湿泥，估计没有受什么内伤。可是母亲却不这样想。回到医院后，她开始感到后怕和自责，又被当时的内科和外科医生吓了一下——有一个同事大概是出于关心，告诉母亲：婴儿的脑袋如果受到震荡，往往影响此人一生，而且有些是长大后才慢慢看得出来的，现在的检查都无法查出后遗症。

这件意外竟然折磨了母亲几十年。记得小时候，凡是发现我有点什么不对劲的地方，例如和小朋友打架，又如对年轻的女老师特别感兴趣等等，母亲都会用自责的口气说，这可能是那次意外的后遗症。有时我的考试成绩滑落，从全班第一滑到第四、第五名，母亲也会可笑地联想到那次意外。甚至在我大学毕业后，由于我总是不安心工作，又喜欢经常换城市和国家住，好像一个无根的浮萍一样到处漂流，显得有些与众不同，母亲更认定这都是那次她的疏忽造成的。

起初家里人都不以为然，但母亲说多了，连我的心里都有些发憷。后来我在国外详细检查了一下，并做了智商测定，事后医生笑了笑，幽默地告诉我，如果你的脑袋是那次摔伤造成的，那恭喜你了，因为你现在的智商并不低。

我打电话告诉母亲，别再提几十年前的事，我详细检查过了，没有任何后遗症。母亲高兴地答应了，喃喃地说，这样她就可以安心睡觉啦。随后她又问起我最近睡眠改善了没有，是否还是黑白颠倒，动不动就失眠。我说还是那个老样子，一天最多睡四个小时，就再也无法睡着了。母亲突然说，她不久前才看到一篇报道，说小时候脑袋受到震荡的，长大后可能有睡眠问题……

我真拿她没有办法。母亲当医生还是很客观和合格的，可是一旦涉及到自己的子女，她的医学知识就会悄悄让位给无处不在的母爱。

小时候和母亲在一起，在产房里，我用自己稚嫩的眼睛目睹了那么多鲜活的生命的诞生和鲜明的死亡的降临，不知不觉完成了我生命中关于生与死的第一堂课。

几十年后，当我的母亲得了白血病，快要走到人生的尽头的时候，产房里那生与死的一堂课又出现在我的脑海里，我的眼前也仿佛出现了当年我年轻的母亲在产房里的身影，还有她那指挥若定的样子，耳边又响起了她的声音……

母亲一生都在忙着迎接一个个小生命的到来，也从来没有停止与那总想从她手里夺走生命的死神的赛跑。

如今，那个屡次败在母亲手里的死神此时正悄悄向母亲逼近，而母亲已经年老体衰，我要立即回到她的身边，陪伴她……

世上最悲伤的那个人

当我放弃了奔走，带着一颗憔悴的心踏上飞往广州的飞机时，我心里已经非常清楚，母亲被误诊的可能性几乎不存在了。接下来面临的问题就是选择治疗方案，是保守治疗，让母亲不经受什么痛苦地听天由命地活着，还是使用化疗，与母亲体内潜藏的各种病魔做一次生死搏斗——如果我们赢了，母亲就可以多活几个月甚至几年；可如果失败了，母亲则会在痛苦中提前离开人间。

飞机上的我感到是那么虚弱和无力。我心里明白，即使在我最充满信心的时候，我也没有丧失理智。我知道，就算我们姐弟的意志再坚强，决心再大，也无力超越医学的限制。所以，我回去的另外一个更重要的目的就是安慰母亲，和她一起面对绝症，面对死亡。可是说到死亡，我即使走再多路，读再多书，思考更多更深的问题，又能比我6岁的儿子铜锁知道更多的真相吗？

到达广州后，见到姐姐公司接我的人，我才知道，父亲正在前往广州的火车上。我大惑不解，立即给在湖北照顾母亲的姐姐打电话，质问她，在这个时候，在母亲刚刚确诊出了白血病的时候，为什么让父亲一个人独自到广州来？

姐姐的解释让我清醒过来，也让我第一次意识到最近一段时间我忽视了的最重要的事情。姐姐告诉我，母亲虽然对自己的白血病知道一些，但并不相信自己只能活三个月到半年，加上她老人家生性乐观，这些天反而看不出异样。可是爸爸就不同了……

是的，我忘记了，我本不该忘记的。这些天我被悲伤和痛苦折磨得失去了判断，我忘记了此时此刻这个世界上最痛苦、最悲伤的人是我的父亲——一个和母亲牵手走过了银婚、金婚，正朝钻石婚蹒跚而行的老父亲！

母亲目前正进行一些常规治疗，倒没有什么大的变化和反应，可是父亲看到老伴日益消瘦，想到老伴即将离开自己，常常陷入无助和绝望之中。姐姐和哥哥暗中商量，趁我回来的机会，让父亲到广州来接我，让父亲和他最引以为傲的小儿子在一起，借以稍稍转移他的注意力。

父亲的影子多次出现在我写的小说中，父亲对我们姐弟四人特别是对我的影响是非常大的。从某种程度上说，我就是按照父亲的期望成长起来的。父亲于 1928 年出生于随县万和镇，我的爷爷有 30 亩地，使得他能够到武汉等地求学。解放前夕，他正在武汉国民党的师专读书。国民党撤退时，给学校里每个青年学生发了一张到台湾的通行证。父亲每每回忆起那段时间，都长吁短叹，他和另外几位一同出来求学的同乡商量后决定不随国民政府到台湾。三天后，他们在长江边把那张通行证抛进了滚滚东流去的江水里。解放的时候，父亲参加了革命工作，成为一名新中国的教师，历任多所中学校长与万和等地高中的政治和语文教师。

父亲的苦难就从那个时候开始。爷爷因为拥有 30 亩地而被划为地主阶级。父亲作为老师，加上毕业于国民党师范学校，还有很多同学跑到了台湾这层关系，接下来的 30 年中，父亲一直生活在残酷的现实和比现实更加残酷的精神恐惧之中。

我上个世纪 80 年代初上中学时，残酷的现实算是告一段落。按说父亲也该翻身庆解放了，然而，父亲仍然一如既往地生活在战战兢兢之中，随时担心还会变天，始终无法从过去的阴影和他脑袋里幻想出的恐惧中走出来。

有一段时间，每每想起从我记事起父亲的种种窝囊表现，我心中都有一肚子的气。

母亲说父亲原本不是这么窝囊的，她认识他那会儿，父亲朝气蓬勃，意气风发，对个人和民族前途充满了信心，嘴巴一张滔滔不绝，害得没有读过书的母亲崇拜得不得了。解放后，父亲慢慢变了。母亲说，特别是你们相继来到世间，你父亲完全变了。

父亲对政治敏感，解放后不久，他就比自己同辈知识分子更快地看清了现实。从那时起，特别是 1955 年大姐出生后，一直到我长大成人考上大学，父亲和以前判若两人。母亲说，在父亲身上，她再也看不到以前那个年轻人任何一点影子了。

母亲不说父亲变成了什么样的人，但我记得清清楚楚。个头比较高的父亲的高傲的头永远压得低低的，他不敢多说一句话；体格魁伟的他在性格上像一个绵羊一样软弱无力，变得毫无脾性。

1949 年后的每一场政治运动几乎都把父亲这种历史有问题、家庭出身不好的臭老九卷入进去。但父亲从一开始就顺应历史潮流，实行了打不还手、骂不还口的策略。曾经发生造反派伸手还没有打下来，他就抽自己耳刮子的事。至于他在大会和小会上，深刻地揭露自己的反动本质的事，就更是家喻户晓了。那些政治运动积极分子和造反派们看到父亲这个反面教材如此下作地配合他们，倒也没有把父亲怎么样。可是这些事情流传出来，自然让我们后代脸上不好受。我一度认为父亲是胆小鬼，不够勇敢。甚至在青春期发育的一段时间里，我心里产生了对父亲的强烈鄙视。

一直到改革开放后还发生了一件事。父亲以前的老同学从台湾回来，趾高气扬地，成为人民政府的座上客，指名要见父亲。政府统战部门的人很重视，把父亲找去做了思想工作，还拨钱给他去买一套崭新的衣服换上。最后提醒他，不该说的不要说，祸从口出，听到没有！我们当时都让父亲不要去，就是去，也要实话实说。可是父亲还是在政府同志的领导下，乖乖地去了。回来后，他悄悄地流了眼泪。

多少年后，我们子女才渐渐地理解了父亲。特别是我自己当了父亲后，我不但理解了父亲，而且开始佩服父亲的勇气和牺牲。原来和父亲一起参加工作的具有相同家庭出身和政治背景的读书人，由于不够敏感，没有在第一时间认清形势，又不会自保，大多失去了工作，有些还坐过牢。

父亲说，失去工作，坐牢算得了什么？以我当时的性格，我早就想和那些王八蛋拼了。可是，我不能，我有你们，我不能只为自己。

父亲说得没有错，那些在运动中受整的老师和地主后代，不是家破人亡，就是妻离子散，而且他们的子女几乎没有一个能够读完高中的，有些连小学都没有毕业。虽然这些旧社会过来的读书人，最后也都得像父亲一样俯首帖耳，但要么就是晚了一点，要么就是没有让人看出是从灵魂深处糟蹋自己，都受到了比父亲大得多的冲击。虽然后来得到平反昭雪，可是他们的子女永远被耽误了。家乡有好几个和父亲一起出门求学，后来参加工作的长辈，由于被打成右派以及各种原因，他们的子女受到了极大的牵连，后来根本没有办法找到工作。

再看看我们姐弟四个，虽然由于家庭背景也多少受到了精神上的伤害，可个个高中、中专和大学毕业。在我们老家，整个杨家也就是我们一家是这样的。这不能不说是父亲有眼光。他看清楚了那30年，知道自己胳膊扭不过大腿，只有装孙子才能够幸存下来，子女才能够有父母照顾，有一定生活来源，能够读初中和高中。父亲同样也能够看得更远，他骨子里相信，这一切总有一天会结束，而当这一切结束的时候，孩子就是一切，孩子是否掌握了足够他们生存下去的知识，读了足够他们在世上立足的书，才是最重要的。

改革开放后，父亲本该扬眉吐气了，可是没有想到他老人家却回不过神来。30年压抑的生活在他身上刻下了无法磨灭的创伤，他至今都常常在睡梦中惊醒，有时甚至泪流满面。他的性格也因为长期的自我压抑而有些孤僻，甚至有些怪异，父亲的悲观性格也是那时就定型了的。

前面提到过我们小时候，父母两人虽然都在一个县里工作，却一直两地分居，直到退休后才住到一起。这其中的原因除了当时两地分居比较普遍，组织上也顾不了那么多外，还有一个重要原因，那是我们后来才知道的。原来父亲为了子女，"阴谋"地策划了夫妇两地分居。由于母亲家庭出身好，两人不住一起，也就少受冲击。在父亲遭受连串批斗时，我们就悄悄到母亲那里去。在母亲也受到牵连时，我们又被送到外婆家。如果大家都住在一起，我们就失去了避难所。

除了刚出生的两年以及小学时有几年跟在母亲身边外，我大多跟父亲一起生活。他不但教我学习，还影响了我的做人。

我至今还认为，一路走来，虽然离开父亲越来越远，却始终没有走出父亲对我的影响。父亲的悲剧性格让我从小学会了自我奋斗，发誓要当人上人，不再受小人的欺负和凌辱。

父亲一直鼓励我们兄弟姐妹到大城市谋生，走得越远越好。9年前当我告诉他我要带全家人到美国时，他虽然舍不得，可是却高兴得不得了。父亲对中国几千年的历史了如指掌，就是今天，他也看不到什么特别不一样的地方。对于父亲来讲，希望在他乡，我这个小儿子走得最远，算是让他如愿以偿了。

父亲对我的影响也在我性格上留下了烙印，消极的和积极的。青年时的我常常身在人群中却感到莫名的孤独；政治上的过分敏感，往往造成过激；骨子里有些自卑，在和人交往中又常犯多疑的毛病；而且对未来缺乏持之以恒的信心和决心。好在随着年岁的增长，丰富的经历和广泛的阅读，让我能够发现父亲对我的消极影响，我也开始逐一检讨自己身上的这些缺陷。

当我提高自身修养，克服性格上的这些缺陷的时候，我发现并发扬了父亲对我的另外一种影响。对政治和社会的敏锐让我不甘堕落，人间的不平路和人世间的不公正让我不会再保持沉默，对弱势和弱小的同情让我哪怕在最孤独的状态下，也感觉到充满力量。对爱的追求、对知识的渴望和对社会不公的厌恶，让我这些年活得越来越充实，我认为这些也是受到父亲的影响。

几年前我开始写小说，虽然我写小说主要是为了探索自己的心路历程，对名利无所求，然而，我心里一直暗中希望有一个人能为我喝彩。我盼望他的理解，希望他为我骄傲。那个人就是我的父亲，也就是从小影响我，造就了我疾恶如仇、从善如流的性格的父亲。

可是，我怎么也没有想到，父亲却坚决反对我写书，而且说出了重话。

父与子：过去与未来

去年的父亲节时，我从海外打电话向父亲问安。父亲说他一切都好，随后却长长地叹了一口气说道，看了你的书，我很担心，担心得睡不着觉。你难道不可以写点别的，一定要写现实、写政治，还要触动一些当权的人物吗？

我无言以对，心里很难过。我想让父亲明白，我写这些东西，正是为了他，为了父亲这样的人能够睡一个安稳觉，为避免发生在父亲身上的事情不再发生在其他人身上而尽我的微薄之力。

父亲说他不想讲大道理，也顾不上其他人，他只想让自己的后代平安就好了，这是他一生的目标，也是他人生最大的理想。最后他说，记住，胳膊扭不过大腿。

我的失望和烦躁可想而知。当天晚上，我写了《父与子：过去与未来》这篇文章。现在稍作修改摘录如下：

父亲为了子女受尽了苦难，现在虽然苦尽甘来，但他却仍然陷入过去而无法自拔。他希望儿女能够远走高飞，如果能把下一代送到海外，他就安心了。他说，走得远远的，那就是对他的孝顺。

主要是受父亲这一思想的影响，加上其他一些因素，在大儿子4岁多时我就把全家带到了美国，小儿子在国外出生。这下，父亲该松一口气了。

其实就算不是父亲要求，我也会让孩子到国外定居。毕竟我自己的童年还历历在目，我知道我的儿子应该有另外一种童年——一种快乐、幸福的童年。先后生活在美国和澳大利亚，我们家的生活虽然过得不算富裕，但我敢肯定他们已经离开我的童年十万八千里了。

伴随着儿子无忧无虑的童年，不但没有让我远离自己的童年，反而一次次把我拉回到过去。眼前的儿子让我越来越多地想起了自己。为了让他们知道爸爸的过去，让他们不忘本，我试着向他们讲起自己的童年——那时两个星期才有一次荤菜，饿肚子的感觉几乎是家常便饭，直到我上大学了才知道有一种东西叫巧克力，更不用说由于出生于地主加臭老九的家庭而受到的经常性的侮辱和欺负……不过，每一次我都无法按照自己的思路讲下去——已经上中学的大儿子满脸质疑和不解的样子，而刚刚上小学的小儿子更像是在听童话故事一样，不时冒出一些让我哭笑不得的问题：爸爸，小矮人到哪里去了，为什么不出来救你……

直到今天，每当拥抱儿子或者牵着他们的手走在这些现代化大都市繁华的街道上，我仿佛都回到了30年前的故乡中国，眼前出现了一幅生动的情景：一个不知愁滋味的孩子紧紧抓着父亲的手，一点也没有感觉到当时他父亲心里有多么痛苦和恐惧，一蹦一跳地走着……

我的父亲一生不得志，由于爷爷有30亩土地，被划为地主。解放前从国民党师专毕业的父亲虽然解放后成为公办教师，但一直没有摆脱受批判和被迫害的命运。为了把我们养大，父亲一直忍辱负重，而我们这些孩子也只是到成年后很久，才渐渐理解了父亲。

我开始理解父亲，是从自己当了父亲后。当我看到手中的儿子那么娇嫩、可爱和可怜无依的时候，我的责任心和爱心超过了一切，我愿意为此付出一切，哪怕我的生命。这时，我突然想起父亲——我的父亲。我想起我当时也是像我的儿子一样躺在父亲怀里，牵着父亲的手……父亲当时为了使我们少受冲击、为了把我们带大成人，他付出了多少艰辛、忍受了多少屈辱，我们永远无法弥补，甚至不能正确地想象——直到此时，我自己当了父亲，我才切身体会到了做父亲的责任和爱心，我才深深体会到，当时父亲的爱是多么的深，付出又是多么的大……

在我参加工作有了一定的条件后，我安排父母到南方的广州定居（气候条件比较适合老年人）。由于母亲工作的医院和父亲工作的学校经常发不出工资，为了让他们晚年不再担惊受怕，我从当时自己的积蓄中拿出了大部分存在了父母的名下。

在邻居眼里有这样孝顺的儿子，按说父亲应该满足和快乐了，只是他老人家老是摆脱不了过去的梦魇，至今还常常做噩梦。在梦中看到自己的儿子受到了委屈、被人打骂，又或者吃不饱。醒来后又会满世界找我们，不着边际地问长问短——我告诉他，时代变了，不用担心现在的我们，忘记过去吧，好好享福。可是父亲还是一副深深自责的样子，好像过去的一切都是他这个做父亲的造成的。

在家照顾小儿子铜锁的两年里，我常常迷失在时间和空间之中，忘记我此时此刻紧紧牵着的手，到底是父亲的还是儿子的——那段时间也是我人生的转折时期——我感觉到自己只是我的父亲和我儿子之间的一个连接，我在我自己的身上交错地看到我的父亲和我的儿子的影子。

面对渐渐老去的父母，我看到了自己的未来；拥抱着天真无邪的儿子，我陷入到自己的过去。如今，我尽自己的为人子和为人父的责任，把他们都尽量安排好了，我应该满足，应该快乐，应该继续往前走下去——

可是，我向哪里走去？——我如何才能摆脱过去，又如何才能走进未来，走进我希望的未来？

有那么一天，在香港吃饱喝足后，我和朋友走过罗湖桥，来到深圳市。就在找桑拿浴散步到深南大道时，我见到了后来记录在《致命追杀》里的那一幕：一个母亲依靠在一个漂亮的垃圾箱旁，用手从垃圾箱里拣出剩饭剩菜，先在自己的嘴里过滤后，一口口喂给怀里一岁多的孩子……

又有一天，我在社会调查中发现，有那么一群民工的孩子被出租给乞讨小贩，为了博得路人的同情，这些同我的儿子没有区别、充满童稚的孩子身上被故意留着发炎化脓的伤口——我后来把它记录在《致命武器》里……

回广州探望父母时，我在民工集中的白云区新市那里看到了比父母小不了多少的父亲和母亲们，他们过着我不敢相信的悲惨生活——有那么一位60多岁的老人，没有钱看病，死后又没有钱运回故里，只好被老乡用席片卷起来，千里迢迢背回家乡……还有一位残疾人，因为无钱买票而开始向一千多里外的故乡爬去……

这一切都不是新鲜事，一直存在着。就在我上大学、参加工作，成为一名国家干部，有了一定的社会地位，并靠不那么光明正大的手段赚了一点小钱的时候，这些现象都很普遍。但我得承认，那时它们根本没有引起我的注意，更没有像现在一样在我内心造成如此震撼。

为什么会有这样的情况呢？

我深夜沉思，夜不能寐——我的变化是在自己当了父亲后，在自己当了父亲从而更加理解了自己的父亲后——在我更多看向过去和未来之后。

作为儿子和父亲的我，眼中不再只有我自己，我看这个世界的角度也发生了变化，我内心柔弱的地方更加柔弱，坚强的地方更加坚强。我看这个世界更多的是从一个父亲和儿子的角度，不再只是死死盯着眼前的自己，自己的那点利益。

于是就在我渐渐接近不惑之年之际，我选择了一条对我来讲比较陌生的路——我相信这是连接自己的过去和未来的捷径——我开始用手中的笔书写一个既是儿子又是父亲的爱、责任和希望，希望用我的笔能够给更多的儿子们以爱，减少所有做父亲的担忧和恐惧。

父亲知道了我开始以手中的笔"揭露黑暗、暴露光明"后，忧心忡忡。有一天，他在电话里告诉我，他绝对受不了在自己有生之年，看到最得意的儿子被铐上手铐带走——他一生中看到太多因为手中的笔而坐牢甚至丢掉生命的事。

我无言以对，我不能违背父亲——一个快80岁老人的愿望。我也无法解释清楚，我走上这条路，正是要帮助父亲和我自己摆脱过去，去尽自己微薄的力量减少太多像父亲这样的父母：多少年后，还在为当初没有能力保护自己的子女、让自己的子女饿肚子而自责，至今还在担心孩子会因为自己的笔而被戴上手铐带走……

为了忘却的回忆

9月24日，我在广州火车站见到了父亲。他的眼睛被广州明亮的阳光逼得睁不开，他的面部明显消瘦了。父亲背着我大学时使用过的背囊蹒跚地走过来，看到我欲言又止。我叫了声"爸爸"，默默地接过他的背包。

回到在白云区新市汇侨新城的家里，父子俩人聊了起来。

你还在写吗？父亲问。

我——现在没有写了，没有心情，不过，我还会用业余时间写一些其他的。

写什么呢？父亲问。

等了一会，我才说，我想写一写我们的家庭，我想写妈妈和你，还有我的儿子们——说不准到底想写什么，可能中心最后还是围绕我自己吧。

父亲抬起头，眼睛里闪烁了一下。他咳了一下嗓子说，你终于要写我们家了？我本来以为你不感兴趣。也好，如果我们都死了，就没有人告诉你那时发生在我们家里的事。

我知道父亲又误会了。以前当父亲听说我想写一点东西的时候，曾经多次建议我写我们家庭在"文革"时的遭遇，或者以此为素材写一些文学作品。父亲说写回忆录，他口授我来写，如果我写文学作品的话，他有一肚子的素材等着我。

我说，好，等我把海内外市场上能够找到的"文革"回忆录或者写"文革"的文艺作品浏览一遍后就动笔。我建议父亲可以先写一个提纲什么的供我参考。

不久，母亲告诉我，父亲兴趣很大，但可能无法完成那个提纲。她说父亲一回忆过去就陷入深深的悲伤之中而不能自拔，有时还一个人在那里悄悄地流泪。母亲说，不要让你父亲写了，他的身体受不了。你应该帮助你的父亲忘记过去，而不是常常来揭伤疤，这样他也许能多活几年。

母亲说得对，让父亲回忆那段经历是有些残酷。我不应该再用回忆去揭他心灵上的伤疤。可是，我却知道，如果要想让父亲彻底忘记那一段伤心的过去，唯一的方法就是把它记录下来，用回忆录或者文学作品把它完整地记录下来。我想，父亲的痛苦在于想忘记那些无法忘记的过去。

可是最后放弃写回忆录和文学作品的却是我自己。当我阅读过中英文差不多几十本回忆"文革"中自己家庭和个人遭遇的传记，以及大陆那么多写"文革"而出名的作家的作品后，我才发现我写不出回忆录或者文艺作品了。

我把这一结果告诉父亲，父亲很吃惊地问我为什么。

我说，我有自知之明，我的笔，绝对无法写出你的心当时遭受了什么样的折磨。其实那时我也已经记事了，我也受到了冲击，那冲击至今还在折磨我。可是我到今天仍然无法用文字表达出来。我连自己所受的心灵伤害都无法形之于文字，又如何能够记录父亲的感受。毕竟，文字可以描述一次惨无人道的屠杀，却无法准确描述心灵的苦难，何况每人对苦难的感受也各不相同。

我又强调了一句，心的感受是无法准确表达出来的，只有受害者心里明白。

父亲听懂了，说，这不仅仅是心的感受，也不仅仅是感受中的苦难，毕竟发生了那么多残酷的事，怎么能说只是心的感受？

我只好告诉父亲我本来不想告诉他的内心的另外一个想法。我说，发生在我们家庭的事，没有人会感兴趣，也没有什么意义，我们还是把它埋葬在心里吧。

父亲一下子沉默了。我知道，他想质问我，那么多至今让他想起来还流泪的悲惨遭遇怎么会没有意义，又怎么会没有人感兴趣。

我知道，父亲想忘却至今还在折磨他的过去，但潜意识里他又是那么害怕悲惨的遭遇被自己和后代彻底遗忘了。只有用笔记录下来，或者刻在石头上，写成回忆录，父亲才能最终放心地把它们从大脑里驱逐，安心地去忘却。可惜，看了那么多"文革"回忆录和写"文革"的文学作品，我感觉到自己无从下笔了。

看我低头沉思，父亲没有追问我。

后来，我找到另外一个场合，假装无意地和父亲聊了起来。我说，我阅读的几十本描写个人在"文革"遭遇的回忆录让我有一种说不出的感觉。那些描写个人遭遇的书，无法描绘出当事人受到的心灵伤害。而他们遭受的身体和物质的损害，则不过是全中国的一个缩影，如果脱离了当时的劳苦大众，那些个人遭遇不但没有什么奇特，甚至没有什么值得回忆的地方，有些甚至让我反感。

例如一位著名的作家在写到自己当时身为厅局级高干的父亲受到清洗时，痛苦地说"家里的保姆也走了，全家生活顿时陷入混乱"——让我看后非常反感，我的心立即从他那当高干的父亲身上转移到他并没有继续描述的保姆的身上。再如，当我看那些描写知识青年上山下乡的书时，这些知识青年的热情、激情和对落后农村的鄙视让我感到如此不安，从而我的心始终是伴随着他们文学作品里的陪衬——农民，而和他们保持了距离。我更想知道，当时农民是怎么生活在被那些知识青年作家们描绘得好像炼狱一般的农村的。

我看过的回忆录，大多是描写生活在上层的中共干部和知识分子如何"从天上掉到了地上"，生活艰难，精神受到折磨，通篇充斥着对他人的控诉、怨恨，对自己高尚品格的炫耀。可是，就我对"文革"的理解，整个"文革"只出现了一个顾准和一个张志新。那些什么高干和高级知识分子在这一场场运动中，受尽苦难，却又同时在和魔鬼们——外面的和他们自己内心的魔鬼们——共舞，有些甚至在不同时候、或多或少地沦落为帮凶。他们曾经是施暴者的同盟军，或者平反后自己摇身一变又成为另外一种施害者。

在所有这些回忆录和文学作品中，我没有看到哪怕一丁点的忏悔和反省。

还有汗牛充栋的描写"文革"的文学作品，当今老中青三代优秀的大陆作家有几个不是靠描写"文革"的苦难扬名立万的？可惜，从这些文学作品中，我看到的是"青春无悔"，和对那种奴性十足的时代的深深眷念……

我果断地告诉父亲，我不想把我们家庭的苦难写下来，因为我敢肯定，没有人会感兴趣，我的下一代估计也看不懂。

当然还有一些话，我没有告诉父亲，那是我心中的一个结。

由于父亲当时认清了时局，看清了屡次运动的实质，为了保护子女，他放弃了自己的本性和所受的教育，低三下四，委屈求生。那些年，虽然心灵遭受了无法想象的创伤，但始终保持了公办教师的职位，一直可以拿国家发的工资，因此我们家的生活水平（也是中国当时知识分子中生活水平最低的），比当时家乡农村地区平均生活水平高出很多。资料显示，就在我抱怨的那段两个星期只能吃一次肉的时代，我们家乡农村里常常发生有农民因贫困而活活饿死、冻死的人间惨剧。

让我印象深刻的一件事，发生在 1975 年腊月间。随州出现奇冷天气，大地结冰，三天后冰封才解冻。解冻后，仅仅在草店人民公社的范围内，就发现有 4 名肩挑木炭到镇子上去赶集的农民活活冻死在路上（后来每当我读到《卖炭翁》中"心忧炭贱愿天寒"时，我都想起那一年）。当时我们家庭也很困难，而且受到了政治上的欺负和迫害，可我还记得，当时我们至少还有一个火炉，围坐在一起。既然有这种驱不散的记忆，我又如何能够绕开那些饿死、冻死的亡魂，而去描写我自己家庭遭受的物质上的损害呢？

至于说到父亲心灵上受到的创伤，我深深同情，看到父亲至今痛苦不堪，却又不知道向谁出气和讨还血债，我心里也很难过，而且有些难堪。父亲虽然没有成为"文革"中的帮凶，但对于自己的老同学一个个受到迫害，也没有敢于站出来——当然这完全可以理解，父亲要保护自己的子女。更让我感到难过的是，父亲一直是中学的政治和语文老师，父亲一边被迫害，还一边大声地把那些作为迫害人的观念灌输给一代又一代的学生，长达 30 年。父亲后来告诉我，他从来不相信他教给学生的那些东西，他知道他在误人子弟，但他为了生存，为了子女，他仍然义无反顾地把那一次次政治运动借以存在的意识形态灌输给学生们……

当然，父亲这样做也可以理解，因为父亲要保护我们。没有理由指责父亲不去学习"文革"中的顾准和张志新，毕竟八亿中国人中只出这几个为数不多的异类——然而，我还是希望在父亲脸上看到一些悔恨——我始终没有看到！

让我尤其不能接受的是，父亲至今不愿意我用自己的笔去阻止更多人间悲剧发生，他说我们已经脱离苦海了，不必去管那么多。我知道父亲爱子心切，害怕悲剧首先发生在自己儿子身上，可是，我还是难过得要命。

我为父亲忏悔，但父亲没有罪，有罪的是我！我一出生就戴着罪，是我让父亲变得如此软弱，让父亲放弃了做人的尊严，放弃了自己年轻时从善如流、疾恶如仇的品格，最终因为对我们的爱变得不但不敢勇敢地面对邪恶和强权，而且还屈服了……

我有罪，如果我写"文革"，我不可能写出一本充斥控诉和怨恨的回忆录，可是如果我写出了一本忏悔录，父亲是万万无法接受的。

这就是我始终没有动笔写这样一本书的主要原因。这件事也是我和父亲之间的一个难解的心结，而且我知道我无法解开这个心结。这大概是我和父亲之间的代沟。现在我重新提起要写一本关于父母的过去和我们家庭的书，父亲一定是误会了。

过了一会，我才开口说，我还是不想写那样的一个回忆录，或者描写几十年前的遭遇的文学作品。不错，我是要写到过去，但不单单是我们家庭的过去，而且，我更想写的是现在和未来。

我说话的声音里透出固执。这种固执正是父亲长期以来影响给我的，可是，这种固执却让父亲微微变了脸色。

你还是那么固执。父亲忧伤地说，写过去、写"文革"，怎么写都可以，你为什么一定要写现在？你看看电视剧和电影，有几个是写现在的？

我不说话。父亲继续说，你写那些东西有什么用，中国几千年的历史都是这样！总有一天，有人不高兴，会让你吃亏的。

我不能同意父亲，但我理解他。可是我又不能完全顺从他。再说，作为也为人父的我，所做的一切也不单单是为了父亲，也还有我自己的儿子。只是我和父亲的方式有些不同而已。

我告诉父亲，中国政府目前也在摸索适合中华民族的崛起之路，中央领导人也在不同场合强调要实行民主，只有实行民主才能最终实现现代化，才能让中国历史上因为专制造成的灾难不再重演。我还说，总理再三号召作家要有良心，要讲真话。我很赞同，中国的复兴和崛起应该从说真话开始……

我的这些早就被无数人挂在嘴边的陈词滥调根本无法说服父亲。其实，我自己也怀疑这些语言是否能够真正反映我的内心。再说，一生沉湎于中国历史，对世界上其他的先进文化少有涉猎的父亲，也绝对不相信这世界上会有统治者真正是由全体民众选举产生的。从父亲自己的经历以及从他通读的中国历史书上看，他绝对不会相信这个世界上有人夺取权力是为了放弃权力、用枪杆子抢夺政权是为了把政权还给人民。中国的历史走不出这个怪圈的。

我无法说服父亲，父亲也无法说服我。我们默默地坐了一会儿。

父亲喃喃地说，我和你母亲一生的愿望就是你们几个孩子的平平安安，我真不愿看到你有个什么事，再说，你母亲又生了那种病……

终于不能不说到母亲的病，那是另外一个我没有准备好如何开口的事情。

结婚后才开始的恋爱

父亲声音低沉地说，他不理解母亲怎么就得了白血病，这不是年轻人才得的病吗？过了一会儿，他又说，他看了白血病的发病原因，其中就有一个是因为劳累和操心过度。他说都怪他自己前一段时间生病住院，母亲为了给他送饭，顶着6月的烈日每天三次到医院看他，给他送饭，又舍不得坐面的（一种比较便宜的出租车）。

你母亲是操劳的命，她的病是累出来的。父亲说到这里声音就有些沙哑了。父亲不想在我面前流泪，我也不想看见父亲流泪。我们两人都站了起来，父亲说，我过来广州也是想收拾你母亲的东西带回去。

你的母亲可能再也不能到广州过年了，父亲伤感地说。然后就开始在房间里东翻翻，西找找。我也帮不上忙，只能默默地看着父亲。房间本来不大，会利用空间的母亲把瓶瓶罐罐塞满了各处。记得以前，父亲看到母亲舍不得丢掉这些瓶瓶罐罐时，经常是和我们一起对母亲冷嘲热讽的。可是，眼前的父亲小心翼翼地一件一件盘点母亲的收藏，嘴巴里还在嘀咕：你母亲说这些东西如果不带回去，肯定被你丢掉，她说你大大咧咧，浪费都成习惯了。

父亲仿佛变了一个人，我想这才是真实的父亲吧。父母的婚姻是包办的，结婚前几乎没有见过面。我们年轻时常常拿父母的包办婚姻开玩笑。父亲也会顺着我们的玩笑笑闹道，他这个大知识分子竟然娶了一个只读过半年扫盲班的小女子……

父母当时社会地位悬殊，知识水平相差很大，性格更是有天壤之别。我一度认为这种包办婚姻之所以能够维持，大概是因为共同的经历以及我们这些子女。我想他们之间如果有某种爱，也可能是中国人传统推崇的"恩爱"吧——那种靠共同经历中逐渐形成的感恩的心态来维持的爱。

可是随着年岁的增长，看到周围亲戚朋友那越来越多的破碎的婚姻和不幸的家庭，再看看父母在无情的岁月中手牵手互相扶持一路走来的样子，我的看法动摇了。我甚至开始怀疑自由恋爱，并一度总结出自由恋爱反而没有由父母、亲戚、朋友包办的婚姻牢靠的观点。

当今年轻人自由恋爱的年代里，婚姻已经被越来越多的人证明为爱情的坟墓。可是对于父母，婚姻只不过是他们恋爱的开始。从结婚那一天开始，他们走过了风风雨雨的半个世纪，也谈了半个世纪的恋爱。

那天看到父亲轻轻抚摸母亲的瓶瓶罐罐的时候，我顿生羡慕之情和无限的感慨，没有想到，父母的恋爱持续到今天——而且就在离他们钻石婚只有几年的时候——再次达到了高潮……

虽然急着回到湖北母亲身边，但那里有哥哥姐姐照顾，而我此时的任务就是在广州陪伴父亲，让他好好休息几天。父亲喜欢广州，过去六个年头的冬天，他和母亲都是在广州度过的。广州的房子很小，坐落在外来人口为主的新市，邻居大多没有往来。父亲就喜欢这种深处热闹之中又拥有一份孤独的感觉。

可是我知道，母亲一点也不习惯广州的生活，她不太会说普通话，更无法和当地广州人沟通。她喜欢亲戚朋友经常串门的生活，而在广州，她一个熟人也没有。可是，母亲从来不说出自己的感受，她说，父亲到哪里，她就到哪里。

父母的性格就是如此迥异。父亲宁愿离开家乡去享受那份孤独，母亲一旦离开家乡就得忍受那份寂寞，母亲却总是依着父亲。

为了排解母亲的寂寞，父亲每个星期都带母亲到广州各个公园去玩。母亲又不肯坐出租车，于是两个70多岁的老人只能挤公共汽车。我听说广州的公交车至今还没人排队上车，更不用说给老人留位让座了。为此我心里非常不安，曾经专门给他们一些钱，指定说是出去游玩时坐出租车的。可是后来父亲告诉我，母亲得了一种怪病，一坐出租车就晕车。于是两位70多岁的老人继续挤公共汽车。

2004年底我回去广州看望他们的时候，发现母亲坐我开的小车并不晕，有说有笑的。在离开前，我硬是拉母亲坐上了一辆出租车，母亲很不自在，嘀咕说应该坐公共汽车。车开出 3 公里后，车里的计价器开始跳动，这时母亲的脸上开始露出惶恐的表情，她的眼睛在计价器上扫来扫去，神色越来越凝重。我问她是不是晕车，她说，不知道是不是晕车，就是很不舒服。这我看得出来。我让她把眼睛闭上，或者转向窗外远一点的地方。母亲听我的，闭上眼睛，可是几秒钟后又突然睁开，死死盯住计价器上跳动的数字。就算偶尔扫一眼窗外，眼睛也会很紧张地回到计价器上。很快我就发现了问题，母亲的表情随着计价器上的数字增加而越来越严肃和紧张，同时，我观察到，那个计价器上的数字每跳动一次（每跳动一次增加一元钱），母亲的眉头就都会感应般地皱一下……

唉……我总算知道母亲为什么晕车了！

我付完出租车费后扶母亲下车，她脸色很不好。出租车离开后，她向我竖起两根指头，抱怨地说，本来只需要两块钱，坐 278（指278 路公交车，汇桥新城到车陂公交场），可是你却花了 30 元，作孽呀，钱就不是钱了吗……

我知道除非我开车，母亲今后是不会坐出租车的，她那一生俭朴惯了的善良的心脏是经受不住那嘀嗒嘀嗒的计价器的跳动的。

这个"怪病"和母亲的"餐馆综合症"如出一辙。母亲的"餐馆综合症"是我们戏称的。大姐、二哥和我都在外地工作，每次回去看望父母，少不了要带他们到大餐馆去吃一两顿。可是母亲每次进入这样的大餐馆，她的"餐馆综合症"就犯了。她先是东张西望、坐立不安，百般阻拦我们点菜。好不容易等菜上来后，母亲就会拿起菜单，一个个对照那些菜和菜单上的价。然后还没等我们第一口下肚，母亲就会告诉我们，如果她在家里做这个菜，只需花多少钱。那差价当然是五六倍到十几倍。这顿饭吃起来自然就没有那么痛快了。母亲还以外面的饭菜不卫生为由阻止我们到外面吃饭，最后都行不通了的时候，她干脆拒绝吃餐馆的饭菜，说吃了肚子不舒服（其实是心不舒服）。结果可想而知，我们就不再到外面的餐馆吃饭了。于是，母亲就很高兴，一边忙着张罗家常菜，一边嘀嘀咕咕做人的道理，要节约，不能浪费……

这就是我的母亲！

我和父亲外出吃饭，坐在出租车上时我想起了母亲的两大"怪病"，和父亲聊起来。父亲笑得眼泪都出来了。不过我很快就看出来父亲流出的眼泪并不都是因为好笑。我知道，才离开母亲两天的父亲想念母亲了。

回到房间看到父亲时时发呆，我问他，昨天晚上睡好没有？父亲摇摇头，欲言又止。我又问，爸爸，你和妈妈多久没有分开了？

父亲抬起头，想了一下说道，你参加工作，我们都退休后，就从来没有分开过。

我当然知道，而且知道父亲口中的"从来没有分开过"是什么意思。2005 年春节回家探望他们时，看到他们两人行动笨拙地挤到一个床上，父亲鼾声如雷，母亲辗转反侧；等到母亲好不容易睡着了，父亲又被噩梦闹醒，在那里唉声叹气。第二天，我笑着说，你们应该分开来睡，这样也许会睡得安稳一点。

我的话音还没有落，他们两人都摇起了头。母亲说，你父亲睡觉不安稳，晚上做噩梦时需要我叫醒他，说几句话，告诉他现在是什么时候，他才能再放心睡下去。父亲也不示弱，说母亲睡觉会滚到床下，又说，母亲心血管不好，我们在一起，也有个照应，你不知道有些老人半夜一口气喘不过来，就悄悄离开了吗？

自从他们退休后住到一起，两人从来没有分开过。父亲喜欢旅游，母亲不喜欢到处跑，但这些年在全国好多风景点，几乎都留下了两位老人独特的身影：一位兴冲冲的老头走在前面，牵着一个步履蹒跚好像总也跟不上的小老太太……

父母当然也有吵架的时候，有段时间还比较频繁。不过不管吵得多么凶，一到晚上，两人就会和好了。大多是生性乐观的母亲主动和解，我记得母亲用于和解的口头禅是"啊啊，我们还有几年好活的，还闹什么"。这些年，父母在一个锅里吃饭，一起种花、卖花，一起散步、买菜，一起看电视，一起旅游，一起接听子女的电话……有时我甚至怀疑，他们可能还会约好，一起去想事、一起去做梦吧……

我到广州的第一晚就看出父亲不习惯没有母亲在身边的生活，我担心这样下去，父亲的身体或者精神会出问题。其实，我也很不舒服，我早想回老家随州看望母亲了。

我说，爸爸，我想早点回随州。

有些萎靡不振的父亲一下子站了起来，说，那我们明天就回去吧？

那只属于我的微笑

过去 4 年里，我利用业余时间写了将近两百万字的文学作品，其中包括被网友称为中国第一套政治间谍小说的《致命弱点》《致命武器》和《致命追杀》三部曲。短短几年，在海外华人和国内网友中，我拥有了当初写小说时没有想到的众多读者，也通过网络交上很多朋友。可是，让我想不到的是，这两百万字的文学作品的影响力竟然比不上一篇短短千字的《母亲的剪报》，我不知道应该感到惭愧，还是应该感到骄傲。

那两百万字的文学作品都是精心虚构的，而这短短千字的散文却是我过去 4 年里写的唯一毫无修饰的真实故事。这篇短文在互联网登出后，随即就以我没有预料到的速度在虚拟空间流传，而且很快又上到国内《参考消息》等多达 20 份的全国性报纸和杂志上。后来朋友把互联网上收集到的资料传给我，我才知道这篇真实的记述竟然感动了那么多人，以致我也深深受到感动。

到了我这个年纪，如果为了赚人泪水而去写作，心里总有些发虚，也是过意不去的。我在写东西时尽量收起冲动的感情，怀抱一颗平常的心。写《母亲的剪报》时也是带着这种心情，把当时发生的事和我心中的想法一五一十地记述下来。然而，读者们肯定看出了我那平常心后面隐藏的巨大歉疚，对母亲的歉疚。

对母亲，我们总是想当然不管我们多大了，不管我们的母亲多老了，我们总是像当初母亲的"宝贝儿"、"心肝女"一样任性。

我们有谁会把自己放在母亲的位置上设身处地地想一想？母亲用尽了一生的力气和精力把我们抚养大，到老了，她们其实是多么的虚弱和可怜……

这篇文章之所以引起了那么大的共鸣，只因为真实和朴素的文字中隐藏着一个游子深深的歉疚，也因为每个读到此文的子女心中或多或少都怀着歉疚——对母亲的歉疚。

据互联网上记载，有一个中学老师在班上读了这篇文章，全班同学竟然无一不流泪的。这不是一篇煽情的文章，但我却能够理解读这篇文章而流泪的中学生的心情。想一想中学时代，也正是年轻人最叛逆的时期，青春的发育不但让我们看不到母亲的辛苦，而且还处处认为母亲阻碍了我们的肆无忌惮。在青春发育的某段时间里，我对父亲生出了鄙视，对母亲生出了厌烦。不过，他们仍然一如既往地爱我，为了子女鞠躬尽瘁。

让我吃惊的是，有很多上了年纪的人，包括我在北京的老上级、上海的老师和美国、澳洲的师长和忘年交们，看到这篇文章后，都给我来信来电，只反复告诉我一句话：我看了好多遍……他们饱经沧桑的声音里饱含的感情让我感动，那篇文章让他们想起了早已不在人世的双亲，抑或是想起了久久没有归家的子女？

最让我感动的还是和我同龄的人，他们大多事业有成，工作和生活在五湖四海，每天为前途和子女奔波忙碌得不亦乐乎。对于大多数人，可能天大的事也不能让他们稍微停下脚步，可是这篇文章却做到了。后来好多朋友告诉我，看到这篇文章后，他们放下了一切原本以为放不下的东西，拿起电话拨通了在他们的人生中已经逐渐排在了后排的母亲的电话……好友韦石从纽约打来电话，支支吾吾说起想回家看望母亲，说那篇文章让他深有体会——那一天，两个40岁的大男人在电话里竟然不知不觉地讨论起了对自己母亲的思念……现在想起来还觉得有些不可思议，你什么时候听说过两个40岁的大男人在长途电话里互相倾诉对自己母亲的思念？！

母亲的恩情是无法回报的，我们都欠着母亲很多。无论我们有多大的能力，无论我们做多少事情，都无法回报母亲对我们的养育之恩。而且，绝大多数母亲根本没有指望子女要回报她们什么。母亲不再年轻了，母亲老了，母亲走向人生的尽头，她们需要的只是长大后的子女一点关心、一份心意和一种理解——就像我的母亲。

母亲还是我的忠实读者。母亲因为患白内障，看书很困难，但她却一手拿着放大镜，一手举着书，硬是看完了中国古典十大名著中的七本。我电脑里有很多母亲看书的照片，那些照片成为鞭策我不停看书的动力。后来，母亲接受了白内障手术，重见光明了。知道我写了小说，她坚持要读。我把一本《致命武器》寄给她，结果母亲用一个月时间，看完了。

父亲说，母亲看书时，经常自言自语，有时会突然走神，有时会用家乡话骂人，有时又忧心忡忡，有时又满脸释然。父亲说，母亲是为书中的农民工遭遇喊不平，骂那些贪官污吏，同时，又为我写这样"危险"的书担心，一会儿说想念我了，一会儿又说，不要回去，政府会报复我的。后来，母亲又自言自语，说这书只是提醒政府，政府不会对我怎么样的，应该感谢我才对。

我很怀疑总共只上过一年私塾的母亲是否真能读懂我的书，但这怀疑是多余的。因为，我很快就知道了母亲以最朴素的感情读懂了儿子写的书。

父亲在电话里告诉我，读了我的书后，母亲变了，每次出门总是用眼光到处搜索。父亲原来以为没有了白内障的母亲对眼前的景象好奇，但不久就发现，母亲在搜索视线内的农民工。每当母亲看到悲惨的乞讨儿或带着小孩的乞讨妇女，总会走上去给几个钱。父亲开玩笑说，广州路边就是不缺少乞讨的农民工，如果母亲一直这样，我这个儿子该寄钱回家了。

前些年我把父母接到南方温暖的地方，安置他们住在广州，那里也是我《致命武器》中的背景城市。我可以想象，一生操劳、满脸皱纹、好像风干的劈柴似的母亲走向乞丐时那颤巍巍的样子，一定看上去并不比她施舍的农民乞丐要强多少。母亲从农村来，被城市的新奇弄得目不暇接，加上也77岁的人了，本来不会去注意农村来的打工仔打工妹。没有想到我的书却改变了自己的母亲，我心中惴惴不安。联想到以前我的读者中有很多广州住民，他们对我把广州写成不关心盲流的城市表示不满，写信告诉我：广州没有我书中写的那些农民工的悲惨事件，我应该多看看广州的发展和光明面。

我只有叹息，他们的眼睛竟然没有母亲那刚刚做过白内障手术的眼睛明亮。

有一次，我给家里打电话，还没有和父亲讲上几句，母亲就从父亲手里抢过电话，声音有些激动地说："我们刚刚回来，我们刚刚回来。"

我问母亲从哪里刚刚回来，她说从海珠广场，从海珠桥。

我知道海珠广场在哪里，离父母住的白云区比较远，于是我问："你们是打的吗？"

母亲沉默了一会，我知道他们舍不得花钱，又是挤公共汽车。广州的公共汽车至今没有排队上车的习惯，快到 80 岁的父母经常要和年轻人一起挤。我早就告诉他们，出门要打的，不要挤公共汽车。母亲知道我会生气，在电话那头说："我们的身体很好，花那个钱干啥？我们的钱有别的用处……"

我没有等母亲说完，就严厉地数落起来，母亲连插话的机会都没有了。过了一会，我听到电话里父亲的声音。父亲比母亲"理智"，我和他讲更好，我要让他们知道，他们如果以那样的高龄去挤公共汽车，儿子在海外不会过得心安。父亲听罢，告诉我，这些天他们每天都去海珠广场，如果打的是很浪费的，于是，他们一大早就起身，公交车还没有多少人，有位子坐。回来时，海珠桥附近有个起点站，那里也可以等到座位。一个小时的公交车只要两块钱就够了，打的的钱就节约下来了……

节约那几个钱干什么？让我不安宁吗？我大声打断父亲。

父亲过了一会才开口。他说，母亲这里有一张报纸，他要念给我听听。他还补充说，这些也许可以成为你下一部小说中的素材。接着，父亲念起了大年初四《南方都市报》上的一段消息，那消息大致如下：新春佳节的大年初二，在海珠桥下，一位平时靠拣垃圾维生的孕妇产下了一个女婴，一位农村来的清洁女工发现了……报纸作了报道，今天（大年初四）广州市民（特别提到一位姓郭的女士）

主动给这位孕妇送去了牛奶、婴儿衣服，其他市民也伸出了援手……

父亲说，母亲是新年初四看到这则消息的。从那以后，她每天都坚持要去看那对至今仍然睡在海珠桥下面的母亲和婴儿，来世上几天的婴儿！母亲当过接生婆，看到那对相依为命的母女后，除了把怀里藏的坐出租车的钱给那位妇女外，就是细心观察婴儿，她担心那孩子活不下去。母亲告诉那位婴儿的母亲，要给婴儿喝点水——就像母亲经常在国际长途中告诫我的那样，要多喝点水。

父亲说，今天（农历初十）他们也去过了，刚刚回来。母亲很高兴看到那位寄宿在大桥下面的母亲和婴儿旁边摆上了棉被和热水瓶，都是广州的好心人送的。母亲说，那个婴儿的母亲抽烟，所以她不准备送她钱了（怕她买烟用掉）。母亲要看看她们母女两人还少什么再购买，然后送过去。

我告诉父亲要和母亲说话。母亲接过电话，声音里不无愧疚和紧张，她一定怕我责怪她不打的。我只是问她，那妇女还住在海珠桥下？母亲不觉有异，说是的。我又急忙地问：有一个帐篷吗？母亲说，当然没有。不过，她补充说，那个母亲有一把雨伞，可以给婴儿挡风。她又补充说，桥下不怕雨的。我打断母亲说，可是那个婴儿怎么能和母亲一起住在大桥下。母亲喃喃地说：希望神保佑那个婴儿能够活下来。母亲说，有好心的市民要求抚养那个婴儿，但桥下的母亲说舍不得，说那孩子是她身上的一块肉。

这次轮到我在电话里沉默了。母亲大概从沉默中想到我的书，连忙解释道，你就不用担心了，你好好生活，这个可怜妇女的事已经见报了，这些天总有好心人去看她……

我的眼泪差一点流出来，从这个妇女在大桥下生下一个婴儿，到母亲今天去看望她们母子，整整8天了，好心的市民如郭女士给她们母女送去了牛奶和纸尿片，然而，我们的那个政府到哪里去了？我想骂，又怕母亲担心，也就强忍下愤怒和悲愤默默地放下了电话。

我知道怎么劝母亲都无济于事，次日一早，她老人家一定会再次挤上公共汽车，颠簸到海珠桥下。我的书也许别人没有看懂，但我的老母亲看懂了……

见到母亲前，我的心扑通直跳，母亲瘦了，我还认得出她吗？母亲还认得出我吗？她还会笑着迎接我吗？母亲会哭吗？我会流泪吗？

母亲本来住在医院，但不需要打点滴的时候，医生说最好还是回到家里，免得被医院的蚊虫感染。母亲住在城西一个小区里的三层小楼里。这栋楼是我们三兄弟合力为父母建造的。父母两人工作了一辈子，把毕生的精力都用在工作和子女身上，直到退休，还上无片瓦，下无寸地。我参加工作后，和两个哥哥一合计，由大哥出土地，小哥组织建筑队，我出钱，一年内把这栋"别墅"盖了起来。父母很高兴，说我们总算有了一个像样的家。

车进入小区，我老远已经看到站在门口的母亲。她正站在那里翘首以盼，单薄的身子好像随着不稳的车身晃动。看到车子后，母亲举起手招呼我们。车停下后，我还没有下车，已经传来母亲的笑声。车门打开，首先映入我眼帘的是母亲那张灰黄憔悴的脸，以及那上面虽然有些僵硬却没有多少变化的只属于我的笑容……

妈妈，你应该听医生的话，不应该跑到外面来。我一边佯装责怪地说，一边轻轻抱了一下母亲，我感到母亲轻飘飘的，心里不觉一沉。

母亲掩饰不住见到小儿子的兴奋，笑得嘴巴都合不拢。

我扶母亲回到屋里。刚刚坐下，母亲就收起了笑容，问道，你瘦了吧，怎么回事？

我说，我在减肥，当然就瘦了。

母亲表情立即严肃了起来，忧心忡忡地说，减肥！好好的减什么肥！

母亲的话差一点把我弄笑了。她老人家至今都还改不了一个老观念，认为胖比瘦好。她常常对我们说，人胖一点，三天三夜不吃饭也还跑得动，瘦人就没有力气了。我说，妈妈，我为什么要三天三夜不吃饭呢？母亲就不说话了，我们都知道母亲又想起了解放前跑土匪和躲日本鬼子的时候。

母亲倒真是瘦了，瘦得厉害，刚刚轻轻抱她的时候我已经感觉到了。我关心地问起母亲的胃口，她不经意地挥挥手，说我回来她就吃得进了。也不知道是我的回来还是她的天生乐观，我观察到，母亲的精神倒也还可以。

从见面开始，母亲就很少给我说话的机会，她兴奋地从我的两个儿子的身体问到学习，又问到我们的家庭，最后到我。一说到我，母亲简直就停不下来了，减肥千万要注意营养，要锻炼，不能靠节食……你的睡眠改善了没有？我电话里教你的方式用了没有？现在是否还穿化纤的内衣，一定要穿纯棉的，否则红血球会被杀死的，报纸上最新的消息还说……

说到后来,我都有了一种感觉,仿佛我不是回来看望病中的母亲,而是母亲在照顾我这个不懂事的儿子。好不容易等到母亲说累了,我才找到机会说话,可是无论是早就想好的安慰话,还是刚刚看到母亲时生出的关心的话语,到了嘴边就溜掉了,最后说出来的竟然是,妈妈,我饿了,你的小菜准备好没有?

那熟悉的只属于我一个人的笑容又回到母亲苍老的脸上,母亲倏地站了起来,摇晃了几下,高兴地说,早准备好啦,哈哈……

母亲有点遗憾地说,是你张姐按照我说的做的,不知道是不是一模一样,你试试合不合胃口。

母亲生病后,我们请了一个保姆住家帮忙,保姆姓张,我叫她张姐。张姐本来很会做菜,但母亲要求她一定要按照我的口味做。哥哥悄悄告诉我,母亲在旁边指挥张姐做菜,简直比她自己亲自上马还要辛苦。

来到餐厅,果然是满桌子大席,十几盘家乡小菜已经摆了满满一桌子:凉拌茼蒿,小葱豆条,清炒莴苣,虎皮尖椒……

父母、哥哥、姐姐和我都到齐了,满满一桌子人围着满满一桌子菜,其乐融融。大家都七嘴八舌地选一些开心的话题说。但我注意到大家都小心地绕开母亲的病,并不时观察母亲的表情。我们姐弟都知道,暗中使力就可以了,把母亲的病挂在嘴上有害无益。真希望母亲能够忘记她的病,真希望时间停顿,此时此刻的和睦快乐的气氛永远持续下去。

吃过中饭,母亲坚持要帮我收行李。在我打开箱子后,母亲看到了我的手提电脑，于是又开始啰唆起来。她说，那东西有辐射，要少点用，或者坐远点。母亲说她是从报纸上看到的，她剪下来了。后来三哥告诉我，母亲还有为我剪报的习惯。只是由于她发现很多所谓小偏方都是广告和变相的广告，于是这两年，她把注意力转移到给我剪一些披露真相的文章，什么奶粉不能喝，什么炸鸡里含有苏丹红，如何分辨真假鸡蛋等等。

吃完晚饭大家又聚在客厅聊天。父亲说由于外孙女也在国外，加上我的两个儿子在澳洲，二哥的儿子在外地做生意，三哥的儿子在广州读大学，不知道第三代什么时候也能聚齐。母亲轻声感叹道，好久没有在一起过春节了，不知道这个春节还能不能——

三哥立即打断母亲的话问我，春节是否还在随州，儿子能不能回来——我说，可以的、可以的。母亲突然插进话来说，你的儿子不能回来，今年过春节是二月十八日，那时澳洲的学校不放假，你儿子回来要耽误学业的，不能回来。

母亲的话让我愣了一下，没有想到母亲早就查过万年历。澳洲的暑假是和圣诞节连在一起的，中国春节的时候正是孩子开学不久的紧张时期。

接下来我们虽然继续争先恐后地聊天，但我的心里却有一个阴影在晃动，按照医生最初的推断，母亲春节时有可能病发……

大姐、二哥和三哥的欢声笑语还在我耳边跳跃，但我听出来这些都是说给母亲听的，他们的内心也分明有一个阴影在晃动。我转头看了看母亲，发现她老人家已经悄悄移到房间一角的小板凳上，表情有些呆板，心思好像已经游荡开去。

我走过去，轻轻扶住母亲的肩膀。母亲抬头看着我，就在两人的目光相触的一瞬间，我有一种母亲是从一个遥远的地方在凝视我的陌生感觉。我怔怔地站了一会，母亲也注意到了我的表情，她的脸上随即又挂上了我熟悉的微笑。只是此时此刻的微笑却深深刺痛了我的心——我分明地感觉到母亲的微笑是为了安慰儿子而勉强挂上的。

我扶着母亲来到院子里。我说，妈妈，我们在院子里散步吧，你教我的，饭后百步走，活到九十九。妈妈，你知道国外地方小，我都是在后花园里转来转去的——

母亲说，我们上三楼顶吧，那里比较宽。

我扶母亲一步一步走向三楼顶。上楼时，母亲轻声说，你不要为我的病担心，没有什么，我都不担心。

上到三楼，发现夜幕已经从四周慢慢围拢过来，我和母亲置身于父亲栽种的花草和盆景之间，感觉到一阵阵秋风吹过。

我没有力气去卖花了，母亲边说边轻轻摩挲面前的花草。母亲退休后开始用三轮车把父亲栽种的花草推到街上去卖，一直卖到她74岁眼睛看不清楚为止。

我说，不要卖了，特别是这些盆景，卖掉可惜了，留给我。就是卖，也卖给我，我都买下来……

母亲没有吭声，秋风把花草吹得一阵响动。我抬起头，看到母亲仰头凝视着夜空。我顺着母亲眼光的方向看上去，天空中被城市的灯光逼得若隐若现的小星星正顽强地一眨一眨地俯瞰着我们。

妈妈，你在想什么？我轻轻地问。

母亲叹了口气，没有动，过了一会，不知是自言自语，还是在回答我的问题，她轻轻地叫着我的小名说，老四，你能告诉妈妈，天上有什么吗？

天上有什么？

在我出生的医院，我陪伴着母亲

第二天一早，我开车送母亲到医院接受医生检查。随州市第一医院在城市的东边，我们住在城西的小区里。一大早，我扶母亲坐进车里，半开着车窗，然后慢慢驾驶着小车横穿随州市。母亲坐在我开的车里，呼吸着早晨新鲜的空气，兴奋得像小孩子一样东张西望。

进入到医院范围，我有一种异样的感觉，有点兴奋，有点伤感，这里算不算旧地重游？我是在这个医院出生的，后来母亲又在这个医院工作过一段时间。而我小时候生了几次大病，都是住进这个医院接受治疗的。

那时的医院是什么样子的？我搜索着记忆。吃药很苦，打针很痛，老人的呻吟和小孩子的哭叫此起彼伏，按说对于小孩子，医院就是一个令人讨厌的地方。可是我却搜索不出多少令人生畏的记忆，反而有一种亲切、温暖的感觉。从我懂事起，大多时间是跟着父亲，和母亲在一起的日子不多，除了春节，生病住院的时候会被送到母亲身边。能够和母亲在一起，自然是幸福时光了。这种幸福的记忆太强烈，其他的感觉都靠边站了。

也许正因为这样，在我的记忆中，医院竟然是和亲切的话语、温柔的拥抱联系在一起的，医院也是我最多感受到母爱的地方。

这种感觉一直跟随着我，至今都没有消退。

扶母亲进入住院部的走廊，我立即被走廊里不应该有的嘈杂和呛鼻的气味弄得眉头紧锁。进入母亲所在的3号病房，我更是被眼前所见吓了一跳。

3号病房里，并排三张单人床，每张中间相隔不到一米，原本是白颜色的铁床被年岁侵蚀，白油漆脱落的地方锈迹斑斑，让我立即想到恐怖电影里出现的铁床，触目惊心；铁床旁的茶几更是无法分出年代，好像是刚刚出土的文物，油漆早就脱落不说，木头也已经变得黑漆漆；床头原本白色的石灰墙上粘上了斑斑污迹，不知道是血迹还是污秽；床头呼叫护士的紧急按钮也从墙里脱出来，连在一根电线上在那里晃悠个不停；门窗破败不堪，一看就知道没有一个是能够关得紧的……

母亲坐到床上，伸手指了指房间里唯一的一张沙发椅子，招呼我坐下。我看了一眼那张单人沙发，禁不住浑身生出鸡皮疙瘩来。那张沙发可能是我在任何一个垃圾场都可以找到的，露在外面的木料早已经分不清颜色，沙发靠背上破了一个足可以让小孩子掉进去的大洞，露在外面的海绵像发霉的败絮……

这就是我印象中充满了母爱和温暖的医院？是我的记忆出了毛病，还是网络上那些攻击大陆医疗改革的文章的确是实事求是？几十年过去了，看看眼前病房景象，不但看不到任何进步，反而更显破败。昨天回来时路过一幢崭新的大楼，父亲告诉我，那是两年前新盖的随州市人民政府大楼。我的眼前一亮，被这金碧辉煌、巍峨雄壮、到处是花草和亭台楼阁的美轮美奂的大楼震住了，这可比我住过的美国和澳大利亚任何一个地方市政府大楼都要华丽、雄伟和气派得多，我心中一度生出自豪，甚至开始怀疑联合国每年都推出的中国人民的收入比美国和澳洲人民收入少了几十倍的统计报告是否准确，可是当我走进母亲的病房——随州市最好的人民医院时，我知道了，我们和美国、澳大利亚相差何止几十倍！

如今母亲就住在这样的医院里。我没有掩饰自己的失望和不满，我对来查房的医生说了自己的看法，他笑着对我说，条件一直都是这样的，没有什么改善。我又问母亲，母亲也说差不多，又补充说，听说正在盖新住院部，不知道我是否可以赶上。

医生查完房后，我没好气地说，妈妈，这里条件太差，我们转院到武汉怎么样？听说武汉协和医院的新住院部好像四星级酒店一样。

母亲没有吭声，过一会才说，我不想离开这里。可是当我再扫了几眼病房，深深吸了吸充满尿骚和消毒水气味的空气时，我暗自决定尽快为母亲办理转院，等一会儿再找机会说服她老人家。

就在我们准备离开时，一个和我年纪差不多的护士风风火火地来到病房。母亲介绍说她是外科住院部的护士长，比我小两岁。护士长扶母亲坐下，她自己坐在母亲的旁边问寒问暖，又张罗了一阵子，临走时还为母亲打了一瓶开水，让我这个亲生儿子看得别有一番滋味在心头。护士长离开后，我用询问的目光看着母亲，母亲笑着说，她是我接生的，就在这个医院。39年前，好不容易把她拉出产道，她已被窒息得奄奄一息，我用口把塞在她口腔里的污秽物吸出来，清理干净，又及时做人工呼吸，她才哭了起来，从鬼门关逃了回来，39年了……

我扶母亲离开病房，母亲好像想起了什么，停了一下。母亲说她要到隔壁的病房看一个老朋友。我和母亲一起来到5号病房，这里和3号病房一样有3张床，在靠窗的病床上，躺着一位正在打点滴的老人。老人见到母亲进来，使了吃奶的力气想支起身子坐起来，但被疼痛阻止了，只能举起有气无力的手晃了晃，算是打了招呼。母亲连忙走过去，帮助她把手放进被子里。母亲让我喊"罗阿姨"。母亲介绍说，罗阿姨比她大两岁，以前的同事，曾经在一起学习过。接下来，母亲带着自豪感向罗阿姨介绍起我，罗阿姨马上想起来了，自然少不了提起我小时候调皮捣蛋的一两件事。

离开5号病房，在走廊上，母亲又碰上一个叫不出名字的老人，他大概是刚刚住进来的，和我们擦身而过时显然也认出了母亲。母亲开朗地说，哦，你也进来了。老人哈哈一笑，说，进来好几次了，不知道这次还能不能出去。

看到那老人朝病房的另一个方向走去，母亲也没有再问他得了什么病，只是喃喃自语道，都进来了，没有死的都要进来的，都死得差不多了，这些老人我都认识……

不错，如果说母亲认识很多老人的话，那么这些老人最集中的地方就是医院了。母亲告诉我，在这里住院期间，她经常意外地和几十年前的熟人重逢。

我扶母亲走在走廊里。没有想到经过短短50米的走廊，母亲又被一个医生和一个护士拦住问长问短，从他们和母亲聊天的口气可以听出来，这个医生在母亲没有退休时就进了医院，那个护士是母亲一个几年前就过世了的熟人的女儿。

和熟人打招呼聊天时，母亲会松开我扶她的手，然后挺起胸膛。经过几个熟人后，母亲精神好多了，她走路的步子也轻快了些，好像一个在自己的军营里巡视的将军。

我随即打消了为母亲转院的想法，就算这里医院的环境再差，我也不应该把母亲转走。

母亲生病后，父亲的身体也出了状况，父亲的病不严重，老毛病，只需每天上、下午在急诊科的观察室打两瓶点滴就可以回家。

急诊观察室的房间比较大，有6张床。父亲坐在中间的一张病床上，精神很好。他正和旁边的病人和家属们聊天。我坐在床边，不一会也加入到聊天中。很快就了解了父亲旁边两个病床病人的情况。父亲说，这里虽然说是急诊，但有时没有急诊病人时，医生也会安排一些病情较轻的病人暂时入住，就像父亲一样，白天来打点滴，晚上就可以回家睡觉。父亲说，对面床铺上的那个女孩，只有她白天黑夜住在这里。

我这才注意到在父亲对面的床铺上蜷缩着一个女孩子，她几乎是唯一没有被我们的谈话吸引的病人。坐在女孩旁边的一个男子也加入了我们的谈话，是她的父亲。

回到家后，父亲告诉我，他不想住了，有时和服毒的病人住在一起，味道难闻死了。我不解地看着父亲，他说，急诊室和旁边的5号病房里的病人有好些是服毒病人。听到这里，我想起了那个蜷缩在床上的女孩。我问父亲，父亲说，她也是服毒的，而且最严重，在抢救室抢救了3天，算是活过来了。不过，还在发烧，不知道内脏是不是被毒坏了。我问那女孩为什么服毒，父亲摇摇头。

第二天我又问医生，医生告诉我，她不好好读书，她的父亲逼她读书，她就服毒了。医生说得轻描淡写，我听得暗自心惊。那个女孩很文静，躺在病床上一动不动，只是时不时眨动那对有些失神的大眼睛。

中午的时候，她起床了，从我面前走过。这是一位相当清秀、可以用"漂亮"来形容的女孩，瓜子脸，长头发，单薄的身材，个头都快赶上我了。女孩子离开时，我走近她的病床，对那位和我年纪差不多的父亲小声说，其实，孩子们面前的路很多，你不应该一定要逼她读书，也不是所有的孩子都能够好好读书，并考上大学的……

那位父亲脸上露出无奈和淡淡的悲哀。可不读书能干什么，他说，孩子两年前就辍学了，跑到南方去打工，可是她又受不了，就又回来了，说要继续读书，不要被人欺负——可是，唉，又读不下去了，我怎么办……

我问女孩多大年纪，他说今年16岁了。我想，两年前这个单薄的女孩才14岁，难道就到南方打工了？

我心中黯然。我会劝说那位父亲不要逼迫孩子读书，可是对于农村的孩子来说，读书升学几乎仍然是唯一的出路。我又何尝不是呢？如果当初不是考上大学，我至今还在家乡，可能早就下岗了。而农村的孩子是连下岗都盼望不到的。

那个女孩回来了，白净的面皮有些羞涩，低着头从我面前走过。我轻轻问了一声，好点了吧？她抬起头，只对我轻轻笑了一笑，就又低下了头，回到她自己的世界里。我们大人继续天南地北的交谈。那个女孩又恢复了蜷缩的姿势，安静地……只不过，我注意到，女孩开始倾听我们聊天，大眼睛也随着我的声音一眨一眨的。我想，这两天我要找机会和她谈一谈。因为我所看到的所有资料都显示，自杀过的人往往还会选择再次自杀。我想在离开前，做点什么。而且我也越来越忍不住好奇，是什么东西让这个如花似玉的女孩自杀呢？

可是，我想了两天也不知道如何开导、安慰这个女孩，我没有这方面的经验，更没有资格去为这位孩子指出什么光明前途。我很惭愧，也就拖了两天没有找她谈，只抽空对她的父亲进行开导，有时还批评他。他父亲都诚恳地点着头，话却不多。

随州医院倒是有精神和心理治疗科室，可是门可罗雀，医生坐在那里看报纸喝茶，一副需要心理治疗的样子。我想，如果他们能够对纷至沓来的自杀者顺便进行心理治疗，那就好了。我在医院的几天，看到了好多个运进来的自杀者，其中超过一半没有救过来。

就在我还在想如何和那女孩沟通，探听她心中的秘密，以及鼓起她生活的勇气的时候，那女孩却悄然出院了。我心里很不是滋味，我很关心那个女孩。他父亲有些木讷，我担心他们无法沟通，那小女孩迟早还会走上绝路。

我去找医生，我想知道那个女孩地址，也许我没有时间去看她，但我可以写一封信。我把这一想法告诉了医生。医生笑了笑，说，你还真有那份闲工夫——如果你真想做点好事，不如你等高考过后吧，特别是等分数下来时，到时这里总是能够收到好多位服毒自杀的学生，当然也许更多的是没有能够送到我们这里就死了的，还有个别家长，也会因为孩子高考失败而服毒自杀……

也许骨子里我无法忘本，经过接下来连续几天陪母亲到医院接受检查和治疗后，我渐渐适应了走廊里的嘈杂、空气中的尿骚和消毒水的味道，也习惯了坐在锈迹斑斑的铁床边或者残破的沙发上和母亲一起"接见"络绎不绝的亲戚朋友。

回去的第二个星期一，碰上母亲接受第五次穿刺，由沈主任亲自做。沈主任原来是院长，技术过关，也是母亲最信任的。

穿刺就是抽骨髓，是从肋骨下面扎下去，在我的想象中是很可怕的。在沈主任给母亲消毒后用纱布盖上，举起一支带着长长针头的注射器时，我不忍看下去，把脸转向一边。这时，母亲的声音响起来，老四，不怕，一点也不疼。

母亲的声音沙哑，但我却依稀分辨出几十年前当我打针时她安慰我的声音来。我知道，已经41岁的我在母亲面前永远是一个孩子。母亲的声音总是让我勇敢起来，我不怕，但我还是不愿意转过头来，不愿意看到母亲皮包骨的躯体在寒光闪闪的大针头下显得如此软弱无力，我怕自己忍不住会流泪——

这次检查的结果也不理想，虽然白血球有所上升，可是同时上升的还有癌细胞。沈主任告诉我们这一结果后，和我们姐弟私下商量了一阵，拟定了一个说法，由沈主任婉转地告诉母亲，当然还是隐瞒了最严重的部分。

第二天沈主任来到病房，亲切地对母亲说，你的病情很稳定，看起来没有什么大碍，你要放宽心。母亲听后脸上立即绽开了笑容。

沈主任不失时机地接着说，不过，为了防止最坏情况发生，也许应该考虑适当的时候开始做一个小剂量的化疗，我和你儿子商量了，希望你能够忍受一下，配合我们的治疗。

母亲愣了一下，也许正在思考，为什么情况很稳定，还需要去做化疗。我立即插进来说，如果你不想做，害怕化疗难受的话，也可以不做。反正没有什么大碍。

我故意装得轻描淡写的样子。

母亲看了我一眼，开口说，我不怕，只要你们希望我做，我就做。

她微微愣了几秒钟，突然说，怎么会受不了？能怎么难受呢？只当又坐了一次月子的（生孩子）。

母亲的话立即让我愣了一愣。母亲一生没有什么大病，对于她，生六个孩子是最辛苦的，前两个孩子由于条件不好，生出来就死掉了。大姐生于1955年，我是1965年出生的。母亲此时突然拿生孩子来对比，她是说者无意，可我听着，心里却别有一番滋味。

我看着躺在病床上的母亲，努力抑制着心里的波动，可是眼睛还是被一层雾气弄得有些模糊。模糊的眼前仿佛出现了41年前的情景，年轻漂亮的母亲躺在那里，用丰满有力的手臂轻轻揽住一个不安分的婴儿，那个婴儿就是我。

母亲的声音还在我耳畔回响，生你哥哥姐姐还算顺利，生你时虽然也是顺产，可是，那时我已经 36 岁了，你又发育得特别健壮，很有点吃力……

我突然打断母亲的话问道，你当时在哪个病房生下我的？

母亲想了一会才说，你记得刚刚经过医院大门口时左边有一排房子吗？

我点点头。

母亲说，顶头有一栋绿色琉璃瓦的小楼房，你就是在那里面出生的。那里现在已经不属于医院了。

现在是一个教堂，我们随州唯一的一个天主教堂。母亲补充了一句。

从哪里来，又到哪里去？

过了两天，一大早陪母亲到医院抽血检查，由于来得太早，我安排母亲在病床上先休息一会，自己则悄悄走出了病房。

我一直有睡懒觉的习惯，过去十多年，除非赶飞机火车，很少有 9 点以前起床的。偶尔因为开会什么的不得不爬起来，一天都会萎靡不振。一回到母亲身边，由于每天早上要陪母亲到医院，我竟然不知不觉把十几年养成的睡懒觉习惯都改掉了。

来到住院部下面，一看手表，才 6 点半，我这才感觉到天空的颜色碧蓝得很可爱，空气也好像刚刚榨出的果汁般清新。我慢慢散步到医院大门外，不知不觉地走向了那栋绿色琉璃瓦的三层洋楼。

楼房被一圈围栏围住，院子里的植物还是翠绿的颜色。我走了进去。院子中间有一个凉亭，亭子里亭亭玉立一尊汉白玉的雕像。走近一点，我才看出是端庄的圣母雕像。我矗立在那里，心中为母亲的病默默祈祷了一会，然后转身面对三层楼高。这幢三层绿色琉璃瓦的楼房，据说是外国传教士建造的，多少年来一直是随州比较耐看也最有特色的建筑物。这些年城市发展快了，这栋楼房才稍微逊色了一些。

楼房的左边有一个看上去比较简陋的大篷子一样的长条形房子，这就是以前当作产房的地方了。我站在那里不知道何去何从，这时，我听到从里面传出悠扬的吟诵声。我犹豫了短短几秒钟，就走了过去。

我轻轻推开一扇小门，一阵仿佛来自天堂的歌声立即把我全身拥抱住，眼前也出现了似曾相识的熟悉的一幕：背对着我的是40多位教徒的背影，布置简陋但透出庄严的台上，一位神父正在布道。

我默默地坐在最后一排凳子上。

我不是教徒，也没有参加过教堂的礼拜和任何正式的仪式。在我最迷茫和无依的时候，我不止一次渴求一个能指引我道路的上帝。我曾经多次徘徊在美国、澳洲的教堂门外，但却始终没有走进去。我不知道到底该到哪里去寻求上帝和神——教堂，还是佛庙？还是我自己灵魂的深处？

让我也想不到的是，今天我竟然这么轻松地走进了一间教堂——我41年前出生的地方。

礼拜结束后，40多个教徒站起来，转身缓缓离开。大概看我是新面孔，他们都冲我微笑，眼神里充满了关爱。我呆呆地站了一会，看到教徒都离去后，我也转过身准备离开。这时，身后响起了一个声音。

你第一次来。

我应了一声，转过身来，发现刚刚布完道的神父站在不远处微笑地看着我。他已经脱下了神父的长袍，穿着一件普通的夹克衫。他个头不高，脸膛黑里透红，微笑的眼睛炯炯有神，声音有河南口音。

他上下打量着我，笑着问，你不是本地的，从哪里来？

我平时都穿得随便，可是这次回家看望母亲，反而穿得西装笔挺，主要想给母亲一个很有精神的样子。不过在这样的一个小城市，早上6点半就西装革履，确实有些奇怪，神父的问题可能是冲我的打扮而来。

神父脸上的笑容让我一阵轻松。我说，神父，我从这里来，也从很远的地方来。神父怔了一下，脸上依然挂着笑容，眼睛里充满询问地看着我。我指了指教堂，说，41年前我就在这个教堂里出生，那时这里还是医院的产房——所以说我是从这里来的。不过出生后到今天，我走过60多个国家，现在住在地球的另一边，刚刚不久从很远的地方飞回来……

那么欢迎你回家，神父和善地说，向我伸出了手。

神父请我到他的办公室坐一会，我跟着他上到琉璃瓦房的二楼。神父姓张，河南人，是这个教堂的负责人。他介绍说，这里以前确实是随州市第一人民医院的一部分，但更早以前——解放前和解放初期，这栋楼房和那栋产房却是一个教堂。新中国成立后不久，政府把它收去作为第一人民医院，一晃就是几十年。6年前随州的教友们开始到处奔走，呼吁政府落实宗教政策，归还教堂给教友们。经过几年的努力，政府答应了。

张神父说，我们拿回来的是一幢空房子，真要恢复教堂原来的样子，不那么容易，政府给回房子，就没有钱给了，好在有教友和各方的支持，现在总算初具规模。

张神父说起院子里那尊新圣母像，骄傲地竖起了大拇指，那是他们完全靠筹集捐款在不久前才矗立起来的。进出随州市中心医院的人，都要从我们院子的围栏外面经过，他们只要稍微留意，就能看到圣母雕像。张神父开心地说，过路者会在围栏外站一会，仔细打量这尊陌生的圣母雕像。

我仔细地听，不时点头。等张神父介绍完后，我也简单地介绍了我自己的情况。当然，没有忘记说起今天早上的感受。

张神父听我说从国外回来，知道我多次徘徊在世界各地的教堂门前，直到今天才第一次走进来，他笑着说，用中国的话那叫有缘千里来相会，用我们教堂的说法，那是有神在指引你。

我觉得很不安。我直言不讳地说，每一次都是当我彷徨无依的时候，才会想到教堂和上帝，而在我春风得意时，我心中就没有他们的位置了。

我又告诉张神父，我的母亲得了白血病，目前我正在用一切科学能够达到的办法救治母亲。虽然我相信科学，而且也认为有能力用最好的技术和医药为母亲治病，但我知我无法对抗人类的终极命运。

我想尽一切努力让母亲在有生之年过得平静、幸福和快乐。我充满感情地说，又补充了一句，是母亲的病让我走进来的。

张神父想安慰我，但欲言又止。他起身给我沏了一杯茶，对我的直率表达表示了赞赏。他说，不管是因为什么原因走进来的，不必负疚；而且不管什么时候来到，都不会太晚，这里永远对你开放，欢迎你常常来。

张神父不计较我功利心态的开放态度让我感到很受用，也让我们接下来的聊天能够在轻松的气氛中进行。我们从宗教信仰谈到政治和经济发展，又谈起了对当今社会风气特别是随州的社会风气的看法。我告诉张神父，看到随州到处是下岗工人，到处是麻将、赌场馆，看到政府大楼越来越堂皇漂亮，看到民众上访抗议一波接一波，我心里非常难过。

让我惊奇的是，我们在很多关于社会风气和信仰上的观点惊人的一致，这让我多少有些迷糊。我自认为自己走了那么多路，读了那么多书，至今才慢慢悟出的道理，眼前这位待在我家乡的、比我年轻的神父竟然只靠读一本《圣经》就闹明白了吗？

后来，张神父向我介绍了教堂的发展前景，他希望教堂能够成为当今社会风气日下和道德底线不停沉沦的沙漠中的一片绿洲。我真心地表示感谢，谢谢这位虔诚的神父为我家乡那些在黑暗中徘徊的灵魂树立了一座通向天堂和寻找上帝的路标。

我说，虽然高中毕业后就离开了家乡，最后还离开了中国，但我一刻也没有忘记要为家乡的父老兄弟姐妹们做一些力所能及的事，把自己在外面看到和学到的有益的东西带回来，造福同胞。可是，真是惭愧得很，我不但至今一事无成，而且面对母亲的疾病，我感到那么无奈和迷茫⋯⋯

张神父伸出手在我手臂上轻轻拍了拍，微笑地看着我，鼓励我说下去。

我说，记得以前凡是我感到迷茫，觉得不知道自己从哪里来，该到哪里去的时候，就会打电话给母亲，母亲总能够用三言两语解决我的问题，消除我的烦躁，让我恢复平静。可是如今我的母亲踏上了人间最后一段旅程，也渐渐迷失了方向，按说现在是我这个做儿子的牵引母亲平静地走下去的时候，可是——我不但不知道如何去面对母亲的疾病，甚至找不到合适的话语去安慰我的母亲⋯⋯

我突然停下来，感到更加迷茫，不知道自己怎么会向刚刚认识的神父吐露这些天一直憋在心里的话。

张神父和蔼地看着我，声音清晰地说：你不会迷失自己的，凡是发现迷失了自己的人一般不会迷失太久，可怕的是那些自以为清醒的糊涂蛋。杨先生，我们这里也许无法治愈你母亲的白血病，但我们解决三个问题：人从哪里来，到哪里去，以及现在应该做些什么！

从哪里来？又到哪里去？

妻子打来电话，说小儿子铜锁要告诉我一个兴奋的消息。我很高兴地紧紧抓住话筒。因为上次离开前，铜锁问起了死是什么，而我又无法回答，记忆中这是儿子问出的第一个我不但不知道答案、还不知道到哪里去寻找答案的问题。我心里一直感到不安。妻子前几天才在电子邮件里告诉我，铜锁一直没有忘记那个话题，有时甚至被死的问题困扰一阵。我只能暗中责怪自己不应该和儿子谈起我也不知道答案的话题。

今天话筒里传来的铜锁的声音却很开朗。他在电话里告诉我，他知道了，原来人死后会到天上去，那里有个地方叫天堂。他说，他们有很多同学的爷爷奶奶都到天堂去了……他又补充了一句，你不要不相信，虽然有的老人很重，但到时会有长着翅膀的天使把他们轻轻一提就带上去了……

放下电话，我心中的一个负担也放了下来，然而心情却愈益沉重。我们一家人生活在国外，家族里并没有老人去世，所以孩子直到今天也并没有追究死亡的问题。孩子虽小，但人生观和生死观都在逐渐形成，有些问题是不能回避的。

记得很小的时候，两个儿子都先后对他们从哪里来产生了浓厚的兴趣。在铜锁两三岁时，我们商量好这样告诉他，你从中国来，父母都是中国人。

不久他就对这个历史答案失去了兴趣。于是我找到一个地球仪，一直转到中国的地方，用一支铅笔指着一个看不见的小点，告诉他从地理角度出发的答案：爸爸的家乡是一个叫随州的地方，爸爸在那里出生……

到铜锁三四岁后，我们不得不面对他进一步的质疑：我到底是哪里来的？

好了，现在该告诉他那个无法回避的生物意义上的答案了。我指了指妻子的肚子，说，你从妈妈的肚子里来。

后来在后花园和儿子一起播种花草时，我指着刚刚破土而出的小苗苗告诉他，这些苗苗就是你和哥哥，下面这块土地就是你们的妈妈，种子撒下去，你们就长出来了，生命这玩意就这么简单。

　　呵，酷！妈妈就像这大地一样？铜锁惊叹道。这让我深深理解了诗人们为什么把母亲比喻为大地。

　　随即铜锁又问了一句，谁把种子撒进母亲的肚子呢？

　　我举着手里的种子，尴尬地说，当然是我……

　　生物学上解释人从哪里来的答案，可能会让求知欲很强的铜锁安静相当长一段时间。等他再长大点，也许会提出那同一个问题，然而不是历史的，也不是地理的和生物学的，而是哲学的，正像他的哥哥已经开始思考的一样。

　　我们从哪里来？

　　我自己又何尝知道答案。我是无神论者，不是我选择的，是从小就这样被灌输的。这些天，我一直在想，我一定不能把自己的任何信仰或者没有任何信仰的世界观加在我自己儿子的身上。他们有选择的权力，最主要的是，他们生活在一个有选择信仰自由的环境里。

　　我相信那些相信上帝的人，对他们抱有好感，可是我却不信上帝。

美丽的白血病

　　我第一次接触到白血病这个词，是从20多年前日本一个很流行的电视剧中。剧里那个美丽的女孩得了血癌，表面上看不出却在体内无处不在的癌魔让她美丽的脸蛋更加苍白和凄美，也让她的爱情催人泪下。当时国门刚刚打开，外国电视剧不多，这部电视剧在我空白的脑袋里留下了深深的印象，加上后来又多次在文学作品中看到白血病把相爱中的年轻人分开，成就了一曲曲可歌可泣的爱情经典。

大概从那时开始，在我的脑袋里，白血病，总是和爱情、生离死别以及一些美得不真实的故事联系在一起。

听到母亲得了白血病时，一时无法回过神来。当告诉朋友们我母亲得了白血病时，他们的第一个反应几乎都是一样的——这么大的年纪也得白血病？

我从医学手册中查找的资料证实我们的疑惑不是没有根据。中国每10万人中，就有3至4人患白血病，90%是年轻人和中年人。白血病又分很多种类，但总体分急性和慢性两种。

慢性白血病患者的寿命平均一到三年，急性白血病患者平均寿命低于一年！

慢性白血病有一些药物可以调节，急性白血病则必须使用化疗、换骨髓等疗法。对于得了白血病的老年人，国内医院在做化疗和换骨髓手术时比较谨慎，不但考虑到医疗效果，也考虑到社会效应等方方面面。例如考虑到化疗和换骨髓的疗效周期比较长，加上老年人的身体状况，手术成功率低，就算成功了，存活率也就是几年，可是花费却是天文数字，一般的中国家庭根本无法负担。医生告诉我们，他们所说的老年人是指上了60岁的。

母亲已经77岁，虽然对于我们家庭不存在费用问题，但母亲的身体状况却让医生无法做出最后的决定。在和随州市最权威的医生沈主任商量后，我决定亲自带着母亲到武汉市协和医院见专家教授。多见一个专家，也就多了一份意见和建议，也让我们做子女的多了一份安心。

科学和现代医学能够走多远，我就愿意带着我的母亲走多远！

2006年10月25日，早上5点半我就醒来了，这可能是我过去5年来起得最早的一次，而且一爬起来，已经睡意全消。今天我将和三哥陪同母亲到武汉协和医院血液科看专家门诊，我想亲自听一听专家的建议，特别是他们对于母亲是否需要接受化疗的意见。

随州到武汉的高速公路已经全线开通，但三个小时的路程仍然让我们提心吊胆。为了坐在母亲身边照顾她，我没有开车，而是请了一位技术比较好的司机，我自己坐在母亲后面的座位上，一路上把两手放在母亲肩膀两边。整整三个多小时，我的眼睛死死盯着车窗前的路面，像一个高度紧张的侦察兵，一旦注意到路面稍微有起伏，就立即用双手扶住母亲的肩膀和脖颈，以防万一她会受震荡。

母亲的情绪很好。三哥悄悄告诉我，母亲每次见一个专家前都有这种情况，仿佛即将到来的会面会推翻以前的诊断，宣告那只是一场美丽的误会。

听起来心酸，可我又何尝不是如此希望？每次检查回来后看到母亲精神还好，情绪也不错，我竟然忘记了那可能是因为我们向母亲隐瞒了病情导致的。有时我自己竟然也被我们和医生共同编造的

"谎言"迷惑住，思绪竟然也滑向了"误诊"的边缘。有一次我陪沈主任到母亲病房，沈主任按照我们事先偷偷商量好的对母亲说了一通编造的"病情"，母亲听着很高兴，我竟然也听得糊里糊涂，忍不住开心起来。过后，我找个机会来到沈主任办公室，问他，你刚才说的是真的吗？我母亲真的没事？她的病并不是严重的白血病，而只是有点接近白血病，是你们有点误诊，对不对……

沈主任抬头看着我，就像看着一个病人。

今天带母亲到武汉协和医院见专家，我心里又何尝不是怀着一丝希望，希望这一切都是一场噩梦，一场阴差阳错久久没有醒来的噩梦。其实姐姐早前已经拿着母亲的病历两次独自前往武汉协和医院请不同的专家确诊过，结论都是一样的。

我们早上9点20分到达武汉市协和医院，停好车，和已在医院等候我们的武汉朋友汇合。他向我们介绍了协和医院的名声和医疗水平，这都给了我更大的信心。协和医院创始于140年前，是由一位美国传教士创立的。协和两个字，给人一种平和、舒服的感觉。

到了专家挂号处，才知道我们前来就医的专家宋善骏教授今天不来上班了。宋教授是湖北省最有声望的白血病医生，也是中南地区第一个成功完成骨髓移植的专家，今年快70岁了，每个星期只有星期二上午上班，最近常常不能上班。

我们只好安排母亲先在协和医院对面的宾馆住下，挂了下午上班的游教授的专家门诊号。中午趁母亲休息的时间，我拿着病历独自来到血液科门诊部。虽然门诊下午2点半才开始，但我到达的时候，血液科门前已经有了黑压压的一片人。

我站了一会，等到一个座位空出来，立即跑过去坐下来。坐下后，才发觉有些异样，原来在大陆有人的地方都很嘈杂，可是这里却异常宁静，人群中不乏交谈说笑的，声音都不很大。我和坐在旁边的一位中年妇女搭话，她友善地回答了我几个问题。接着她小心翼翼地问，你是来……

我说，我带母亲来看病，怀疑是白血病。

多久了，她疑惑地看着我。

三个月了。

三个月了还在怀疑？她更疑惑了。

不是医生怀疑，是我怀疑。我不好意思地说。又补充了一句，我母亲身体很好，精神也不错，人很乐观。医生一开始说她三到六个月会发病，这不，好好的呢，怎么看都不像得了白血病的人。

那位妇女"哦"了一声，友善地看着我，接着她用手指了指周围，微笑着说，他们看起来像白血病患者吗？

他们？我抬起头疑惑地扫了周围一眼，这才注意到周围这些等在门口的人大多是年轻人和一些中年人，他们或在轻轻交谈，或在闭目养神，神态安详，除了大多数脸色有些苍白外，并看不出有什么大的异样。

他们都和你母亲一样。她微笑着淡淡地说。

我大吃一惊，差一点跳起来。刚刚过来时，我以为这些人都像我一样是陪同病人来排队的，所以看到有一个空位，我毫不犹豫地冲上去占住了。我没有想到周围这些人都是白血病患者。我对此时站在我旁边的正关切地看着我的患者惭愧地笑了笑，坐也不是，站也不是。

接着就有好几位患者围拢在我周围，关心地询问我母亲的病情。尴尬的我只好找了个借口——我坐了一上午的车，屁股坐疼啦——站了起来。病友们推辞了一阵，最后让一个脸色苍白的20岁左右的姑娘坐了下来。

很快我就发现，这些来自湖北和湖南各地的白血病患者几乎都互相认识。他们都得了同一型号的血液病，属于慢性白血病。目前有一种美国新发明的药（格列卫）对他们这种白血病有抑制和治疗作用。可是这种药需要一个月吃一盒才有效，一盒的价钱是2.5万元人民币。对于这些已经倾家荡产的白血病患者，再也没有能力承担了。他们今天从各地赶过来，就是等着由中华慈善基金会资助的免费发放格列卫，今天坐门诊的游教授就是负责中南地区发放格列卫的指定专家。

这个药很有效吗？我满怀希望地问。

是的，很有效。那位坐在我旁边从孝感地区过来的妇女顺手指了指周围的几位病友，兴奋地说，你不用太担心，你看这些不都是白血病患者，他得了3年了，那位可爱的小姑娘已经吃了2年的药，这位更久，5年前就被确诊为白血病……

被她指到的病友都冲我微笑着点头，我心里感到一种前所未有的温暖。我知道，这些都是正在和血癌搏斗并和死神赛跑的人。我当然也知道，她没有指到的还有很多，也许他们永远都来不了了。白血病的痊愈率很低，我知道这个事实，他们也知道。但他们脸上虽然苍白，却始终流露着微笑和希望。由于病魔的折磨，他们都很虚弱，又由于大多得了一两年的病，都不愿意拖累亲人，他们几乎都是单身过来，有些是从很远的地区前一天就赶过来的，住在附近便宜的旅店里。今天他们见面，除了互相鼓励的微笑，还不忘互相支持，身体稍微强壮一点的还忙碌着招呼远道而来的，大家也对我这位健康的人问长问短，想着办法安慰我……

我经常参加聚会，不但在中国，也在美国和澳洲、欧洲；我参加聚会碰上的都是各色各样的人群，有些让我开心，有些让人厌烦，但没有哪一次聚会像这个中午的偶然相逢一样，在我心中留下那么多值得回味的温暖和希望。

我心中生出了感激之情，既感谢这些身患绝症的朋友给我的温暖和支持，也感谢那些慷慨解囊资助研究疾病和提供免费药物的个人和机构，他们的无私和爱心给患难中的人带来了支持、温暖和希望，也让我这个健康的人看到了人性的光辉。

那一天，我心中早就有的想法再次复活——那就是在我的一生中，一定要挤出时间、精力或者金钱为慈善事业做出自己力所能及的贡献。

母亲的护身符

下午 2 点，协和医院专家门诊门口集中了更多的患者。我打电话给三哥，让他从医院对面的小旅店把母亲护送过来。母亲来到时，和我一起聊天的患者纷纷为母亲让座。母亲是这里年岁最长的。

又过了 10 分钟，游教授还没有到。这时门诊部开始进来一个个背着布袋的送报人。他们进来后，就开始把布袋里的报纸拿出来，分给等在走廊里的患者。我注意到大多数患者根本不接这些免费派发的报纸，有些没有注意，被硬塞了一份在手里，他们也是连看都不看，顺手就丢在旁边的垃圾桶里。可是，母亲来者不拒地接下了这些免费派发的报纸。

姐姐两次到这里来过，当时也是满怀希望地接下了所有的报纸广告，足足收集了 30 多份。在白血病专家给母亲的病下了结论后，这些报纸一度被我们视为救命稻草。我们姐弟认真研究这些报纸，随即发动有条件的亲戚朋友，按照那些报纸上宣传的线索到处求医问药……

我们并没有告诉母亲报纸的事，现在母亲自己亲手拿到了，而且看得出，她老人家仅仅扫了眼大字标题，就寄托了希望在上面。

两点半快到时，游教授准时出现在诊室门口。游教授是一位看上去比我要小几岁的精干的年轻专家。我走过去问他，门外这么多病人，是否需要我帮忙维持一下秩序，或者帮他叫号。他说，谢谢，不用了，这些人都很熟悉这里的规矩，而且也很懂规矩，不会有问题的。

果然，诊室开门后，门外的 40 多位病人秩序井然，没有喧哗，没有拥挤，被叫到号的高高兴兴、满怀希望地走进去，没有叫到号的安静地等在一旁。母亲挂的是 25 号，可能要到下午 4 点半后才能够轮到。有两个武汉的病友看到这种情况，主动和我们调换号码。

结果很快就要轮到我们了。

快轮到母亲时，我找了个机会先进入游教授的诊室，我长话短说地告诉他，我带母亲来看病，但我不希望把最严重的结果告诉母亲。因为母亲很听我们的话，我们可以决定她的治疗，她也一定会配合的，希望医生照顾到母亲的情绪，把诊断结果直接告诉我们，对母亲最好能够避重就轻。

虽然年轻，但很有经验的游教授立即明白了我的意思。只是，当他知道母亲曾经行医30多年后，有些犹豫。游教授认为要找个说辞应付母亲不是那么容易的。我再三要求，游教授点了点头，答应试一试。我这才悄悄退出诊室。

轮到母亲时，我和三哥扶母亲进来。游教授看到母亲后，惊叹道，哦，您老的精神很好呀，是这样，你得的这个病虽然可以称为白血病，但也可以不这么说……总之，是不太严重，您老先放宽心，我们现在的医学技术和条件是有办法对付这种病的，所以，你要听医生的，听你儿子们的，要配合……化疗可能有些难受，但还是需要的，不会有什么问题……你的精神很不错，是不是因为儿子都回来了啊……

亲切的游教授让母亲很快舒缓了紧张情绪，放松下来的母亲又像一个小孩子一样叽里呱啦说开了。我知道，游教授后面还要看二十几位血液病患者，我们不能占用他太多时间。

好不容易让母亲停止了叨唠，我们扶住她朝外面走。在我们走到门口时，游教授假装不经意地喊，哦，杨先生，你等一下，我给你母亲开点药。

我示意三哥扶母亲先到走廊休息，自己回到了游教授旁边。我知道游教授是找借口留下我，要告诉我他的诊断。

我很紧张，其实心里也知道，我们拿着母亲的所有病历和化验数据找了不止十个专家了，还包括我在澳洲和美国找的洋专家，结论都是一样的。

果然，游教授告诉我的仍然一样。他建议，如果母亲身体能够受得了，还是准备做化疗，可以根据身体状况开始小剂量的化疗，减轻老人的痛苦。

游教授和我年纪相仿，又是一个认真的专家，我乘机提出了自己回来后一直憋在心里的疑问。我说，游教授，我不知道母亲的病到底有多严重，你也看到了，她虽然瘦了，脸色有些苍白，可是她的精神不错，而且从诊断出血癌到现在，身上基本上不疼不痒，以前医生诊断她有可能三个月左右发病，现在什么事也没有……我并不是怀疑你们误诊——可是，如果这种情况能够持续下去，我看不出为什么要去做化疗，让老人受苦，还冒生命危险……

游教授沉吟了一下，说，你只说对了一半，你母亲的身体状况确实不错，而且三个月都没有一点感染迹象，这也说明你们把老人照顾得很好。不过，你说你母亲不痛不痒就说明你不了解这种病，你母亲得的这种急性白血病一旦病发，疼痛将是你无法想象的，大多数病人在极度的痛苦中结束生命……

我的头皮发麻，身上感到一阵冰冷，好像那种非人的疼痛即将降临到我的身上。我结结巴巴地问，那请你告诉我，从专家的眼光出发，我母亲能坚持多久？

这说不准，游教授想了一下，如果你一定要知道一个数字，我还是这样说，也许三年，也许半个月，都有可能发病，我也不好确定，春节左右很危险，我是从她的检查结果推断的。

愣了十几秒，我才回过神来，问道，你负责发放的格列卫药对我母亲的病有没有效果，我们可以购买吗？

没有用，游教授微微抬高声音说，格列卫只针对某种慢性白血病，你母亲得的这种白血病，无药可救，只有化疗，无论世界上哪个医院，无论哪个专家都会这样告诉你的。

我怀着最后一线希望问，刚才我们在外面等你时，有几十个过来发报纸的，报纸都说中药可以治愈血癌……

那些报纸是骗人的！游教授这时才显出一些不耐烦，毕竟我占用了太多时间，他今天必须要看完所有等在外面的患者，很多患者和我们一样是远道而来的。

我离开诊室，扶着母亲离开了协和医院。

车子驶出武汉市区的时候，太阳已经下山。虽然我竭力掩饰疲惫和失望，但母亲还是感觉到了。她鼓励我说，不要灰心，没有那么严重，我们还有办法。

母亲说的办法就是她在诊室外面收集的 20 多份报纸。那些名为报纸实为纯广告的东西印刷得很精美，很能迷惑人。头版大多弄得像地方报纸一样登载了国家卫生部门发布的消息，还有一些有关我国卫生医疗方面的新闻报道。在这些重要新闻之间，往往会出现一篇"新闻特写"或者"人物专访"，内容大体相同——某某癌症患者在走遍了各大医院最后不得不回到家里等死时，听到了一个偏方，患者抱着最后一线希望汇钱去买药。没有想到，几服药下肚，奇迹出现了……接下来几个版面连篇累牍地从各个侧面介绍这位神秘中医的神奇配方，如何一次次把垂死患者的癌细胞消除于无形中。有些广告显然还请到了专家和医托出来做旁证。在某个版面的最下角，就是汇款购药的银行账号。有几张报纸更露骨地声称，他们不用看患者，只要家属寄钱过来买药，就有可能药到癌除，机不可失，时不再来……

这些所谓的治癌秘方都声称自己是中药，没有人说是西药。母亲刚才已经抽空看了几篇，从她的表情上，我可以看出来，母亲开始相信这些广告。

我不知道如何告诉母亲，我们姐弟早就掌握了这些报纸，也已经发动亲戚朋友多方实地考察过，除了有几个挂靠在医学院的老中医声称他们的配方能够增强癌症患者的抵抗力外，其他的所谓秘方几乎连营养品都称不上，完全是骗子。有几个留的地址甚至是假的，其中一位，在姐姐终于找到人后，发现这位自称有治愈血癌秘方的中医正被感冒折磨得死去活来。

我接触的所有专家几乎都不主张我们在母亲身上试那些打着中药招牌的祖传秘方，甚至担心对母亲的身体有副作用。

我对中医没有任何偏见，而且我认为中医的原理更贴近大自然的本身规律。大千世界生出万物，遵循的是相生相克的原理，自然界中某物得了一种病，就一定会有另外一种克制这种病的物质存在。只是人类发展不够长，还没有能够深刻认知自然万物的奥秘。可是，自从母亲生病后，我通过网络，到处求医问药。稍微一落实就找朋友去登门拜访，几乎每一次都碰上骗子。这些人都自称自己是中医。那些集中在癌症门诊门口散发虚假广告的，也都是打着中医的招牌行骗。

这些打着中医招牌的骗子很会利用癌症患者的绝望心理，又利用目前国家没有规范统一治疗某些疾病的规章和制度，把一些普通中药说成是治疗癌症的偏方，把一些营养药物说成是克癌秘方。今天我在协和医院门诊门口见到的那些患者告诉我，他们中的绝大多数都受过这些人的欺骗，曾经被这些打着中医招牌的骗子折腾得东奔西走，最后是倾家荡产。那天我接触的白血病患者，加起来几乎走遍了全中国，到处寻医问药，但没有一个人相信有某一种中药秘方可以治疗白血病。

有些骗子利用中医的神秘性和模糊治疗效果，干些伤天害理的勾当，欺骗的何止是患者的血汗钱，伤害的更是人伦底线。同时也在把有几千年历史的中药往绝路上推，让民众误认为中医本身就是连蒙带骗。

我自己是吃一堑长一智，可是我却不知道如何说服母亲。

我想帮母亲收起这些报纸，但母亲不让我插手，自己小心翼翼地收了起来。母亲显然担心我会趁她不注意就丢掉这些报纸。看到母亲的样子，我心里一阵难过。正如游教授说的，母亲是医生，家里有很多医疗手册，她又很清楚自己的各项检查数据，她不可能不知道自己的病有多严重吧？

这些天来，虽然母亲一直没有在我们面前说出她到底知道了多少，可是还是多次流露出她绝望的心情。母亲会不会也像我们在"欺骗"她一样，也在"欺骗"我们呢？母亲心里到底怎么想的？母亲心里痛苦难受吗？如果是，我希望和她分担，我不想她强颜欢笑，装得若无其事，自己一个人在心中忍受痛苦。

我千里迢迢赶回来，不但不能分担母亲心中的忧愁和悲苦，反而让母亲在那里假装没事来安慰我……我绝对不能让母亲一个人面对孤独和忧伤，可是，我能干什么？我甚至无法和母亲一起直面她的病，更不知道如何同母亲一起面对终归要到来的死亡……

折腾了一天的母亲不一会就昏昏睡去，我双手轻轻扶住母亲的肩膀。夜幕笼罩住高速公路后，一阵凉风钻进车厢里。我从随身的背包里拿出一条小毛毯，轻轻为母亲盖在胸脯上，这时，母亲突然醒来，她急忙伸手到胸前摸索着……

我注意到母亲在摸索她胸脯贴身口袋里的物件，心中有些好奇，不知道母亲带了什么出来。

摸到胸脯口袋里的物件，母亲睡意全消，要我陪她聊天。我提到前两天到我出生的地方——教堂去的事，母亲认真地听着。最后我试探着对母亲说，妈妈，教堂的神父为你祈福了，改天有空的话，你想不想和我一起去我出生的地方看一看？

母亲说，她路过那里时进去过，可是——

母亲犹豫了一下，在我的鼓励下，才喃喃地说，圣母是外国人，上帝也是外国人，没有中国人吗？

我怔住了，忘记了母亲一辈子都在乡镇工作和生活，60岁以前没有见过外国人，如果要想她接受上帝，首先得让她接受那个主宰她的人是外国人长相这个事实——这对于母亲，可能太难了。

看到我的为难，母亲不好意思地笑了笑，随即她小心地伸手到胸脯的内衣口袋里，在里面摸索了一会，掏出了一个小红包。母亲颤巍巍地抓着那个小红包，递给我时面色有些愧疚地说，你不会笑话妈妈吧？

　　我小心地接过来，借着车内微弱的灯光，一层层打开母亲贴身戴着的这个小红包——眼前出现了好几个精致的神牌和小符——这就是传说中的各种护身符。

　　母亲完完全全知道自己的病，而且一生都在产房迎接生命和治病救人的母亲心里，也肯定清楚现代医学的局限——母亲身上的护身符清楚地说明了这一点。母亲平时是不相信鬼神的，至少在我这个无神论儿子面前，她是有所收敛的。

　　我默默地看着这些在高速公路快速闪现的路灯下恍如精灵般跳动的护身符，心情起伏不定。母亲眼睛盯住车窗外面，说，这些都是大家专门为我求的，说可以保平安，那个圆的铜牌是你初中的同学黄丽到武当山开光的，那个佛珠是我老同事的儿子到少林寺时许过愿的，还有那块玉……那个小袋子里装的祝福是一个练功的远房亲戚专门送来的，还有一个是我们这里算命最准的先生专门为我画的符……

　　母亲把每个护身符的来历都说了一遍，看得出都是凝聚了亲戚朋友的爱心的。我什么也说不出来，只是默默地把这些护身符小心地重新包起来，递给母亲。母亲颤巍巍地重新放进胸脯的内衣口袋里，喃喃地说，前几天在梦中我见到你的家家（外婆，读音同嘎嘎）了，她还对我咧着嘴笑呢，不过牙齿都长出来了……

我想笑，可不敢笑，害怕笑声变成了哭声。我不知道该说什么。

母亲抬头看了我一眼，小声说，你不会怪我吧，人老了，没用了，什么都想相信……

路灯闪过，母亲脸上竟然有歉疚的表情。

这歉疚好像一只无形的手捏住了我的心，我的心口一阵刺痛。我心中默默地骂自己是混蛋，天下最大的混蛋就是我了，那应该感到愧疚的本来是我，而不是母亲……

生与死的第二堂课：门前的坟场和床头的棺材

小时候我最快乐的时光是在一个叫雁家湾的地方度过的，雁家湾是随州市万和店下面的一个小山村，是我的"家家"（外婆）的老家。那时，我们姐弟四个大多时候是和父亲住在一起，可是当运动进行到高峰，或者敏锐的父亲感觉到造反派又要拿他开刀的时候，我们就会悄悄来到母亲身边。

母亲的家庭成分好，加上解放前没有读过什么书，又和父亲长期两地分居，所以受到的冲击不大。母亲对政治不敏感，也不感兴趣，哪怕是在"文化大革命"的高峰期，她都能找到借口不去参加医院的政治学习。她会对那些老是叫她去参加政治学习和批斗会的人嚷道，回去问问你的老娘，当初她要生你的时候憋不憋得住！

医院里只有一个妇产科医生，每天都有孩子出生，连那些造反派也拿她没有办法。再说，母亲说的也是事实，就算她不去参加多如牛毛的政治学习，并不说明就能够和我们在一起，她的工作日夜不分，随叫随到。这使得我们刚刚离开父亲的郁闷，又陷入母亲的忙乱之中，放学后经常吃冷饭冷菜，甚至饿肚子。

最高兴的时候就是母亲把我们送到外婆家过暑假。每次被送到外婆家时，还没有进村子就受到村里孩子们的夹道欢迎，我恨不得马上加入他们，简直都没有时间到外婆家报到了。印象中每一次来到外婆家大院门口时，外婆都倚靠在门边，手里总是拿着筛子或者扫帚，缺了牙的嘴巴笑得左看右看都合不拢。后来我问，家家，你每天就站在门口等我吗？我怎么每次来都看到你在门口呢？

外婆夸张地说，我的小灾星呀，你进村就像土匪和日本人来扫荡一样，鸡飞狗跳的，连土地爷都被你吓跑了，我还能不知道！

对了，是外婆养的那些鸡呀鸭的报了信。即使在全国都在割资本主义尾巴的年代，外婆也照样养几只鸡，而且在后院里种上一些青菜。曾经有大队的领导专门过来，要彻底割掉雁家湾的资本主义尾巴。结果被外婆拿着扫把，连威胁带骂地赶走了。外婆有一双小脚，但发起狠来，可犀利了，她可以一边骂，一边让两只小脚都不沾地地跳起来，让声音传得很远——你们这是作孽，要报应的……

当然那些信仰共产主义的大队干部不是被外婆的咒骂吓跑的，而是对外婆的威胁格外忌惮。外婆说，谁要杀了她的鸡，拔了她的苗，她就带着全家人到他家吃喝拉撒……

在外婆家的时光，也是我最感扬眉吐气的日子。

从我懂事起，我就能感觉到我们家和周围其他家庭的不同。在父亲的言传身教下，我很快闹明白了，因为爷爷拥有 30 亩土地而让我们家永远背上了沉重的十字架。要想不被人家欺负，不被同辈孩子指着我的额头骂"地主狗崽子"的话（这句骂人的话在当时比抽耳光更加让人难堪和痛苦），唯一的办法就是收起自己的本性和人性，夹着尾巴做孩子。这可能是父亲每每讲起自己在"文革"所受的苦难的时候，我虽然深表同情，但内心深处其实很漠然，更不用说流眼泪了的原因。因为我至今没有告诉父亲，在我八九岁的时候，就已经学会了在那些一边喊我地主狗崽子一边打我的人面前，老老实实地捂住头被打、被欺负。我的心灵受到的创伤，又岂是成年人能够理解的？

到外婆家是我的幸福时光，那里是我可以肆无忌惮流露出孩子本色的地方。外婆出身好是一个原因，更重要的原因是我的外婆在雁家湾是德高望重的。外婆的地位不是继承来的，更不是她跳着小脚骂出来和打出来的，外婆的地位是有历史原因的。

外婆生于 1907 年，18 岁时嫁给我的外公，来到雁家湾。外公识字，在村里有一定地位，也有几亩土地。但外公在 1942 年年仅48 岁时就得肺病去世了，外公的去世以及随后我舅舅得脑膜炎留下终身残疾，促成母亲后来去当上了一名医生。外公去世时，我的母亲只有 12 岁，她的弟弟——我的舅舅只有 6 岁。

外婆 35 岁守寡，开始颠着小脚接下家庭的担子，直到她 1994年去世。外婆守寡 52 年里，不但把母亲和舅舅拉扯成人，而且帮着残疾舅舅把三个孙子和一个孙女拉扯大，成家立业。52 年来，外婆一天也没有撂下早早去世的外公搁在她肩膀上的担子。

守寡的外婆怎样把妈妈和舅舅抚养成人，又经过了多少艰辛，当时的我自然一无所知，但村里的人却很清楚。对于这样的老太婆，村民们是很敬畏的。这敬畏就给我带来了莫大的幸福。我甚至一度认为，迷信的阿婆口里的天堂，就是这个雁家湾了。

　　一到那里，我就像被放风的囚犯，马上跟我年纪差不多的表弟们打成一片，加上我见多识广的公社孩子的身份，过不了两天，我就成了村子里的娃娃头。我们到红薯地挖红薯，上树抓鸟蛋，到小河里洗澡，到对面山上捉兔子……玩得不亦乐乎，虽然每个假期我都要挂彩，而且逞能的我至少有两次差一点淹死在村头的小河里。但那段幸福时光始终是我童年里最值得回忆的。

　　每次惹了祸，外婆都会拿起一根专门为我和表弟们准备的藤条打我们的屁股。老表们这个时候就会老老实实地站在那里，有时甚至会微微翘起屁股，方便外婆行刑。可是我就不同了，外婆打得很轻，我倒不怕疼，只是外婆心疼我们的裤子，总是要扒掉我们的裤子打，让我觉得在山村野孩子们面前暴露自己的屁股有失娃娃头的尊严。于是，我一看到外婆拿起藤条，撒身就跑。小脚的外婆就算两个脚一起跳起来，也是望尘莫及的。后来老表看到我的办法很有效，也学会了三十六计走为上。外婆先是很生气，说我带坏了老表，是个不懂规矩的小灾星。后来说着说着，就咧开缺牙的嘴巴笑了起来。对了，在我的印象中，外婆嘴巴里从来就是缺牙的……

　　外婆就是喜欢笑，整天乐呵呵的。她有时正在生气的时候，都会突然笑起来，也不知道她到底想起了什么好笑的。而且像母亲一样，她对人笑的时候，总让你感觉很舒服，好像她那笑就只是属于你一个人的。外婆这一笑，也就让我们干什么坏事都化险为夷了。当然外婆也有特别严肃认真的时候，例如有一次小表弟忍不住偷了隔壁人家的三条黄瓜分给我们几个吃，外婆知道后，一下午都没有笑。太阳落山的时候，她颠着小脚，带我们到村子对面的山上，那里有一大块坟地，村子里的老人死后大多都葬在这里。那地方让我感到害怕。

来到坟地，外婆一边对着一个坟头烧纸，一边好像自言自语地数落我们，说什么对不起列祖列宗，请他们原谅，要报应就报应到她一个人的身上……夕阳的余晖映照着飞舞的纸灰，加上外婆煞有介事地对那几十个高高低低、歪歪斜斜的坟头诉说衷肠的样子，让我们几个调皮的家伙有种肃然起敬的感觉。

外婆什么也没有对我们说，但我们知道偷隔壁人家院子里的黄瓜是万万不能的，这件事绝对和对面的坟头有某种我们当时还无法理解的内在联系。从那以后，我对对面山上的坟头就不单单是害怕，心中也渐渐生出一种敬畏的感觉来。

我们那一带的村子几乎都是开门见山，而那山上最好的位置肯定是一个个先人的坟头……我不敢一个人到坟场去，对那里又怕又敬，但从那时开始，那些坟场始终没有离开我的心。活人和死人住得这么近，在我幼小的心灵里留下了无法抹平的痕迹，常常促使我思索一些我也弄不清答案的问题。直到今天，当我到香港、澳门以及国外很多的城市，看到市中心突然冒出一片墓地的时候，我脑袋里就会立即浮现外婆门前的那片坟场，随即又会继续那时远远没有结束的思索……

坟场在村子对面的山上，毕竟还隔着一个小池塘和几条田埂，当时对我造成的冲击远远比不上外婆床头摆的那具恐怖的棺材。我在6岁时第一次遭遇了那具棺材。由于是用粗布密密实实覆盖着的，加上外婆的卧房黑灯瞎火的，我并不知道那里有具棺材。记得有一次，在和表弟们玩捉迷藏时，我爬进外婆的床底下，出来时爬错了方向，发现自己正在一具巨大的棺材下面，黑黝黝的，被两条木板支在那里，油漆厚重得仿佛要滴到我的身上，要不是6岁时的心脏很健康，我肯定会吓得晕过去。我最怕棺材了，总以为随时会有一条死人的手伸出来向我打招呼，或者把我拉进去。那天，我尖声怪叫着冲出外婆卧室，第一次体验了魂飞魄散的感觉。

晚上吃饭时我还心有余悸，外婆只是咧着嘴笑个不停。我严肃地看着她，她才停下来，警告我说，不要去弄那具棺材，那是她的，她今后要睡进去的。

我当时看着缺了牙的外婆简直就像看着一个老妖婆，不明白这老太婆说起自己的棺材怎么会那么得意和开心。后来表弟告诉我，外婆最宝贵的就是那副棺材。外婆担心自己死后残疾儿子无法帮她购买棺材，更担心参加了革命工作的母亲把她拉去烧掉，所以就早早准备好了棺材。有了棺材后，外婆和人家说话时，中气十足，有时又谦虚地称呼自己为"棺材瓤子"——意思是她迟早要去填充那副空棺材壳子的。

外婆在很生气的时候，曾经把老表们集中在她的棺材旁边开现场会。外婆说，你们要再没出息，我就不管你们了，我就早点钻进棺材里去舒舒服服躺着，省得为你们操心……

这话让我起了鸡皮疙瘩，觉得外婆真是可怕得很，脸上笑眯眯的，对我们也挺好的，可心里就是整天想着死、死、死。有一段时间，外婆房间那副棺材仿佛压在了我的心上，让我每次经过她的卧室时都呼吸急促，不觉加快脚步。

后来长大一点，也经常到其他农家去玩，这才知道，我们湖北随州乡下，很多有能力的人一早就把自己的棺材准备好了，放在卧室最好的位置，小心地覆盖起来。对于条件艰苦得吃了上顿没有下顿的农村人，最大的痛苦不是生前的饥寒交迫和水深火热，而是死后不能睡进一具棺材里入土为安。有了一副空棺材摆在那里，心里就充实多了。

当时我就曾经怀疑过，外婆整天乐呵呵的样子就和那具棺材有关，否则我看不出她有什么值得高兴的。那副棺材就是她的未来之家，她没有后顾之忧了。可是，那副棺材妨碍了我的自由，害得我在家里都不敢一个人到处走动。在外婆真惹我生气的时候，我曾经生出要用小刀把她的棺材划两条印来作为报复的恶毒念头，不过都因为我没胆子走进外婆的卧房而使得阴谋无法得逞。

那段时间我曾经认为，农村和我们的不同就在于他们离坟场和棺材这么近，朝夕相处，这使得他们从来不回避死亡。无论是外婆还是村子里的其他老人，谈论死亡几乎成了家常便饭。外婆常常用死亡来说事，例如对于那些欺负人的村民，她会告诉他们，小心死后遭报应，小心下地狱。还别说，那些恶霸不管多么强悍，听到外婆的诅咒，都会有所收敛。

我对外婆用死亡来威胁人的做法还是可以理解的，毕竟我连棺材都害怕。但另外一种说法就让我大惑不解了。例如有一次村里一位孤寡老人在经受了好几年病痛折磨后终于去了，外婆在送葬时不但没有哭，反而笑了起来，喃喃地说，谢天谢地，她不再受苦了，她去见他，他们要团圆了……

听得我毛骨悚然。

我人生中接受生与死的第二堂课就是在外婆那里完成的，只是当时我并没有完全消化这堂课传授的丰富内容，以至至今还常常温故而知新。

再长大一点，当我上了四年级时，我也渐渐接受了那具空空如也的棺材，有时还会走过去用手轻轻摸一下。外婆看见后很高兴的样子，喃喃地说，哦，老鬼，我的小灾星不怕棺材了，哦，老鬼，小灾星长大了……

外婆口里的"老鬼"是她供奉的大大小小几十个大鬼小鬼里最神秘莫测的一个。已经渐渐接受了门口的坟场和床头棺材的我，随着受到的教育的增加，开始对外婆的大鬼小鬼和"老鬼"发生了浓厚的兴趣……

外婆的大鬼小鬼和"老鬼"

外婆是雁家湾最迷信的老太婆，这是我读三四年级后才逐渐认识到的。我使用"最"这个词来说外婆的迷信，是想说她迷信得离谱。

她供奉的大鬼小鬼足有几十个，见庙就烧香，见鬼神就拜，家里几乎每个角落里都贴着红条条，我们称它们为"鬼画符"。房间里凡是我们够不着的地方，一定有一些木雕或者泥塑的神像待在那里。小的时候我没有注意到外婆的迷信，那是因为外婆已经把这些迷信变成了生活的一部分。

外婆最尊重的是观音菩萨、如来佛、玉皇大帝、太岁和判官，不过她不会轻易乞求这些位居高位的神仙的。等我后来外出工作也接触了一些民主自由思想的时候，我再次想起外婆的这些神，竟然感觉到外婆最崇拜的这几大神中，已经隐隐约约含着三权分立和五权分立的影子。例如，如来佛是主管立法的，鬼神的规矩都是他定的；玉皇大帝则是行政首长，相当于国务院总理，他的手下如灶王爷和土地爷，有时也搞点贪污腐败；而太岁是主管意识形态的，严厉死板得不得了；判官就是执掌司法的，铁面无情的他还亲自执行死刑，心狠手辣；至于观音菩萨，估计是负责国计民生的，从外婆村里的人上访时经常乞求她给一两个生男孩的指标来判断，观音菩萨还兼管计划生育工作。

外婆轻易不去打搅他们，最多在我动了她拜神的东西或者对她的神仙生出大不敬时，才会大叫一声"你这个小灾星，竟敢太岁头上动土"，拿出主管意识形态的太岁来压我。如果还不奏效，就去找她那条专门用来对付我屁股的藤条，我也就撒腿便跑。

但外婆对于这位几大神下面的大鬼小鬼就不那么客气了，她几乎有事没事都会去麻烦大鬼小鬼们。比较轻松的，也是我们这些孩子可以一起参加的就有送灶王爷、拜灶王爷。贿赂灶王爷，向灶王爷说好话只能由男人担当，外婆不得不站在一边指导我们，我们按照外婆教的祷告一阵匆匆了事。后来，我发现感谢灶王爷和西方基督徒吃饭时候的祈祷差不多，意思是感谢灶王爷让我们有饭菜吃，让我们一直能够揭得开锅。

土地爷地位则很低，我就看到过外婆在发现菜园子干裂后对土地爷出言不逊。每年还一定不会忘记送瘟神，外婆说如果我们能够坚持和她一起把瘟神送走，这一年就不会得病了。不过，我虽然全程参加了，但心并不诚，因为如果一年都不得病，我可就没有机会到母亲身边赖着不走了。

如果要讲外婆的迷信，三天三夜也讲不完，她老人家几乎每个月都有一些迷信活动，特别是春节期间，就更加厉害了。初一不能扫地，否则把财神扫走了。初三不能吃米饭，实在受不了了吃一点，但一粒都不能掉在地上。外婆说，这一天是稻米的生日（竟然稻米也过生日？），所以大家都要敬重养活我们的稻米。当然要敬重的还有河神、雨神和雷神，拜这些神是大人的事，我们是不能参加的。不过我心里总有点惴惴不安，怀疑我两次差一点被淹死可能和外婆不让我拜河神有关。

每年的端午节，外婆都会把家里的所有东西翻出来晒太阳，说这一天也是有毒的。六月六日是沐浴节。连七月七日牛郎织女鹊桥上相会，外婆也会兴冲冲地凑热闹。还有重阳节、中秋节……到冬至那一天，家里再穷，外婆也会去弄两条鱼回来，把吃剩的鱼头放进米桶，表示"有余"。每年的七月三十日，也正是我放暑假的时候，那一天比较特殊，外婆要供奉的大鬼叫"地藏菩萨"，是专门管理鬼神的菩萨，相当于现在的纪检委。

在我 10 岁的时候，我基本上能够把外婆的神仙以及大鬼小鬼都搞清楚了，当然除了其中的一个，那就是外婆口中经常念叨的"老鬼"。这老鬼好像没有固定节日，供奉他也不需要什么特殊的仪式，而且外婆说出"老鬼"的场合和语气都没有什么规律可循，有时是向"老鬼"汇报我们的生活，有时是抱怨"老鬼"不顾我们人间疾苦，有时甚至痛骂"老鬼"无情无义、撒手西归……

过了 10 岁生日，我已经被学校的社会主义教育弄成了一个不折不扣的无神论者。我已经学会对鬼神不敬，也不怕它们了，只是我开始担心外婆的事，生怕学校的老师和同学知道了我的外婆是个搞封建迷信的老顽固。从那时开始，我开始对外婆生出一些真正的不满。

上个世纪 80 年代初，我上了中学，我们家因为出身地主阶级而受欺负的历史也暂时结束，我开始准备高考，自然就少去雁家湾了。但我一直没有忘记外婆的迷信，并总想找机会直面一次外婆的大鬼小鬼，用自己所学的知识教育和挽救一下鬼迷心窍的外婆。

考上大学准备去报到前，我回了一次雁家湾，那时的雁家湾早就不再是我心中的天堂。我找了机会，对外婆供奉的神仙以及大鬼小鬼进行了猛烈的攻击，但由于我都是从课本上学到的，也一时之间找不到有力的方法把那些早就深入民间的大鬼小鬼们从外婆脑中驱除。加上外婆倚老卖老，结果最后我还是败下阵来。临走时，外婆还威胁说，如果我再在她那里对神鬼们不敬，她就不许我登门了。

我气馁而归，但也不是没有收获，我从老表那里搞清楚了"老鬼"

的身份。原来外婆称呼自己那死了几十年的丈夫为"老鬼"。而且过去几十年里，外婆都坚信"老鬼"的肉身虽然躺在对面山上的坟头里，但他的魂魄早就到天上去了。更不可思议的是，外婆甚至知道"老鬼"的魂灵所在的具体位置和地址，她如果在人间完成"老鬼"没有办完的事，死后就可以去和"老鬼"团圆了。

外婆说"老鬼"住在月亮上，她今后也要去的，那里也是嫦娥那一家子常住的地方。

后来很久都没有时间回去看望外婆，直到参加工作后的1990年，我才再次回到久别的雁家湾。当时外婆已经83岁了，老表们也长大成人。外婆每天还是闲不住，忙上忙下的。我觉得她太辛苦，决定把她接到城里母亲家住一阵子，让她享几年哪怕几个月的清福。我笑着说，外婆，我正在休假，我现在要接你到天堂去住几天。

和雁家湾相比，母亲的家毫无疑问是天堂，家务劳动不多，母亲都包了，菜市场就在楼下。外婆如果愿意，完全可以过一段饭来张口、衣来伸手的神仙日子。可是，不到一个星期，外婆就浑身不舒服起来，她说，天堂是这样的吗？天堂不用劳动吗？那可有什么意思呀！

看起来外婆是劳作惯了，突然停下来，就算不生病，也会感到浑身不舒服。另外一个原因是母亲家没有外婆供奉大鬼小鬼的地方，外婆感到很不自在。唉，外婆真是身在福中不知福，我好不容易有机会报答外婆，她竟然无福消受。

有一次听到外婆在一角和她的"老鬼"聊天，说什么如果天堂里不用劳动，那可怎么办？她去了怎么待得下去呢？我又好气又好笑，再次想起了外婆是个老封建、老迷信。我说，你就不要相信那些大鬼小鬼和"老鬼"了……

外婆生气地看着我，不理我。我趁热打铁地说，你的"老鬼"不是住在月亮上吗？

外婆没有回答，一颗牙齿也没有了的嘴巴咧开来冲我笑着，算是默认了。我冲到书架旁找出一本书，翻到美国宇航员登上月球的报道和照片，摊开在外婆的面前，大声说，家家，你看看！美国人早在20多年前就到月亮上去过了，这里有照片为证，你看！什么也没有，你的"老鬼"在哪里？

外婆当时有些痴呆，什么也没有说。后来母亲告诉我，我销假回北京后，外婆偷偷问她美国人是否真到月亮上了，月亮上真的什么也没有吗？外婆把那书找出来，翻到我当时给她看的页码——外婆不认识字，但盯着那些照片看了很久，后来就一个人悄悄地黯然神伤了好一阵子。

母亲说，外婆后来还是很快就回到了雁家湾，虽然有一段时间很消沉，但不久又恢复了。每次母亲回去看望她，外婆都最先打听我的情况。母亲知道外婆想念我了，说等我回来就让我去雁家湾看望她。没有想到听母亲说这话，外婆就急了，连声说，我知道他过得好就可以了，你不要让那个小灾星来看我，让我过几天平静日子，我会让"老鬼"保佑他的……

外婆于1994年春天去世，享年87岁。去世时非常平静，脸上带着笑容，好像是去见她分别了52年的"老鬼"……

外婆去世时我正在香港工作，当时正怀着要把地球走个遍的理想，朝气蓬勃，无暇他顾，没有赶回去见外婆最后一面，也没有参加外婆的葬礼。

外婆去世3年后的1997年，在我全家移民美国前，我回家看望母亲时和母亲谈起了外婆。我笑着对母亲说，外婆这人很有意思，我还没有发现有一个民间的鬼神她不去供奉和崇拜的，无论是佛教还是道教的神，她都不得罪，也太离谱了吧，我真怀疑她老人家到底有没有真正的信仰？

母亲一开始没有说话，我想母亲受外婆影响很深，骨子里也有迷信思想，只是她轻易不敢在我们面前为外婆辩护，她怕我像平时一样一句话就把她顶回去。母亲过了一会才说，你要出远门了，我应该让你知道更多一点外婆的故事，也许今后对你会有些用。

于是母亲就用平静的声音讲述了这个故事。

外公去世时，母亲12岁，舅舅只有6岁。那是1942年，民不聊生，兵荒马乱。外公就是在躲日本鬼子住进山里时生的肺病，缺医少药，很快就死了，留下35岁的外婆，带着她12岁的女儿和6岁的儿子。

如果是和平时期，勤俭持家、人缘也好的外婆再怎么艰难也可以过一份平稳日子，可是，日本人还在烧杀抢，土匪也常常来骚扰，几乎没有一个月的日子是安稳的。在母亲的记忆中，每年都有至少两三次在半夜被叫醒，翻身起床，提起床头早就准备好的细软，拔腿就跑。外婆一手牵一个，颠着小脚没头没脑地跑，看到哪里没有灯光，就朝哪里跑，母亲和舅舅往往被拉着跑了一阵子，才完全睁开眼睛——

跑啊，跑——母亲像讲一个童话故事一样声音平和地说，在我有了你们后，还经常做那种光着脚跑啊跑的梦，有时我出诊赶时间时，小时候跑土匪的事又记起来了——

　　母亲说，外婆再会持家，一个寡母又哪里能够喂饱三张嘴，吃野菜和树皮也发生过，特别是在跑日本兵和跑土匪、后来又跑国民党败兵的日子里。1944 年是最艰难的，8 岁的舅舅得了脑膜炎——这个病当时是治不好的，按照我们家的条件，不要说买药，就是吃饭都成问题。整整一年，你外婆抱着你舅舅，到处求医问神，见到医生就下跪，见到神庙也下拜，我带着当时卖家当的全部积蓄，跟着你外婆到处流浪……

　　母亲接着说，后来不知道是哪个神医的药方有效，还是你的外婆感动了上苍，你舅舅虽然瞎了一只眼睛，耳朵全聋（后来又变成了哑巴），但命却留下来了。你舅舅的性命虽然保住了，我们家庭的情况却更加糟糕，一个寡母一边靠纺纱、织布养活一家人，一边要照顾一个半失明的聋哑儿子，而且，她还舍不得让我花时间帮她干活，说是要我去认字学医，今后就可以治我父亲和我弟弟那样的病……

　　讲到 1949 年解放了，母亲松了一口气，说，解放后我去参加工作了，你外婆过了几年好日子，后来又开始张罗给残疾儿子娶媳妇，你的舅妈是一个大颈脖（严重的甲状腺肿大），结婚后两人都干不了重活，里里外外还是靠你外婆一个人操持。三年大饥荒和"文革"的时候，那些坏蛋又开始闹腾了，这次连跑都没有地方跑了。最艰难的时候，你外婆又是靠挖野菜充饥。我们家条件虽然好一些，可是也是吃了上顿没有下顿，也没有帮到你外婆的忙。倒是你外婆反过来帮我们不少，每当你的爸爸受到批判，外婆都会让我们把你们悄悄送到雁家湾……那时你外婆很大年纪了，身体也不好，但仍然像个老母鸡一样把你们这些小鸡死死罩住，生怕你们受到伤害。农村闹得最厉害时，所有的鬼神都被打碎了，他们说毛主席就是人间的真神，你们这些大鬼小鬼还不滚到阴间去，可你外婆就是不肯。她成为我们村子最后一个守护着鬼神的人，那时人间已经黑白颠倒，你外婆就是坚守着她那些鬼神的规矩，不但保护了你们，也保护了村子里很多人。不过，她可想不到呀，后来到我们家，你拿出美国人登上月亮的照片，可让你外婆难受了一阵子……

当时听到这里的我，心里很难受，什么话也说不出来。

母亲叹了口气继续说，我也说不清你外婆到底有什么信仰。但她心中一定信个啥事，不然的话，我们今天都不知道会在哪里呢。记得有一次我们村里人跑土匪，被堵在山上三天三夜没有饭吃，大家都很虚弱，你外婆因为把所有剩下的野菜都留给我们姐弟俩吃，那一次她就掉了四个牙齿……可是祸不单行，就在第三天晚上，土匪摸上了山。我们只好再跑，只是没有跑出多远，你外婆的小脚陷在水田里，我也从田埂上摔下来，你的聋哑舅舅也跑丢了，后面的土匪的灯光和喊叫声越来越近……我当时好累，我想，这次我们再也不用跑了，就睡在水田里，哪怕是睡进泥土里，也比这样没有目的地、好像永远到不了头的逃跑要好受一些。我再看你的外婆，她的两条腿都陷进去了，她只能用两只手在那里抓着向外爬。外婆一边拼命爬，一边还在祈求她那些大鬼小鬼和"老鬼"们保佑我们母子三人，给她力量让她爬起来……

母亲声音平静地说，那一次你外婆手指甲都抓掉了，终于爬了起来，我们逃掉了。没有跑掉的几个女村民包括和我一样大的一个小女孩，被土匪带走了，再也没有活着回来，尸体也没有找到。

听着母亲平静的述说，我的心里难过得要命。外婆生于那个战乱和忧患的年代，苦难的中国老百姓除了自求多福，又能依靠谁？外婆如果没有她自己的信仰和信念，又如何能够用没有牙齿的嘴巴笑呵呵地面对这一切？！

而自以为掌握了科学知识这把万能锁匙的我，非但没有帮我开启智慧之门，反而差一点锁住了外婆通向天堂的大门……

那一次，在离开前几天，我心里带着巨大的歉疚，和母亲于1997年8月回到雁家湾。雁家湾已经面目全非，老表们都出去打工了，外婆的老屋里只有聋哑舅舅独守空房，小村里听不到年轻人的欢笑声，小河和池塘已经干涸，对面小山上没有了树木，但坟头却更多了……

母亲带我来到外婆的坟前，坟头上长出了新草。母亲一边拔草，一边喃喃地说，应该立一个碑，草长长了，怕分不清了。

这正是我的意思，我立即附和母亲。母亲直起腰，想了一下说，老四，你外婆最疼你了，不如你来设计她的新墓碑好吗？你说，上面写什么呢？

我想好了，我轻轻抚摸着外婆坟头的青草说：

一位母亲、奶奶和外婆走过人间……

通向天堂的入口在哪里？

2006 年 11 月 11 日 11 点 11 分，母亲一面看着手里拎的挂钟，一面慌张地把我的车门关上，喊了声，快走哟！

我缓缓启动车子，看着后视镜里向我挥手的母亲单薄的身影越来越小，最后从我的视线里消失……

我只是临时到香港和广州一个多星期，但心里却有一种生离死别的感觉。我知道和母亲在一起的日子越来越少，心里很难过，但更难过的却是不能随便表达出心中的难过。我在母亲面前一直装得很轻松。其实，母亲又何尝不是如此？虽然这些日子有我陪伴，母亲的心情真的渐渐开朗起来，可母亲内心深处却并没有向我敞开。

听说我要到香港和广州去一个多星期，母亲表面上说我应该去办正事，不要每天在家无所事事，可是老人家却无法掩饰内心那舍不得我走的感情。

这就是母亲，一生都没有学会掩饰自己的感情，年纪大了，就更像一个老小孩。

我本来决定 9 号就动身，母亲知道后查了老皇历，说那个日子不适合出行。她问了我办事的最后期限，我说是 11 月 13 日到广州参加一个悉尼科技大学和广州社会科学院联合举办的研讨会。母亲又翻了通皇历，然后郑重其事地告诉我，11 月 11 日是很好的日子。我心里想笑，母亲知道我自己开车需要在路上休息一晚，11 月 11 日也是我最晚得动身的日子。

到了 11 月 11 日，我起身后想赶个大早，可是母亲已经准备了豆浆、蒸鸡蛋和我最喜欢吃的家乡火烧馍，我只好坐下来吃早餐。母亲陪我吃早餐，东扯西拉的，这一吃下来，就是一个多小时。当我又准备出发时，母亲突然说，等一下，不如等到 11 点 11 分再走。母亲像个小孩子一样兴高采烈地说，那么多笔直的"1"字，预示着你的旅途一路平安、一路顺风。我知道，母亲还是有些担心我一个人开车。

于是，在 11 月 11 日的 11 点 11 分，母亲看着手里的挂钟，准时把我的车门关上了。

这次计划在广州和香港也就呆一个多星期。我也多次告诉了母亲，然而母亲还是半信半疑。这和我以前好几次"骗"母亲有关，那时我都是几年才回来一次，每次到分别时都依依不舍，最难受的当然还是母亲。为了安慰母亲，我就会说，妈妈，我很快就会再回来看你的，真的。

这样说，使得分别没有那么难受，可是，这个"很快"几乎都毫无例外地变成了一年、两年甚至好几年。所以这次我虽然已经再三强调我会很快回来，母亲还是流露出了依依不舍。

就在我走的前两天，母亲从她的床底下拽出了一个木盒子，那是母亲一直珍藏的传家宝。我们也不知道有些什么，大概是存折和房契之类的吧。但即使母亲把所有的财产都放进去，也应该值不了几个钱。所以看到母亲郑重其事、小心翼翼的样子，我觉得有些好笑。

母亲用袖口擦了擦盒子，又不知道从哪里掏出了一把锁匙，打开了木盒子，我惊奇地发现，里面除了几张老照片和几本台历外，什么也没有。那老照片是我爷爷、奶奶和外婆的，就那么几张，所以母亲把它们当珍宝一样保存，生怕放在外面弄丢了、弄脏了。那些台历就是很普通的那种，手掌大，四四方方，有365页，放在桌子上或者挂在墙上，每天撕一张下来。

母亲从里面拿出两本台历，小心地吹了吹上面并不存在的灰尘，递给我说，你一定要好好保管，保证不要弄丢了。

我接过来，发现一本是1992年的台历，一本是1999年的。那正是我两个儿子出生的年份。两本台历都保存完好。我翻开有些发黄的内页，看到好多页上都写有密密麻麻的小字。再翻到儿子出生的那天，整页都写满了。母亲在这一页上记录了儿子出生的时辰，阴历阳历清清楚楚，出生时的重量以及各种我当时打电话告诉她的细节——而这些细节，我自己已经忘得一干二净了。

母亲的声音响起来：这上面我记录了你两个儿子出生后的一些情况，包括他们哪一天生病了，生的什么病，什么时候打了预防针，今后需要注意什么。我不和他们在一起，都是从你那里知道的，我怕你们忘记了，就记了下来。你总是大大咧咧，又东奔西走，你们走一个地方，就拉下很多东西……有些东西只有记下来才不会忘记，不要太相信医院的记录，医院现在都用电脑了，经常丢三落四……这两本台历你拿去，替我保管好，孩子们会用得着的……

这就是母亲从自己最珍视的箱子里拿出来留给我的。我仔细地收好这两本台历。母亲说的没错，我自己几乎都已经忘记了大儿子出生的时辰，以及出生那天的各种情况，更不用说他哪一天打了哪一种预防针，对什么药物有过敏反应，以及哪个月得了感冒，什么时候小肚子着凉了……

365 页台历上，母亲用歪歪扭扭的字迹为我们保留下了清清楚楚的记忆。我还记得，当我参加工作离开家时，母亲曾经送了一个小本本给我，那上面记录了我小时候的一些情况，包括生病住院、药物过敏等。我一直没有看，就丢在抽屉里。反正遇上什么事，我可以打电话问母亲。可是，一旦母亲去了很远、很远的地方，我还能随时接通电话问她吗？谁又能告诉我那年 3 岁时住院动手术的情况？我还知道自己的鼻子在冬天对什么过敏吗？我还记得……

我会把母亲给我的两本台历，还有那本小笔记本，像传家宝一样保存起来，而且，我也会从今天开始把儿子的一切都记录在一个小本子上，到时作为传家宝传给他们。

母亲留给我的传家宝，是多少金钱也无法买到的……

我独自驾驶着小车离开随州，上到平坦的汉十高速公路上，我长长地松了一口气，我想放松自己起伏不平的心情，我又想让自己真情流露一次……

总是忙，总是没有时间停下来，即使是偶尔停下来，不是为了子女就是自己的身体，又或者事业上受到了挫折，要暂时韬光养晦。在记忆中，年轻气盛的我，没有一次是为了父母而停下来的，停在他们的身边，陪伴他们。

直到他们都太老，直到母亲得了白血病，我才顿然醒悟地停下来，轻轻来到他们身边。可是，我能做什么呢？

记忆中，母亲总是能够像变魔术一样弄出一些我喜欢的家乡小菜，可是看到躺在病床上的母亲，我这才发现原来自己根本不清楚母亲喜欢吃什么，病中的母亲也已经完全失去了胃口。

记忆中，母亲一把屎一把尿地把我们拉扯大，总是缝缝补补、浆浆洗洗，从来没有停过，可是，眼前无助的母亲躺在病床上，我却不知道如何帮她换床单，如何帮她翻身。

记忆中，我无数次怀着感激承诺母亲，等我长大了，我要让她成为世界上最幸福和最快乐的人——可是等我长大了，母亲已经老得无法动弹了……

就在我感到无能为力的时候，我发现奇迹出现，只要我站在母亲的病床前，她眼中就会立即发出只有我才能感觉到的光芒，那就是幸福和快乐。虽然知道自己所做的有限，我还是尽量多地留在母亲的身边。从母亲的目光和声音中，我知道了她老人家需要的，不是孩子们提供的山珍海味，不是儿子的成功和社会地位，甚至也不是子女们如何亲手精心地照料，母亲需要的仅仅是做子女的一份心思，一份饱含爱意的心意。

其实，早在回家看望母亲前，我就暗自决定，一定要对母亲说出那句话，那句话在我心中憋了很久了。在母亲身边的这些日子，我也一直在找机会说出那句简单的话语，可每次话到嘴边就又溜掉了，至今我都没有说出口。而且，我也知道，就算下一次见面，我还是无法开口说出来。我会在她床边伺候她，我会在她睡觉时默默陪伴她，我会在她感觉痛楚时给她讲故事，甚至读书给她听，但我心里清楚，我还是不会说出那句话，那只有三个字的一句话——

那句话、那句简单得只有三个字的话，就是"我爱你"。

每次和儿子通话时，他们都会把"我爱你"挂在嘴边。他们在西方生活，自从会说话开始，"我爱你"三个字就一直没有离开嘴边。可是奇怪的是，不管这三个字听过多少遍，当父亲的我，每听一遍，都仍感到享受和快乐，还不时冒出新的感觉。

其实在西方，不但是小孩子，大人之间也是把"我爱你"挂在嘴边，满街都是。可是，我却很少很少使用这三个字，更从来没有对父母说过。从什么时候开始，我就暗暗计划，要对我的父母说出这三个字。这三个在我这代人中，很少听到、几乎没有说过的字。

现在在国内，受到不同教育的年轻一代也越来越多地使用这三个字，而且我发现，现在中国的年轻父母和孩子们也会逮到机会就让对方知道——"我爱你"。"我爱你"，早就不再只是年轻情侣之间的专用词。

可是对于我这一代，至少在我的亲戚朋友中，要说出"我爱你"并不容易。我们姐弟都没有对父母说过，互相之间也从来没有说过，而且在记忆中，父母也没有对我们说过这三个字。

这三个字太沉重，还是太轻浮？父母为什么至今都不对我们说"我爱你"？在年迈的母亲得了重病的时候，我怎么就是无法说出口？

母亲从来没有对我们说过这三个字，但我们却都明明白白地听到了：我们不是用耳朵听到的，因为母亲不是用嘴巴说出来的；我们是用心灵听到的，因为母亲是用自己的一生和自己的全副身心说出了这三个字——"我爱你"。

我知道了，我为什么无法对母亲说出这三个字。对于我，我可以对儿子们说，我爱你，我可以对初恋情人、对萍水相逢的人、对很多人说出"我爱你"，但我知道，我永远无法对母亲说出这三个字。

在母亲对我们的爱的面前，"我爱你"三个字显得如此轻浮和微不足道；而在我们对母亲的感情面前，"我爱你"却又如此沉重，沉重得让我无法开口。

要说爱你不容易，母亲！我只想年迈患病的你能够多给我一点时间，好让儿子有时间对你表达那三个字——这正是你传递给我的表达"我爱你"的方式：从来不说出口，默默地用自己的一生，无时无刻不让我们深深地感受到，你是那么爱我们……

回来这些天里，我一直在母亲面前扮演快乐和天真的角色，让自己紧张的心情被轻松的外表所掩盖，可是我内心承受了多么巨大的压力，也只有我自己才清楚。当我听到母亲得了白血病的时候，当我不声不响在互联网上查找出白血病死亡率以及老年白血病死亡率后，我心底就开始被一种绝望啃噬。

我让自己坚强起来，让自己充满信心，我要回来和母亲一起，和父亲、姐姐、哥哥一起向癌魔宣战，同死神赛跑。然而，我心里不是不清楚，那无法避免的死亡终究有一天要发生。我回来，不但是要和母亲一起对抗病魔，也是要随时和母亲一起迎接那不可避免的最终结果。可是，这些天过去了，我却始终无法开口……

如果母亲真像她表面装的一样并不知情，我倒也能心安理得；如果母亲像一些老人一样在睡梦中安然离去或者在糊里糊涂中走到人生的终点，我也会稍感安慰。然而，无论母亲怎么假装，我都看得出来，母亲已经知道自己的病情，也知道自己会随时走完人生的道路。

而母亲的假装就更让我难受。

母亲是乐观的，然而还是流露出了对前路的茫然和对死亡的恐惧，虽然她想竭力掩盖这样的感情，害怕会影响到亲人的情绪。可是作为儿子，我又怎么能够让母亲孤独地去面对茫然的未知和死亡的恐惧呢？

我回来干什么？不就是要面对癌症病魔吗？不就是要和母亲一起面对死亡，战胜死亡吗？

可是回来后我一直在回避，回避那已经充塞了母亲内心的对前路的茫然和对死亡的恐惧。

我不是自认为对生与死都深有体会和研究吗？为什么到今天还不知道如何开口，像一个懦夫一样，一味回避，让母亲独自一人被病魔和死亡的恐惧侵蚀？

车子开上高速公路，离开随州越来越远，我的心不但无法轻松，反而和母亲贴得更近……

这已经是我第三次走上汉十高速公路。前两次都有司机开车，我则坐在母亲的旁边，眼睛始终在母亲和眼前的路面来回转，竟然没有注意到这条高速公路两边的景色如此美丽而引人遐想……

汉十高速是刚刚启用不久的高速公路，车辆很少，大多时候，只有我的车在风驰电掣地疾驶。高速公路被深秋里红黄绿相间的植被夹在中间，不一会就让我产生了幻觉，仿佛此时此刻正奔向未知的未来。

从随州到武汉，要经过三个市，那名字都是我很熟悉的，但今天看到的高速路上的路牌，却给我一种异样感觉：安陆，云梦，孝感……

被美丽的秋色裹在中间的高速公路，接近140公里时速飞驰的感觉，还有这些仿佛隐藏着另一番深意的地名，都把我带向冥想的异域……恍惚之中，我在想，眼前会不会突然出现一个路标，指示通向天堂的高速公路由此入口呢？我又会不会轻轻拨动转向灯，双手握紧方向盘，无怨无悔地转进去呢？

如果有天堂，如果有一条高速公路通向那里，我愿意第一个拐进去，我愿意先于母亲到那里去走一走，这样等母亲要来时，我可以告诉她前方有什么。我希望我能够告诉母亲，放心大胆地走下去吧，那里等待你的不是虚无，而是……

父亲总是鼓励我们要背井离乡去追求理想，希望在他乡；母亲则总是在我们离开前悄悄告诉我们，如果我们遇到了挫折也不要太忧伤，总可以回到故乡，她永远在那里等着我们。正因为有了父亲，我们才充满希望，背起背囊到处流浪；正因为有了母亲，我们才从来没有陷入过绝望。只要有母亲在那里等着我们，随时迎接受挫的游子的归来，我坚信自己永远不会迷失方向，可是……

母亲已经感觉到自己走到了人生的终点，她感到孤独和彷徨，这是她最需要我的时候，我却不知道怎样去安慰她、引导她……

下雨了？蔚蓝的天空也会落下雨点？为什么车前的玻璃一片模糊？我打开刮雨器——

还是一片模糊，雨刷刷不掉眼球上的泪水……

不要遮挡我查看路标！

通向天堂高速路的入口，在哪里？

在天堂门外与上帝的对话

我本来并不想读博士学位，这个学位完全是为父亲而读的。父亲从小就进私塾，接受中国以孔孟之道为主的传统教育直到20岁，虽然解放后屡次以触及人的灵魂和改造人的思想为主的政治运动把父亲折磨得面目全非，但我还是发现，他前20年受过的教育已经深入骨髓，本性难移了。"文化大革命"中反复批判的"学而优则仕"和"万般皆下品，唯有读书高"的观念不但成为父亲暗中教育我们的指导思想，而且也成为他判断世人的唯一标准。直到今天，父亲见了一个年轻人，不分青红皂白，总是先问人家的学历，然后就拿一些他认为是人就应该读的书来试探人家。

从某种理论上说，父亲的观点没有错，可是在现实中，却未必行得通。例如他送给自己的孙子和外孙的座右铭是读书、读书、再读书。最好都上名牌大学，都能够拿到博士学位。

在当今不读书反而可以成大气候的背景下，父亲显得很迂腐。子女们也不可能都让他如愿以偿。于是父亲就常常唉声叹气，让我们心情也很沉重。加上我二哥的儿子，父亲的长孙偏偏读不进书，只对做生意感兴趣，让父亲非常生气，有一段时间闹得家庭不和，大家都郁郁寡欢。

我左右开导父亲，还是没有任何效果。最后我只好在电话里对父亲说，爸爸，我不但读了名牌大学，而且还拿到了国外的硕士学位，可是你知道吗？在国内政府机关工作时，我的领导大多数学历比我低，而且官职越大，学历越低。后来下海了，我打工的几家大企业的老板更是文盲加流氓，没有几个是认真读完中学的……在中国，人们界定成功人士的标准主要有两种：当官的和发财的。这两种人很少是靠读书取得成功的。父亲悲叹世风日下，又哀叹再这样下去，中国就完蛋了……

我可管不了那么多，我只希望父亲不要给后代施加太大的压力。我自己虽然在父亲的鞭策下考上了重点大学，可是也深受高考之害，至今关于考试的各种扭曲场景还常常出现在我的梦中，醒来后仍然心有余悸。后来我对凡是需要考试才能进入或者需要考试才可以毕业的读书都产生了一种本能的反感。

几年前，就在我刚刚平息二哥的儿子不读书引起的家庭风波后不久，父亲在电话里问我现在是什么学位。

我说还是硕士，硕士已经够我的工作需要了，我也没有时间去上学了。

父亲叹息一声后说，我看到报纸上报道有一个家庭出现了三个博士，真了不起……

接下来好长一段时间，父与子的交谈内容再也没有离开学历这个话题，无论我说什么，父亲都能扯回到博士这个话题上。父亲说来说去，中心思想只有一个，我应该抓紧时间拿一个博士学位。

我真的没有时间去拿博士学位，我有太多的书要读，而且我也对那种花几年时间去研究某个人的年谱和思想的研究方式不以为然。

可是父亲最后使出了撒手锏：我的子女竟然没有一个拿博士学位的，我自己又没有条件，连研究生都没有读，哎，我真失败，死不瞑目呀……

我真是无话可说，父亲说完自己死不瞑目后又马上转移到我的死上面来，他说，你当什么官，或者当什么总经理都是假的，你没有看到人家外国人死后，致悼词的人从来不称呼死者生前的职务吗？不过人家唯独不会忘记死者的博士称号！你不知道，职务那东西是身外物，人家给你就有，收回来你就啥都不是，可是博士头衔就不同了，那可是货真价实的……

父亲这样说，我没辙了。我一度想胡乱编一个甚至买一个博士头衔回去糊弄父亲，但又一想，以父亲的性格，他肯定会在第一时间把我的博士身份告诉所有的熟人。如果那种事情发生，我就是跳进黄河也洗不清了。

父亲终于成功了，我开始感觉到自己如果不弄个博士头衔在名字后面，不但对不起活着的父亲，就算我死后也没脸去见杨家的列祖列宗。于是，我开始读博士学位。

值得欣慰的是，读博士学位让我认识了亦师亦友的冯崇义博士以及另外一批学界师友，这是我没有想到的。事实上这两年我对与冯博士的交往和交流的兴趣早超过了读博士本身。冯博士是一位个头不高，但却壮志凌云的自由知识分子。出国这么多年，有了稳定的高工资工作，当了大学教授，他不但不改变自己的名字和国籍，而且痴心不改，始终关心中国政治体制改革、民众的生存状况和公民维权等活动。和他时不时地促膝谈心，倾听他对世事的分析和介绍中国的学者与流派，跟着他走进我不熟悉的理论领域，让我获益匪浅。

有朋友很早就提醒我，冯博士性格有些不同。我当然也注意到，冯博士在面对自己坚信的理念时会固执己见，是当今为数已经不多的仍然生活在思想和理想中的充满激情的知识分子，很多时候对世事的险恶不管不顾、一笑置之……正是他的这种性格和品质，填补了我读博士期间的无聊和郁闷。

我常常听人说这样一句话，吾爱吾师，吾更爱真理。我想说这话的时候，一般是学生要和老师决裂的时候，如果说学术独立倒可喜可贺，但在一些荒唐的年代，出现这么一句话时，往往是对老师翻脸不认人，或者是把老师往死里整的时候。

这种事永远不会发生在我的身上，我爱真理，但我也同样爱我的老师。当我的老师站在真理的对立面的时候，我会悄悄走开，我永远不会背叛老师。你可以说我没有立场，说我没有人文精神，没有科学精神，等等。

但我始终认为，在人类的社会，没有什么比人与人之间的关系和感情更重要的了。今天有人问我，你最自豪的是什么，我说，是我活了40多岁，不但没有害过人，甚至没有恨过害我的人。而且，最主要的是，认识我的那么多朋友、同事等等，哪怕我们有诸多不同，甚至立场截然相反，他们也不会想着去损害我。因为他们一定知道，我对他们，也绝对不会借口所谓真理、信念和立场而抛弃那份感情。

人活在世界上，最重要的就是这份人与人之间的感情。学会如何与人相处，如何爱人，也让自己被他人接受和爱，这才是所有学问中最大的学问。

我这次到广州就是参加由冯崇义博士牵头举办的中国改革与发

展问题研讨会。会议结束后，我陪冯博士逛书店。在书店里，他向我推荐一些理论名著，而且当场向我介绍内容，发表书评。我们师徒两人就这样站在广州天河城理论书籍前畅谈古今，引来匆匆而过购书者好奇的目光。

在广州逛过书店后，我们意犹未尽，又一起相约到香港购书。结果在香港旺角的七八个书店里，又出现了两位不谙世事的男人在那里侃侃而谈国家大事和民族前途的情景。

人到了一定的年纪，迟早会意识到有那么几位心灵之交的朋友要比很多身外之物来得畅快和实在……

从香港回到广州后，我又停留了几天，正准备启程返回湖北随州时，接到了来自澳洲的电话，结果，母亲的担忧成真，我不能按原计划返回随州了……

妻子在电话里说，小儿子铜锁咳嗽了一个多月了，一直没有告诉我，怕我担心。今天确诊为肺炎，不过医生说没有什么大事，也不需要住院，开了药带回家吃……

我一听就觉得脑袋里嗡嗡作响。肺炎不是什么严重的病，澳洲的医生也认为患肺炎的儿子不用住院，说明确实不严重，可是——肺炎！这可能是我唯一不敢掉以轻心的病。1988 年是我到北京外交部工作的第二年，因为不适应气候的关系开始咳嗽，看了一名中医和一名西医，他们都是开一点药就把我打发了，我也没有放在心上。结果咳嗽了一个多月，最后昏倒在工作岗位上，被领导送进北京医院的时候，医生说是大叶性肺炎，如果再送晚一天，可能就无法及时根治。

　　我在北京医院躺了一个月才痊愈，那是除了小时候在母亲身边生病住院以外的唯一一次住院。从那以后，每次家里有人咳嗽超过一个星期，我就紧张兮兮。没有想到现在铜锁也得了肺炎，而且已经咳嗽了一个多月，这个病该不会遗传吧……

　　我买了直飞悉尼的机票。在广州新白云机场登上南方航空公司波音飞机时，心里有些沉重，虽然电话中母亲督促我赶快回去悉尼，但我却觉得自己又"骗"了母亲一次。

　　坐在飞机上系上安全带时，有那么一阵子，我心里堵得慌。飞机要起飞时，我又感觉到什么地方不对劲，好像忘记了什么似的，但却想不起到底是什么。

　　飞机冲天而起，窗外的广州市被车灯和路灯照亮的街道很快变得像闪闪发光的钻石项链。10 分钟后，脚底下的灯光变成了繁星点点，飞机穿过夜幕，稍微调整了起飞的斜角。

　　两个小时后用完晚餐时，减少了燃油、减轻了重量的飞机又攀升了几百米。我朝窗外看出去，有种孙悟空在星星之间穿行的感觉。空服小姐走过来，让我把飞机的遮阳板关上，机舱的灯光也随即暗下来。可是我却无法入睡，我的思绪在儿子和母亲之间飞来飞去……

　　所谓"远儿不孝"，孔子也说"父母在，不远游"。作为一个远离父母的儿子，有时觉得是那么的无奈，照顾自己的儿子和照顾母亲竟然发生冲突，再加上事业——我想，中国肯定有无数个中年人和我一样不时面临这种难以取舍的选择。

　　8 个小时后，飞机已经在悉尼的上空。由于中国和悉尼的 3 个小时时差，悉尼已经是上午9点了。打开飞机的遮阳板，澳洲特有的阳光跳进了机舱里。澳洲几乎每天都是好天气，我眯着眼睛看出去，飞机正在降落，朵朵白云在我的脚下匆匆而过。空服员过来检查每个乘客的安全带，之后返回到自己的座位上，系上安全带，飞机要降落了。

虽然一夜没有睡好，我却毫无倦意，这才意识到陪伴母亲的两个月里，心中一直在想念儿子。我斜靠在座椅上，抿住嘴巴使劲吹气，一边减轻耳膜的压力，一边等待着飞机轮子摩擦跑道的声音响起，那应该是最容易出事，也是预示着安全着陆的时刻……

就在这时，我猛然意识到我忘记了什么！我突然睁大眼睛，慌张地四周张望，又朝飞机窗外望去，没有错、没有错，我在飞机上！飞机正在降落，可是——

可是，我却没有感觉到恐惧！从昨天到今天我都没有感觉到恐惧，那种纠缠了我16年的恐惧到哪里去了？我的飞行恐惧症不治而愈了吗？

16年前我参加工作不久，由于勤奋以及与领导关系不错，得到了多次陪同领导人出国的机会。在其中一次出访南美乘坐小飞机到南极附近观光时，在高空遇到罕有的乱流，飞机霎时变成了过山车，有那么十几秒几乎呈七十度倾斜飞行，行李全部掉了出来，没有系安全带的乘客也被抛离了座位，大家都吓得要么尖声怪叫要么连着划十字祈祷。和我一起的领导们也吓得脸色苍白。我当时倒并不怎么害怕，只是想，我死在这里，我那几个和我同时热恋的女朋友怎么办？

我没有想到的是,这次空中惊魂事件竟然让我得了飞行恐惧症。起初我不敢告诉任何人我害怕飞行,事实上,就算是告诉了,人家大多也会对我冷嘲热讽。我平时就是一副不怕死的样子,骑摩托车都是横冲直撞,什么高危险的活动和游戏我都来者不拒。怎么看,也看不出我是一个怕死怕到不敢坐飞机的人。

　　后来我才不得不承认一个事实,那就是飞行恐惧症是一种病,一种精神方面的疾病,和怕不怕死以及是否胆小没有直接的关系。我的飞行恐惧症严重的时候发展到不可思议的地步,例如,一拿到飞机票,就有种被判处死刑的感觉,以至飞行的几天前就会失眠、头痛,有时甚至偷偷设想一些机毁人亡时的情景。到了机场,就更有被绑赴刑场慷慨就义的感觉,焦虑、烦躁、手心冒汗、耳朵鸣响……看着一起上飞机的乘客们面色平静,谈笑风生,我是又嫉妒、又气愤——难道这些人不知道此刻正要登上的飞机和一个大铁棺材无异吗?!

　　可是最难受的还是不得不坐飞机。名利、地位是要靠工作得来的,再说还得养活自己。那时,因为工作需要,我几乎每个月都要飞行至少一次,得这个飞行恐惧症对我有多痛苦,也就不言而喻了。

　　后来出国了,我自己定下规矩,小于波音777的飞机不坐,宁肯坐火车和长途公共汽车,我想几百人一齐摔死的概率总归要小一些,这是科学的算法。如果从非科学出发,几百人命中注定同一天同一刻死亡的可能性也小很多吧。即使这样,每次坐上波音747和777,还是提心吊胆。我常常在飞机上暗中祈祷我并不相信的神和上帝,我还不能死,真的,我还不能死!这次让我平安着陆,我一定会做点什么事……

好在这些年坐飞机无数次，再也没有碰上那么严重的乱流，一些小的颠簸总是难免的。每次碰上颠簸，我都紧张异常，双手死死抓住扶手，额头冒汗，眼睛盯住仿佛和死亡一样空洞的天空……这时，我自己心中的上帝就会跳出来，我就会带着质问和祈求的口气和他展开对话：你不会让我今天就死在万米高空吧？我知道这里离天堂很近，可是……

告诉我一个你不应该死的理由——我听见心中的上帝问我。

我说，我没有做什么对不起良心和你老人家的事，虽然我并不相信你。

就这些？——我显然连自己心中的上帝都无法说服。

我说，我还有好多事没有做完，我的工作很重要……

你真这样认为？——我心中的上帝冷笑着哼了一声。

我结结巴巴地说，我的儿子还没有长大，我的父母还健在……

这些我当然会考虑，我心中上帝的口气明显软了下来，但随即话锋一转，又提出了一个问题，你难道没有一个为自己必须活下去的理由吗？

…………

看到其他的旅客呼呼大睡或者若无其事地看书玩游戏，我却不得不绞尽脑汁地去说服心中的上帝，我感到上帝对我的不公，可是我无计可施。

暂时放下上帝，观察一下周围，我就更加难以入睡。此时此刻在这一万多米的高空中，我的生命完全掌握在我完全不认识的两个飞行员手里，他们操持着我的生死大权，而我对他们一无所知：他们昨天是否和妻子或者情人吵架了，他们是否对自己的领导和工资、奖金满意，他们是否像我一样珍惜小命？

就算这些问题的答案都让我满意，可我又如何能够相信屁股下这堆钢铁机器？它会不会像我开的小车那样突然出机器故障呢？

就算这机器也没有问题，我对窗户外面的万米高空了解多少？是否会有强风骤起，是否有宇宙黑洞，是否有外星人……我知道我现在就在天堂门外，弄到最后，我还是不得不回到一个万能的上帝那里，祈求他怜悯我，让我留在人间。

那么现在又是什么突然让我的飞行恐惧症不治而愈呢？母亲的病？儿子的肺炎？对生与死的不断认识？还是我对心中的上帝有了新的认识……

生与死的第三堂课：被死亡吓得半死

从外表上看，最亲近的朋友也无法想象飞行恐惧症是如何在折磨我。刚参加工作就可以飞来飞去和领导一起出差，本来是我向往的，而且我最大的理想也是到世界各地去走走看看。可是，每一次的飞行都被恐惧症引起的死亡的阴影紧紧笼罩住，这其中的滋味也只有我自己才心知肚明。

可是如果不只是从身体和精神上看问题，如果可以从思想领域来回顾一下，我认为飞行恐惧症对我的影响不仅仅是负面的，对飞行的恐惧而又不得不一次次爬上那架在我眼中无异于大铁棺材的飞机，让我在参加工作不久、正春风得意时就不得不一次次感受到死亡的威胁。没有得此病的人很难相信，对于我们这些患者，几乎都会认为自己迟早会葬身于那具飞行的铁棺材里，这使得我们和那些得了绝症的病人一样，在等待死亡随时到来。

那么一个常常意识到自己死期将至的人是否会在思想和行动上有所不同呢？

后来看了身患癌症不久于人世的陆幼青的《死亡日记》，觉得很多话讲得不错，也是我想说的。已故的陆先生在日记中写道："别人看来很重要的事，对我而言已经毫无意义了。"陆先生又写道："谁到了我这个地步，都没有必要去说假话了。"

是的，当一个人知道了自己将要死去，他还会把我们俗世中那么看重的金钱名誉等身外之物放在眼里吗？那些东西对于他还有什么意义？而当一个人即将死去的时候，他还会为了一些世俗的原因去撒谎吗？有这个必要吗？

现在回想起来，那些年每当战战兢兢地坐进飞机这具铁棺材里去的时候，我都会情不自禁地把自己过去一段时间的所作所为拿出来，在死亡的阴影中检视一番。同时也会把自己即将要做出的重大决定拿出来检验一番。我虽然没有具体信仰，然而，我始终感觉在茫茫的宇宙中或者我自己茫然的内心有一个高于我的神灵在审视我，敦促我不时自省。那个神灵是通过死亡的威胁来达到这一目的的。

受自己学识和资质的限制，在如此经常性的自省中我并没有完全放弃名利，也没有出家或者献身上帝，但我不时在死亡的阴影下思考自己的名利和世俗生活，对我还是有很大影响的。而且我相信，政治家、大商人和大学者如果有机会能够在死亡的威胁和阴影下去积极思考的话，这个世界一定会大不一样。

当然没有人愿意主动把自己置于死亡的阴影下。就这一点来说，我特别佩服伟人甘地，他走得最远，他说："每晚睡觉，我就死亡；每早醒来，我就复活。"他竟然能够主动让自己死去活来，为自己一天一次地创造直面死亡的机会，真是了不起。难怪圣雄甘地的思想是那么超凡脱俗，他的行为又是那么惊世骇俗。

如今我的飞行恐惧症不治而愈，我高兴之余又有些失落和茫然。失去了恐惧，我还会在死亡的阴影中去颤抖地思考我的人生吗？我不能不承认，我对在死亡的威胁下思考问题的方式还是有一定怀念的，我的几本小说情节都是在飞机上完成构思的，我人生中最大的决定如果不是在飞机上萌生的，那么也一定会在飞机上得到最后的拍板。

母亲的病给我很大的冲击，可能让我忘记了飞行的恐惧。面对母亲的绝症，飞行恐惧症已经不那么可怕，而且我也不再需要飞行恐惧症来督促我在死亡的阴影和威胁下思考人生。母亲的病也让我更加深刻地认识到，自从我们来到人世间的第一天开始，我们的死期不是已经定下来了？每一天，我们都在朝向自己的死亡迈进。换句话说，我们每个人都是得了必死的绝症的人，唯一不同的是离开死亡期限的长短而已。

我想，我会时时提醒自己会死的，也会不时让自己在死亡的威胁和阴影下思考和生活。

我很庆幸生活中那一堂堂生与死的课程让我在这个年纪就学会了在死亡阴影和威胁下思考和看待我的人生，不必像父亲那样，一直到晚年才开始思考这个问题。

我的爷爷奶奶虽然都是在我们长大后去世的，但由于一直不在一起生活，他们的离去对我的冲击不大。我的外婆去世时我又不在家乡。这样说来，我们家到现在还没有和我很亲近的人离开过。在我得了飞行恐惧症之前，我也根本没有想到死亡的脚步从来没有停下来过。当然，我更没有想到那脚步声听在父亲的耳朵里要响亮得多……

父亲的身体不好，在50多岁时就动过两次大手术。不过到了60岁，我大学毕业后，父亲的身体反而好了起来。我私下里曾经怀疑父亲的病是长期的忧郁和压抑造成的。

我记得，父亲渐渐意识到死亡的脚步在逼近，是在他过了70岁生日不久之后，倒不是他又得了什么大病，而是他无意中参加了一个老朋友的聚会，结果发现他认识的那些人十个人中已经离去了八九个。

从那以后，父亲通过越洋电话线给我传递了越来越重的死亡的气息。父亲反复说，人生七十古来稀，我认识的人大多支持不到这一天，都走了……我也活不了多久了……

一开始我只有听着，以为父亲说说就算了。再说，我也不知道如何接父亲的话茬。结果父亲说得越来越多，声音也越来越低沉和悲观。他说，不知道我还能活几天，今天早上去买菜，两条腿越来越重，后来都以为拖着的不是自己的腿了……父亲又感叹，真不知道有什么意思，一辈子都活得紧紧张张、小心翼翼，才过了几年好日子，没有想到好日子却不多了……真没有什么意思，我知道人不能不死，可是……

我越来越清楚地感觉到晚年的父亲对死亡的恐惧，虽然他始终不明明白白地说出来，但那恐惧已经通过电话感染到我的身上。

我试着安慰父亲，说他身体这么好，怎么会想到死？为了让自己的安慰不那么空洞，我特别留意一些人瑞的故事。我告诉父亲，我们这里电视上又有为90岁老人集体相亲的画面，有些老人的父母还来参加呢！

父亲的心情也许会被我的故事暂时吸引一段时间，但很快又会回到那个话题上，而且父亲开始以质疑生命的意义的方式来旁敲侧击地叩问死亡的意义。他感叹道，一想到不久就要死，觉得以前做那么多事都没有什么意思似的，生活和生命难道到头来就是一个死，真是想不通……

我很难过，父亲该不是后悔为我们献出了自己的一生吧？

越到后来，我发现要安慰父亲已经越来越困难，因为我能够告诉父亲他不会死吗？而且我也发现，父亲对于死亡的恐惧和他的悲观性格有关。在这同一时期我也和母亲谈到了死亡。母亲每过一个生日都会开心地哈哈大笑，宣称自己又多活了一年，好像从阎王爷那里多赚了一年时间似的得意和快活。父亲正好相反，对于他，每过一年，就是人生又少了一年。同样的事情，对母亲是加法的，对父亲竟然是减法。

有一天父亲终于哀叹道，他的同事几乎没有活过 80 岁的，而他正在朝那个大限挺进，他想停住脚步，可是每天太阳照样升起，黑暗也准时降临……

我坚决地反驳了父亲，告诉他，他的身体好得很。父亲又立即告诉我，他已经超过了中国人平均寿命好几岁了，就是还能活又能活几年？

我这才感觉到父亲并不是真以为自己要死了，而是感觉到死亡总有一天会到来，他开始在死亡的威胁和阴影下思考人生，而且是在死亡如此真实逼近的晚年。

在这段时间，我曾经两次回国和父母待在一起。第一次回去我想带父亲走进教堂，让他信上帝或者能够把他从死亡的阴影中解脱出来的任何一种信仰。可是试过了好多次，都无功而返。父亲哭丧着脸告诉我，不是他不相信，而是他无法相信任何东西了，他的脑袋里一会空空如也，一会又好像被人家塞得满满的，他没有办法去相信了。

看到父亲自责的样子，我心里难过极了。我想让父亲去相信那些我自己也想去相信、可从来无法真正去相信的东西……

就在我无计可施时，我再次把目光转向了母亲。母亲一直很乐观，只是读书不多，没有办法告诉我们她为什么那么乐观。我想，也许和他们年轻时所受的教育以及后来的遭遇有关吧。母亲当年跟着迷信的外婆在黑暗中逃荒、跑土匪和躲日本鬼子的时候，父亲正在私塾和各种学校里学习孔孟之道……

孔孟之道！主宰中国知识分子两千年的孔孟之道——

我突然想到父亲所受的教育。父亲的人生观已经在他学习期间形成了，要想帮助父亲克服对死亡的恐惧，一定要回到他的世界观上去寻根求源。我决定从父亲一生皈依的儒学入手，寻找"死亡是什么"的答案，追寻死亡本身的意义。

用不了多久，我就找到了我要找的，就那么可怜的一点点，甚至只有短短一句话。当孔子的学生问他对死的看法的时候，这位伟大的哲学家只说了一句："不知生，焉知死。"意思是不知道生命和生命的意义是什么的人，又怎么会知道死亡是什么呢？这句话代表了儒家对生与死的看法，也是中国人两千年的生死观中的主流。孔子的不涉鬼神的现世精神以及以"人"而不是神为宇宙中心的人文精神是值得肯定的，可是对于我要探索的"死亡是什么"，几乎是完全回避了。

我又急忙去寻求道教对于死亡的看法，看来看去，也就看到了"不生，不死"——也就是你干脆不把自己当成活物，也就不会死了。这话很有哲理，符合道教的一贯立场——你不要自尊，别人自然无法伤你的自尊；你不计较名利，他人也就无法损害你的名利；你不生，自然也就没有死……

我这才发现，中华几千年的文明的主流竟然始终回避了一个最基本的问题：死是什么，死亡的意义在哪里？我也同时理解了儒家为什么从来无法也永远无法成为一种宗教的原因。因为宗教最基本的特征就是涉及人类的生前和死后，而儒家和道教则只管"出生入死"的中间那一段：生，对生前和死后从来没有直面过。关于死亡，儒、道两家给整个中华民族留下的就是虚无。这会不会也是我们中华文明的一个缺陷呢？

这一发现对我的冲击之大，对我后来的影响之深，怎么说都不夸张。但当时，我却无法继续追究下去，我必须在儒家中探寻更清晰的生死观，以弄清楚深受其影响的父亲在想什么，从而帮助父亲。现在，还不是追究儒家生死观之优劣以及中华文明缺陷所在的时候。

在读过多本台湾出版的儒学研究的书后，我认识到，孔子直接回避了生前和死后的问题，但他并没有说生前等于零，死后是虚无，他把生前和死后这个个人问题和家庭联系起来了。他说我们的前生就是我们的父母和祖先，我们的来世是我们的儿女和后代。他的意思很明白，你的生命不是自己的，是父母和祖先给的，你只是你的父母和子女后代之间的一个连接。你死亡的时候，你的子女就继承了你，你在自己子女身上获得"重生"和"复活"……你生命中最主要的意义就是传宗接代。正是根据这一论点，孔子得出了"不孝有三，无后为大"的观点。孔子的这一生死观影响了中国整个文明历史，从此以后，中国人一代又一代地前赴后继，忙着造人，把全部希望放在自己儿子的身上，把后代看成了自己的永生和不死生生不息……

我的父亲不正是儒家文化教育下的一代？他为了子女毫无保留地献出了自己的一切。我的父亲只不过是上亿中国父亲中的一个。到国外后，看到西方的父母和子女的关系如此疏远，我感到不可思议，很多父母只管自己，对于子女根本没有付出多少，更不用说像我的父母这样，把自己的一生都搭上了。

在进行了一番研究和观察后，我开始利用父亲本身所受的教育对他进行了安慰和说服工作，希望他能够从死亡的阴影中解脱出来。我说，爸爸，你怎么会认为自己过去的生活没有什么意义呢？你抚养了我们四个儿女长大成人，我们现在不但都自食其力，而且我们又抚养了五个孙子孙女，他们目前都很好，前途显然比我们的更加光明……你以前没有做过的事，没有去过的地方，你的孙子孙女都做了，他们在替你实现你的愿望，光大你的理想，你的生命中没有遗憾……

这是我能够做到的最符合儒学的说辞，而且也是迄今为止最能安慰父亲的。在我说出这些后，父亲会解脱般地叹息一声，然后就是忆苦思甜了，滔滔不绝于以前的痛苦时光，同时对下一代的学习问长问短，两相对比之后，又会流露出高兴和自豪……

然而，我并不认为我解决了父亲怕死的问题。孔子的生死观对我们民族能够不停繁衍、历尽磨难不但没有绝种而且人口越来越多大有帮助，但我却开始认为他不但没有解决大多数宗教都解决了的生死问题，甚至没有从哲学的高度直面生死。从那时开始，我就隐隐约约感到外婆所在的中国民间在这个问题上反而比主宰中国两千年的儒学走得更远。也是从那时开始，我开始思考，一种文明的发展轨迹和这个民族的生死观，有着什么样的内在联系。

小时候在医院产房，我看到了鲜活的生与死；后来在外婆的雁家湾，我又亲眼目睹了生与死的模糊界限；等我得了飞行恐惧症，我学会了在死亡的阴影下思考人生；前几年父亲被死亡吓得半死这件事，又开始促使我探索一个人生死观形成的过程……如此种种，我原以为我对死亡已经了解很多，也有思想准备了。直到我得知母亲得了绝症，死亡不再存在于思想或者哲学思考中，死亡变成了一个能感觉甚至可以触摸的实际存在，我这才知道，我对生与死的思考是多么的肤浅，死亡的意义和真谛又是多么的莫测和深奥……

母亲的病要把我带向哪里？我能够在那里寻到生命的意义和死亡的真谛吗？当我自以为知道生命的意义和死亡的真谛的时候，我又会把母亲带向何方呢？！

父母是一本读不完的书

一个人无论离家多远，走过多少路，拥有多高的学历，取得了多么大的成就，或者经历过多么了不起的失败，都不能不承认，对自己一生影响最大的始终是父母。

我是到了35岁后才逐渐体会到这一点的。

少年时，一度占据我大脑的愿望就是离开父母以及摆脱他们的影响。后来考上大学，到大城市读书和工作了，这一愿望算是实现了。住在父母从来没有去过的地方、从事父母根本不了解的工作，小心地回避父母人生路上遇到过的各式各样的挫折和陷阱，最终走出了一条父母无法想象的新路，心想，这次总算走出了父母的影响吧？

殊不知，眼前这条崭新的路，也正是在父母的影响下选择的。

父母对子女的影响分两种。第一种是父母对我们的言传身教。

没有人可以否认，无论你悟性多高、接受外来新事物的速度有多快，给你喂奶喂饭、洗澡换尿布的父母对你的性格和人生观的形成至关重要。很多人对这种影响不以为然，以为长大后见了世面或者多读了几本书就可以把父母的影响留在家乡，又或者自认为自己的悟性高，早已经对照他人悄悄除掉了父母印在自己身上的烙印，总之他们不愿意承认与时俱进的自己和因循守旧的父母有多少因果瓜葛。

他们认为自己是超人或者孙悟空也没有办法，但父母对子女的另外一种影响你却绝对无法否认。那就是在我们成长的过程中，对父母的观察和认识反过来给我们造成的影响。父母是一本教科书，一本实实在在、毫无虚假的人生的教科书，你自觉也好，不自觉也好，一生都在翻阅这本教科书，从中吸取经验和教训，亦步亦趋跟随父母成功的脚步，或者小心翼翼避开父母曾经掉进去甚至至今没有爬出来的陷阱……

在这一点上我认为自己是走得最远的。儿时的经历和父母的教育让我选定了人生道路，长大后的我通过对父母的观察和认识，又开始不断调整人生的脚步。走到今天，可以这样说，对父母的观察和不断认识，让我得到的知识、经验和教训，远比任何一种教育带给我的影响都要深远。

当初离开父母进入社会后，一切都是新鲜的，我也认为没有了父母的影响和羁绊，一定能够很快融入眼前的陌生而新奇的世界，更充分地了解人心、人性，发挥自己的优势和特长，大干一番。可是经过一次次挫折才慢慢体会到，人的思想和认识是一定要伴随着年岁的增长的，少年得志有可能，但所谓少年老成或者深沉则绝对是搞笑。当然我们不是没有另外一种方式加快对社会的认识，其中一种就是通过父母的眼睛。有些人看不起自己的父母，认为父母无知、过时了，却忽视了就是父母一路伴随自己走过来，到后来虽然他们走不动了，却仍然可以看见往往被我们忽视了的路障和陷阱。

记得小的时候，母亲常常给我讲一个故事。故事说，从前，有一个母亲养了一个儿子。那儿子很小的时候，就偷偷从人家的菜园里偷黄瓜带回家。每一次她的母亲不但不责怪儿子，还喂他一口奶。孩子慢慢长高、长大，带回家的也不再是黄瓜了，母亲照样每次都喂一口奶给儿子作为奖励。直到有一天，成年后的儿子终于犯下了不可饶恕的罪行，要枪毙了。枪毙前，人家问他有什么愿望，儿子说只想再喝一口母亲的奶水。这个愿望实现了，在吃最后一口奶时，他把母亲的乳房咬碎了……我母亲反复向我们讲这个故事，都是在她严格要求我们，而我们生出了反感的时候。

参加工作后，特别是上个世纪 90 年代中开始，我的生活越过越好，东西越买越高档，可是母亲每次见到我都忧心忡忡。她又开始讲这个故事，讲完后就是那些陈词滥调：做人要厚道，不是自己的不能拿，要靠勤劳致富……我自然很不耐烦，后来她忍不住叹息道：你不是一个国家干部吗？你的工资有多少？我算了，你的工资只够吃饭，可是……

母亲的忧愁越来越重，我无法向母亲说清楚，国家干部的福利和灰色收入要远远高于基本工资，离开北京到南方省份工作后，工资基本上不用动了，灰色收入和"外快"成为主要收入来源——母亲不会理解的，再说，当时连我自己也没有完全理解。不过母亲的愁闷在我心头留下了很大的印记。可能这最终促使我给母亲讲了另外一个故事。

我讲的是改革开放后中国政府枪毙的第一个大贪污犯、原江西省副省长胡长清的故事。胡长清出生在贫困家庭,务农的父母含辛茹苦把他带大、供他读书。加上胡长清自己的勤奋,后来一步步升到副省长的高位上,也就开始贪污腐败和包二奶,最后被抓获并被判处死刑。在处决前他写了忏悔书,忏悔自己对不起党和政府的培养,对不起含辛茹苦把自己抚养成人的父母。

——就在他因为腐败和贪污被抓的时候,胡长清还在农村的父母仍然过着贫困的生活。他们贫困但很幸福,逢人就夸耀有一个为党和人民做事的儿子。胡的父母没有什么知识和文化,可是,胡长清在最后的忏悔中却终于认识到,他最对不起的是自己的父母,不是没有给他们过好日子,而是忘记了他们当初教导自己的最基本的做人规矩:不是你的不要拿,不要贪心,要勤奋……当了副省长的胡长清虽然触犯的是党纪国法,但犯罪的根源却是他彻底忘记了当初文盲父母教育他的基本的做人道理。

我讲这个故事给母亲听,她脸上终于绽开了笑容。朴实的母亲以为,儿女们只要还记得儿童时期父母教导的人生的最基本的一课,就不会误入歧途或者不会在邪路上走得太远。我感觉到母亲从心底里不接收外面和上面那些宣传和教育,她始终认定的是古老的但永不过时的做人道理。

只是可惜,放眼今日中国,又有多少子女还记得自己的父母当初教导的人生最重要的一课呢?!特别是那些身居高位、位高权重的人，他们打扮成一副引导世人、教导人民的德性，动不动就拿那些大道理愚弄和糊弄人民，其实他们反而是最需要普通民众来教育的，也是最需要回顾一下他们小时候父母是如何教育他们的：孩子，不是自己的东西不要拿，不能贪心，人要讲良心，要勤奋工作……

关于从父母那里得到知识和启发，我还有一个观点。认识社会和人也可以通过读书吸取知识，那是通过作者的眼睛看世界。那些作者包括世界上最伟大的哲学家、科学家和政治家，可是，这都无法取代我们对父母这本书的阅读。我读过很多本传记和回忆录，也深受其中一些影响，可是掩卷思考，总发现少了些东西——少了一些真实和诚实。

世人写书没有一个会把自己真实的内心全盘托出，又或者受人类的表达能力的限制，根本无法说清楚。只有父母这本书，对子女从头到尾地敞开，毫无掩饰——高兴、快乐、忧伤、希望和绝望都是实实在在的，让你切身体会、学习和思考。放弃这一机会，背起行囊要去认识世界、探索人生的年轻人，最终都会认识到，认识自己的父母就是认识了这个世界最重要的一部分，既是你认识世界的开始，也是你认识了整个世界后又一定会回到的地方……

在我接触的各色中年人中，有一个普遍的现象，凡是那些孝顺父母、和父母经常交谈、保持良好互动的人也往往是通情达理、性格开朗、为人和善和事业有成的，他们对很多事情的看法也比较成熟和深邃。

从懂事起，父亲就教我认字、读书，还潜移默化地把自己的世界观灌输给我。一个奇怪的现象是，父亲虽然把自己对世界的看法言传身教给了我们，却并不愿意我们步他们的后尘，想一想，大多父母可能都是这样的。他们希望把自己对世界的认识一下子传给儿女，甚至希望子女能够像自己一样想问题，却又希望孩子能走出一条比自己走过的路要光明和宽广的大道。这真是一个大大的悖论。只有部分孩子能够走出这个悖论，没有走出的，要么和父母反目成仇，要么始终无法超越父母。

到上了高中和大学，接触到新知识后我开始反思父母身上的局限性。然而，直到工作多年后，人到中年时，才真正认真思考父亲，那已经是在自己当了父亲后。对照父亲的性格，检讨自己的性格；对照父亲的为人，检讨自己的为人；对照父亲的世界观，检讨自己的世界观……突然觉得以前很多想不通的地方豁然开朗，也随即发现父亲才是我人生中最珍贵的教科书，看起来，我这一辈子也学不完了。

直到几年前父亲突然开始思考死亡并被死亡吓得半死的时候，我这个儿子还学到了人生最宝贵的一课。当我从父亲所受的教育出发，最终用儒家思想安抚并减轻了父亲对死亡的恐惧后，我自己却开始思考：我什么时候会死？我死的时候会害怕吗？我用什么来安慰自己对死亡的恐惧？死亡的脚步渐渐向我走来的时候，我是否会在追寻死亡的意义时质疑生命的意义呢？

父亲对我最大的影响还是在他们抚养子女的方法，他们那种把自己的一切都献给子女的精神也自然遗传给了我。蓦然回首，我才发现，自己其实也像父亲一样，让自己的世界开始围绕儿子们转。

为了寻求一个比较好一点的生活和受教育环境，1997 年 8 月，香港回归后，我辞掉了在港中资机构的职务，决定全家移民，把当时不到 5 岁的儿子铁蛋带到了美国首都华盛顿。32 岁的我成为美国华盛顿重要智库大西洋理事会最年轻的"资深研究员"（senior fellow）。虽然我是靠北京的老上级以及当时中国最著名的国际问题专家的推荐才得以进入，而且我以前也没有从事过学术研究和理论工作，但我的实际工作经验以及敏锐的观察能力填补了这方面的不足。

　　1999 年，当我在华盛顿一场有美国国防部和中情局多位专家在场的研讨会上，指责美国对世界其他文化极度不理解和藐视，并断言这种情况持续下去的话，华盛顿迟早会成为恐怖主义丢核子武器的场所。我的话显然没有吓住在场的美国人，然而却把我自己吓了一跳——我认识到把儿子放在全世界争权夺利的政治中心华盛顿抚养，于心不安。

　　也就在这一年，我为妻子和儿子办妥了移民澳大利亚的手续，把儿子送到世界上最美丽、最安全的城市悉尼定居后，我独自一人回到了华盛顿，仍然住在北弗吉尼亚阿灵顿水晶城公寓。我推开自己公寓的窗户，可以看到不远处五角大楼的一角——911 那天，一架恐怖分子劫持的飞机把这一角撞得稀巴烂。

　　选择定居澳大利亚完全是为儿子着想，这里不但是世界上最富有、最和平的国家之一，犯罪率之低也在世界各国中排名最前。孩子享受完全的免费教育，从出生到死，享有最好的全面医保。最主要的是，这里是一个多民族国家，是一个民主、平等、自由的国度。

儿子移民到这里的第一天，就开始享受和所有澳大利亚人同样的权利和福利。

我自己仍然在美国工作，但每年都会两到三次飞到悉尼探亲。澳大利亚是一个中等国家，在外交上先是跟着英国跑，后来又跟在美国屁股后面，对于我的专业——国际政治和国际关系——这里不是一个用武之地。可是，我看了那么多地方，发现这里是孩子成长的天堂。大概从那时开始，我已经把孩子成长的环境看得比自己的事业更重要。

我的小儿子铜锁出生在澳大利亚悉尼。看着两个儿子渐渐长大，我心满意足。他们至少不会再尝到我小时经常经历的受欺负和饿肚子的滋味，他们都很快乐，无忧无虑，对前途一点也不担心，甚至没有任何打算。有时我心里有些不安，想多讲一些自己的过去，借以把自己对人生和世界的看法传给两个儿子，特别是大儿子铁蛋，希望能够激励他对美好生活的向往从而更加发奋图强。然而，我的努力一次次遭到了失败，特别是当大儿子上了中学后，我才猛然发现，他已经有了另外一种世界观，一种和我的完全不同的世界观，也让我感到陌生的世界观。

这让我心中感到更多、更大的不安。

如果我这位父亲也是一本书的话，不知道我的儿子是否会阅读？怎么阅读？又怎么理解？我又怎么做才能让自己成为一本合格的书，不被儿子忽视，在潜移默化中给他们的生活注入活力、为他的成长输入动力呢？

看着越来越西化的儿子，我也不时陷入彷徨和迷惘之中，不知道儿子们会朝哪个方向走，到底会走到哪里去？更不知道儿子要去的地方是否有我的位置……有时，儿子倒成了一本书，一本我急于想读懂的书……

儿子铁蛋的方法

2006年11月25日，我回到了悉尼家中。铜锁还在咳嗽，我又亲自带他去看家庭医生。医生又开了一些相同的消炎药，让我带孩子回家休息。澳洲的医疗水平算是世界上最先进的，作为国民福利的医疗保险覆盖了每一位公民和永久居民。看医生一分钱不用，如果收入不高的家庭，药费也基本上是象征性地交一点。刚从国内过来时还很不习惯，想不通为什么看医生就不用钱，那样的话，不是可以有事没事、大病小病都去看医生？

另外一个不习惯，就是对某些疾病的重视程度（包括处理方式）和中国大陆完全不同。记得在大陆时因为感冒发烧看医生，经常被要求打点滴，曾经有一次共花费了800元。可是在澳洲，医生对没有引起发炎的感冒根本不重视，也不开药，建议回家多喝开水和好好休息就打发了。我曾经百思不解，并拿在大陆的治疗相比较，一位大陆来的医生告诉我，感冒如果没有引起严重发炎，本来就无药可治，你在大陆打点滴和开一大堆药根本没有必要，甚至有副作用。在澳洲如果一个医生趁你感冒就给你开药打针，很可能会受到质疑甚至有关部门的调查。在澳洲治疗某些疾病，是有严格的统一标准的，不是医生可以随心所欲的。

我现在想一想也是的，在大陆感冒时，不管用了什么药，打了几瓶点滴，几乎都没有什么区别，感冒一定是两个星期后准时消失的。当然，一些药店不经过医生就可以买到的感冒药则对感冒引起的症状有缓解作用，这点都是一样的。可那种药并不属于我这里说的治疗药物。

这次回来后看到儿子咳嗽得这么厉害，医生又是轻描淡写，我心中还是有些不安。接下来，我又找到不同的医生看，结果又是一样的。不过，折腾来折腾去，发现铜锁的咳嗽倒越来越轻了。

到12月中旬，铜锁的咳嗽停了，肺部炎症也完全消退。他又欢蹦乱跳地上学去了，留下我在家里不知道该干什么。

回来期间，每两天就给父母通一个电话。母亲很关心铜锁的肺炎，提了很多建议。我告诉母亲，不用担心，我不相信以澳大利亚的医疗水平和医疗制度，会忽视一个孩子的肺炎而任其发展。

提到母亲自己的病，她都说不要紧，可是从母亲在电话里絮叨不休的样子，可以听出她想把很多话都抓紧时间说完……

我也和负责母亲治疗的医生通过两次电话。医生说母亲的病情还算稳定，他们还在观察，暂时不主张做化疗。不过医生说，冬天到了，千万不要感冒，一感冒就有可能发生肺部感染，引发肺炎，而一旦这种情况出现，由于母亲无法使用任何消炎药，后果可想而知。

姐姐和两位哥哥已经把父母的家变成了恒温室，而且严格限制所有有感冒症状的人接近母亲。听到我说想回去，他们几乎都劝我不要急着回去。他们说，我应该多陪一下儿子，他们正好临近圣诞假期。再说，家里目前并不需要我，如果我一直在家里待着，很可能会让母亲产生误会，以为她的病情已经严重到那种程度。姐姐还说，你回来过春节就可以了，再说，按照医生说的，这个冬天对母亲是个大难关，也许到时需要你在家里待久一些……

我心里很难过，前一段时间因为小儿子铜锁的病而暂时压下的一些思虑又冒了出来。我知道，在母亲病情稳定的时候，我就老在思考死亡——母亲的死亡，其实是一种大不敬。我们中国人的传统习惯很简单，死亡不确实发生时，大家都想尽一切办法回避，甚至忌讳"死"这个词。我想这也和前面提到的儒学对中国的影响有关。对中国最具有影响的儒、道两家，都不愿意过多说到死亡。在中国人眼里，死亡就是万事俱休，就是"人死如灯灭"，就是虚无，就是一切的结束……既然有这个认识，对于死亡本身自然是避之唯恐不及。

我们不谈死亡，不敢深入思考，因为死亡是虚无，我们对死亡一无所知。可是，当这个死亡要发生在一个个体身上时，死亡却绝不是虚无，而是可以感受、可以触摸、即将遭遇的实际存在。我们可以回避死亡、避而不谈，可是对于每一个身患绝症的或者衰老不堪的老人，他们却不能回避，他们每天每时每刻都要去面对，而且是孤独地面对——因为我们不愿意和他们站在一起……

对各种疾病并不陌生的母亲，这段时间以来，也和我们一样，尽量回避她的白血病的严重性。可我看得出来，回避并没有能够阻止她老人家一个人孤独地思考。母亲的回避虽然主要是人类对终极归宿的抵赖本性在起作用，但还有一部分原因就是她老人家反过来在安慰、宽子女的心。她知道我们和她一样无法弄清楚死亡是什么，她不愿意用没有答案的问题折磨子女，让我们和她一起悲伤……

我想起了中国最古老的文字甲骨文中"死"字的写法，那是一个既有智慧又显示了智慧局限性的发明。中国甲骨文"死"（𣥂）字，是一个冰冷的尸体旁边跪着一个伤心欲绝的活人，那个活人的位置显然大于死人，是"死"字的中心。可见，在中国古人的眼里，所谓"死"主要是关于活人的——跪在那里的、仍然活着的家人和朋友，并不是死人本身。这显示了我们古人着眼现世的智慧：死者去矣，留下的是伤心的活人，"死"对于死者是虚无，对于活着的人，则是实实在在的。

从甲骨文的"死"字，也看出了我们古人，甚至是我们中华民族在这个领域里的智慧局限性：我们因为无知而故意忽视了要死的人，我们也自以为聪明地向所有都会死去的人展示：死是关于活人的事，不用去理解那个即将死去的。于是，长久以来，我们民族从来不敢认真思考和面对死亡，没有多少深入探讨死亡的文字存世。可是，我们每个人心里都明白一个道理：我们某一天都会死去，到时我们也得去孤独地面对……

这一智慧的局限性对中华民族几千年的文明产生了深远的影响。中华民族不再谈论死亡、直面死亡，中华大地上对死亡的恐惧就开始变得比死亡本身更加可怕和恐惧，中华几千年的文明始终被死亡的恐惧紧紧笼罩住，生活在这块大地上的人民因为无法避免孤独而悲惨地死，而都生活在一种注定会成为悲剧的人生里。

如今被死亡笼罩的人是我。母亲的绝症让我无法再像以前每一次思考死亡一样置身事外，悠然自得。而一旦我陷入其中不能自拔时，我才发现其实死亡无处不在，无时无刻不在发生。我的朋友同事大多和我差不多的年纪，他们的父母也都进入人生的最后阶段。就在我告诉他们我母亲的病后，他们的来电来信让我震惊：父亲（或者母亲）过世不久……母亲瘫痪在床上已经有十几年……双亲身体都极度虚弱……父母双亡……孤单的母亲在思念亡夫中等待死亡的光临……

我的大学同学、生性活泼的单女士在 4 年前死于癌症……和我曾经一个办公室共事的林先生死于咽喉癌……澳大利亚这个圣诞假期的短短几天里，有 30 多人死于车祸……中国大陆每天有超过 500 人死于车祸……全世界每天有 13 万人离开人间……地球上已经死过 700 亿人……死亡原来真是无处不在，就 12 月 25 日圣诞节那一天，姐姐打来电话说，她的公公—— 一位和癌症搏斗了两年零八个月的 72 岁老人在那一天放弃了和死神的拔河比赛，在随州市第一人民医院离开人间……

就算我可以忽视所有的死亡，我也无法对母亲表现出来的对死亡的茫然和恐惧视而不见；就算我可以不顾母亲内心的感受、让母亲一个人面对死亡，装得像大多数中国孝子一样回避死亡直到死亡发生后再哭得死去活来，我也无法回避因为父亲对死亡的恐惧以及母亲的绝症带给我的一个更大的问题：我自己的死亡。

小儿子铜锁的病好了后的当天晚上，放松后的我就做了一个奇怪的梦，在梦中一个从头到尾都被黑布包住的影子突然从黑暗里走出来，用朦胧但却直达我心底的声音对我说：你在人间还有两年时间……

我从梦中惊醒，在黑暗中思考了一会，如果我还有两年时间，我能做些什么。接下来的两天我仍然在思考这个问题。大概是日有所思的原因，没有想到，第三天晚上我又进入同一个梦里，那个影子又突然从虚无中走出来，对我嚷道：你只有三个月时间了！……怎么就只有三个月了，不是还有两年吗？我想和那个黑衣人争辩，他冷笑着对我说，你想干什么？没有人可以和死亡讨价还价，你以为你是谁？

我又吓出一身冷汗，突然醒来，于是我又在黑暗中思考如果自己还有三个月的时间，我又会干什么……

我的答案是，干什么都没有意义，除了一件事：找出死亡是什么，追寻死亡的意义！

我知道科学迄今无法回答这个问题，神学和宗教又过于急迫地给出了一个毋庸置疑的简单答案，至于哲学，思考得过于复杂而远远脱离了我这种普通的人。

虽然我是一名崇拜科学的无神论者，但我并不排除在未来的某一天会投入神的怀抱，特别是当我靠科学和哲学都无法得到我一生中最想知道的答案时。

现在的问题是我找这个答案的最直接目的是为了母亲，她显然没有那么多时间去探索问题的答案了，我也没有信心让她现在走进教堂或者神庙。母亲可能和父亲一样，一生的理想和希望就是我们这些子女，如果说他们有信仰，孩子们的幸福、安康和快乐就是他们的信仰。

现在是该信仰发生作用的时候，是时候由我们这些子女为她老人家找到答案，解除她心中的疑问，给她老人家力量和信心去接受治疗、战胜癌魔，并给她智慧和胸怀去接受无法改变的事情。

圣诞节快到的那几天，我忧愁莫名，无心陪已经放假了的儿子们出去玩。我的忧愁被大儿子铁蛋看出来了。过完年就15岁的儿子已经很懂事了。他几次从奶奶的病情问起，试探我心中的愁闷，并有两次试着给我安慰，虽然很笨拙。一开始我有些回避，认为他太小，可能不适合讨论这样的问题。后来又一想，这样的问题，本来就应该和自己的父母讨论。此时此刻，我虽然无法和我自己的父母讨论，但却可以和儿子讨论，我应该早一点帮他准备好我迄今也没有准备好的事情，我想如果孩子能或多或少了解一些死亡的真谛，他的生命一定会过得更加有意义！

我告诉儿子，我虽然自认为很有知识，也见多识广，可是却发现在有些问题上很无力，不知道如何去安慰我的母亲……

儿子点点头，表示理解我，却也不知道该说什么好。

我接着说，这样的事是无法和外人商量的，以前无论走到哪里，如果碰上类似涉及人生的大问题，我总是和自己的父母商量，他们的意见有时很有智慧，有时很可笑，但却都对我有用。可是唯独这件事我无法和父母商量，这件事正是父母引起的……

儿子还是没有说什么，但他的眼神告诉我，他都听懂了，而且理解了我。我突然想到一件事，我说，铁蛋，我们设想一件事吧，不要太严肃哦——就当是我们在课堂上，来设想一个命题作文，好不好？

铁蛋说，好啊。

我想了一下，说，这样说吧，假如我去医院检查，发现自己得了癌症，医生说我只能活一年了……你怎么安慰爸爸呢？

铁蛋听到这个纯属假设的问题，第一反应就是耸了耸肩，但当他看到我很严肃时，就皱眉思考了一阵，然后说，你想我怎么安慰你呢？我也不知道。不如你先告诉我，到时我就知道怎么安慰你了。

我也只能耸耸肩了。过了一会我告诉儿子说，如果你向我保证你今后一定会好好学习，去读名牌大学，去找一个好工作，一辈子都不吸毒不犯法，我就很安心了……

这些都是我自己的事，儿子打断我说，这些能够安慰你吗？我们不是在说如何安慰你吗？

我又只能耸耸肩，儿子所受的教育是百分之百的西方式的。我们在一开始曾经考虑要用中国带出来的方式教育他，特别是在家庭关系和孝道伦理上，后来发现很吃力，加上孩子要在这个社会生存发展，没有必要持和这个社会不相同的价值观，那样对孩子成人后有害无益。

可是我竟然很快尝到了苦果。儿子在很多方面已经和我有了异议，而且最主要的，我不知道如何和儿子交流，更不用说说服他了，他后面有更强大的支持。在这里，我的想法绝对属于少数派。

父子之间的交谈也就到此为止。第二天，铁蛋把我带进他的房间，他刚才在上网。我和他一起走进去，儿子从打印机上拿起两张打满字的纸递给我，说，这对你可能有帮助。

我扫了一眼，才发现满满的两页纸上都是书名、作者名和出版社名字、出版日期。我选了几个书名盯了一会，心中暗暗吃惊。这时铁蛋的声音又响起来，这是你以前教我的方法，我上网只能找到这些新书，你为什么不找来看一看？

是的，我怎么没有想到这些书？这些从如何安慰癌症患者到临终照顾以及好多本探讨死亡的书，对我来说并不陌生，有些我曾经翻看过。以前只是觉得事不关己，没有细读而已。可我怎么会忽视了这些书呢？

中国大陆出版这样的书也许不多，至少我没有看到过几本，可是在西方包括受西方影响较大的台湾和香港地区，如何照顾癌症病人，如何陪伴老人走完人间路，如何照顾临终病人，如何陪伴亲人度过最后几天等等，不但有大量的著作，甚至已经形成了一门学问，得到了社会上广泛的支持。

我以前告诉过儿子，遇到困难和问题时，先要自己去解决，那就是看书查资料，通过自己的亲身调查研究，可是单单这一次，在我面对困难时，我却最先陷入慌乱和迷糊之中……

多亏了铁蛋的提醒，也多亏他有心，帮我找出了这么一大串书目。其实悉尼唐人街附近的中央图书馆有很多中文书籍，其中就有不少这类书籍，我当即决定去借阅。

自母亲生病后，我很长一段时间无心看书。从这一天开始，我又全力投入到阅读之中，心中也开始计划要去澳洲的医院等地实地追寻死亡的意义……

感悟死亡的意义和真谛

中文书籍每天可以翻阅两至三本，英文原著则需要两个晚上才能读完一本。我从悉尼中央图书馆借回 20 多本中文图书，又从悉尼图书馆和悉尼大学、悉尼科技大学图书馆借回最新的英文书籍。

接下来我没日没夜地读，而且好像回到了大学时一样，手里随时抓着一支笔，看到和我寻找的答案有关的句子和段落就立即抄录下来。

这些通篇描写死亡将至、亲人面临死亡威胁、教导人如何伴随亲人和朋友度过人生最后岁月、讲述自己和亲人同死亡拔河的书，让我有备感亲切的感觉，着实是我以前怎么也想不到的。

我最先阅读的，是那些比较有名的写临终关怀的书，大多是作者的亲身经历，还有一些是在老人院和医院工作人员的回忆录，几本分析描写绝症病人心理的书，以及三本探索死亡的著作。包括美国人米奇·阿尔博的《最后十四堂星期二的课》《在天堂里遇到的五个人》，日本人山奇章朗的《一起面对生死》，卡尔·拉内《死亡神学》，以及一大批诸如《美国安临医院纪实》等等，台湾和香港的出版社也推出了至少十几种类似书籍，让我读上去更加感觉亲切。

整个圣诞和新年假期里，我都埋头读书，除了 12 月 25 日当天中午我到唐人街文华社参加澳洲中文作家协会举行的新年茶话会以及再次拜访了澳洲血液病专家外，其他时间都是足不出户。抬头看看书目，发现已经读了30多本了，图书馆能够借到的比较有点名气的基本上都翻阅过了。这些书在引导我如何认识生与死、特别是在亲人得了绝症、走向人生尽头时如何引导他们都很有见解，也给我诸多启发和帮助。可是，每读过一本放下时，我心中的困惑也就加重一点……

只因所有这些书几乎都毫无例外是和宗教有关的，无论是那些私人的记忆，还是写临终医院和养老院的书，他们最终用来安慰和引导临终病人和老人的方法，几乎都没有离开宗教，没有离开神和上帝……

我再一次认识到，也许人类真的没有能力依靠自己的力量寻找到死亡的真谛和意义，只能投入神的怀抱，祈求上帝的启示。而那些把死亡看成绝对虚无，把人类看成和动物虫子一样没有灵魂的唯物主义者，更不会写一本关于虚无的死亡的书的。

对于充满大爱的神和上帝，我自认为心中一直为他留下了一个位置——如果我的梦境成真，那个从头到尾穿着黑衣的影子突然从虚无中跳出来宣布我只有三个月时间，而我又无法靠自己的力量找到死亡是什么、我自己将到什么地方去时，我会毫不犹豫地投入神和上帝的怀抱，就像我从好几本书上看到的那样。可是，如今我是在为我母亲寻找答案，母亲的心中还有神和上帝的位置吗？我绝对没有信心去说服一个77岁的老人投入上帝的怀抱。

接下来，我开始阅读那些不借助宗教而企图用科学的方法直接探索死亡的著作，主要是对有过濒死经历人的研究。1975年，雷蒙德·穆迪博士的《生命之后的生命》正式揭开了濒死研究的序幕。据说迄今为止，世界上有濒死经历的人超过 2000 万，他们的濒死经历中有些场景如此相似，让人不能不相信有一个死后的世界存在……

给我印象最深的就是那条时光隧道，又称为死亡隧道。据从死亡中抢救回来的人讲述，在他们心脏停止跳动的那段时间，他们的灵魂溢出了体外，飞进了一条隧道……在这条隧道中，他们边飞边看见了自己一生的场景像幻灯片一样在脑海中闪现，不久他们又会在隧道里碰到一些已经死去的亲人，可是他们无法停下来，得继续飞，不一会就看到隧道的尽头有一团白色的强光在等着他们……当然，就在他们即将飞出这条隧道进入那团白色的强光的时候，他们碰上了障碍——医生把他们救活了，于是他们停下来，跌落在地上，回到了人间……中国大陆类似的研究也开始了，而且出了几本书。我希望我能了解更多有关知识，在适当的时候可以告诉我的母亲：通向天堂的路是什么样的。可惜，没有人能够告诉我隧道那头的白光是什么样子的，因为走完隧道进入白光的人再也没有回来……

我又开始在网上搜索，输入"死亡"、"死亡的意义"和"生命的意义"等一些词汇，希望能够在国内网站找到一些像我一样的无神论者的看法和意见。

我找到了一些，其中有一篇是这样说的：老的不去新的不来，如果这个地球上的人不死去，新的怎么会来呢？就是来了也没有地方住呀，那地球不是太拥挤了？这篇文章号召大家要有牺牲精神，要勇于死亡，大公无私，为新来的人腾出地方……当然还有一些文章，语气比较婉转，但转弯抹角都表达了类似的意思。

还有更多的文章，其对死亡的看法大多是从道家、儒家演变出来的。他们要么用回避死亡的方法来安慰即将死亡的人，要么转了一大圈，让人家放弃生的乐趣然后欣然接受毫无乐趣的死亡，要么就是儒家的老生常谈：你的后代就是你的永生和不朽。

佛教比较进一步，让人放弃人世间的各种欲望，使用"轮回"和"来生"来战胜死亡，以"生"来克"死"、用"生"来解释"死"，给人希望。虽然佛教让人来生变猫变狗的轮回说有些滑稽，但它毕竟承认了人有灵魂，这对于一群不承认人有灵魂的行尸走肉来说不啻为大大的进步。

这些书和文章对我有一定的帮助，具有积极意义，可是都说不上回答了我的问题，更谈不上能够为我指引道路。我想这不能怪任何人，因为我要追寻的问题的答案实在是太神秘莫测，亘古至今就一直困扰着人类，看起来是超出了人类的能力。

很多前人都前仆后继地探索生与死的问题。中国古代人为了长生不老，发明了炼丹术，又在死的恐惧中发明了巫术。这些都是中国早期对生与死的探索的一部分。费正清在《中国新史》中说："道教的炼丹术，从研制追求不死的仙丹，加上比较实际的炼金两方面，对中国的科技大有贡献。道士们做生理实验、化学实验调制不死药，并且寻找草药，汇聚成现今世人仍在参考的药典。炼丹术还促成了制瓷、染色、合金等工技，并且导致罗盘、火药等在中国的发明。"另外一名学者李约瑟则说，中国那些追求不死药的道士们从事的不是"伪科学"，而是"原始科学"，对中华文明做出了贡献。

只是可惜，本来为了追寻死亡的意义和死后方向的炼丹术只不过引出了罗盘的发明，充其量只能指引人们在现实世界不迷路。中华先人仍然没有炼出不死丹药，也没有为我们找到生与死的答案，更不用说死亡的意义了。

西方文明的发展过程中，无论是宗教还是科学处于什么地位，科学家也都没有停止过探索死亡的真相和死亡的意义。从称出了灵魂的重量，到构筑出死亡隧道的三维图像，他们在一步一个脚印地探索，不过，至今他们还一直在看不到光的隧道中摸索。

我看到一本书上记载这样一个故事，一生追求科学真理的大科学家巴甫洛夫决定在生命终结之前，开始一项最伟大的探索，那就是对死亡的探索。他决定和秘书一起对自己的死亡做一个详细的记录……于是当预感到生命走到尽头时，这位伟大的科学家把自己和秘书关在房子里，让秘书记录下他死亡的经过，同时由他口授给秘书他在死亡过程中的种种感受。在生命的最后几个小时，就在这位科学家正对自己的死亡进行研究的紧要关头，有亲友敲响了他的门，秘书准备去开门，巴甫洛夫招招手阻止了他，有气无力地说，不用去开门，我的时间不多了，你去告诉他们，我很忙，我正在死亡……

很多故事都让我感动，可是却不能让我满足。我没有找到答案，甚至没有找到一个可以用来安慰自己母亲的方法，但我又分明感觉到了死亡是有意义的。是的，它一定有一个意义在哪里，只是我没有摸到它。如果死亡没有意义，如果人生下来就永远不死，那么，生还有什么意义呢？一切奋斗、努力、追求，追寻真与假、善与恶、爱与恨、美与丑还有什么意义呢？正因为有了死，所以，生才会充满活力，充满动感，这个世界才打破了遥遥无期的冷漠寂寥……死的意义是相对于生的意义而存在的，我只能说，探求死亡的意义，是为了让人们彼此珍惜，彼此相爱，用生命来温暖这个世界，让生命更有价值和更美好。

我没有找到，也许我找错了地方，也许我应该到其他地方去找，也许我应该把自己追寻死亡的真谛和意义的过程也写下来……

得知母亲病后，我停止了坚持4年的业余写作，但却开始把一些和母亲生病有关的重要事件和我的感受记下来，开始不定时写日记。在我回到悉尼时，我已经写了几万字的纪实日记。就在圣诞节期间读那些书时，我萌生了一个想法，有了一个冲动，我想，我应该把自己写的日记整理出来，形成一部书，贴到自己的博客上。

按说，母亲目前没有病发，还活得好好的，我就在这里写死呀死的，很不符合中国传统的习惯，心里也很不安，我应该回避死亡才对。可是，这段时间的经历，特别是自己的感受让我决定还是形成文字。

面对母亲的病，我第一次感到无力和无奈，认识到人类的知识和意志面对死亡时，是多么的不足和脆弱。母亲的病又很快让我想到我身边的每一个人包括我自己总归有一天要死亡这个事实，这时，我甚至不知道自己心中升起的那种感觉到底是什么感觉，我的思绪也好像脱缰的野马，不知道它要把我带向何方……

我忧愁，孤独，无助，也感到一种前所未有的恐惧。

我想，目前能够帮助我克服这一切的方法，就是把这段时间的经历和感想都写出来，让亲朋好友以及素不相识的朋友都看到，分担我的思绪，能够从我的字里行间里看到我的困惑和期望，我也希望从他们的鼓励和支持中得到力量。

这部书将忠实地记录下我们和母亲面对疾病、抗击癌魔的经历。也是一部记述我的家族历史的书。这部书是为我自己而写，但我将把此书献给我的父母，留给我的儿子。

在这部书里，我把自己对生与死的探索和思考如实记录下来，呈现给大家，这也是病中的母亲鼓励我去做的。所有的人都有父母，他们的父母都会死去，所有的人也总有一天会死去。我对生与死的思考、对死亡的探索已经超过了我的家庭，我希望对所有的人都有一些用处。我知道，每个人的兴趣都不一样，阅读习惯也各不相同，有人喜欢天文地理，有人喜欢吃喝玩乐，有人热衷于哲学，有人喜欢政治，有人更关心银行账号上的数字，有人……但所有的人都关心同一个问题：死亡是什么？——因为所有的人都将死亡，而如果你直到死亡将临时才去面对和思考死亡，你除了一大堆遗憾外，剩下的就只有恐惧。

落笔写这本书时，我不知道到底会写些什么出来，甚至不知道要写多少，什么时候会结束，这正如我甚至不知道死亡最终降临到我自己身上时，我对生与死的探索是否有结果一样。除了死亡一定会降临这个确知之外，一切都是未知。

我本来对一切都信心满怀，以为只要意志坚强、永不放弃，或者至少不承认失败，失败就永远不会击败我。可是面对死亡，我又如此迷茫。死亡什么时候会降临？是否会击败我？我是否可以和母亲一起战胜死亡？

我呈现给读者的也许是不成熟甚至幼稚的思考，是你早就见惯的场景和事实的描写与述说，可是，我认为，这是我最有代表性的作品，只因为我写的每一件事都是真实，我的每一个想法都是真诚。还记得我前面引用过的陆幼青的日记里说的："谁到了我这个地步，也没有说谎的必要了。"我也一样，在面对死亡的时候，我也没有任何理由不说出心里话。像世上所有的人一样，一出生时我就是注定要死亡的，我也是一名绝症患者。

这样想来，我竟然突然充满了一种莫须有的力量，和一种朦朦胧胧的希望。这是怎么回事？莫非当一个凡人直面死亡并决定探寻死亡的意义时，他就已经感悟到了一些死亡的真谛和意义？

澳大利亚时间 2007 年 1 月 6 日，我整理了早前的日记，写出了一些章节，开始在我的博客贴出《伴你走过人间路》第一部的第一个章节：突然响起的电话铃声……

随后我开始有条不紊地草拟计划。按照原定计划，我将于 1 月 29 日回中国，这之前的一段时间我应该利用起来，除了陪伴假期中的儿子外，我会继续阅读书籍。不过，我想我应该从澳洲入手，开始实地调查了解一下，作为开始探索死亡的意义的一个开端……

死亡之前，好好活着！

2007 年元旦过后，我拜访了那位给我建议的澳洲血液病专家，他已经成为我的朋友。我在国内买了很多价钱便宜的精致小礼品，带来澳洲作为奉送朋友的圣诞礼物。因为他圣诞节到欧洲去旅游，我元旦过后才来到他家里。我送了一套电脑鼠标和键盘以及一盒上好的杭州龙井给他作为圣诞礼物。专家很喜欢我送的礼物，特别是那个鼠标，透明的塑料里是大海和海滩的微缩景观，轻轻滑动一下，鼠标里的海水会冲到海滩上，别有一番景致。

把鼠标和键盘安到电脑上，又一起煮了咖啡，刚刚坐下，专家主动问起了我母亲的病。我把回去后对母亲的观察以及和当地医院医生打交道的经过事无巨细地说了一遍，又把随州和武汉医生的治疗方案和建议告诉他。他边听边点头。

我想也只能这样，听完我讲述后，他说，这个病不发作的话，什么事也没有，除了加强营养外，可以做的事并不多。

我点点头，谢谢他的理解。由于中国和澳洲、美国的医疗制度有一定的差别，使用的标准也不尽一致，有时当我通过邮件把国内的诊断和治疗方法告诉国外的医生时，他们往往在还没有搞懂时就大肆攻击一番，让人很讨厌。但这位已经成为我朋友的专家并没有这样做，他细心听我的讲述和解释。

我感到很无能为力……我感到害怕，也为母亲感到害怕……我接着说，不知不觉竟然把自己回去看望母亲时的诸多感受也说了出来。十分钟后我才停下来，心中竟有一种奇异的感觉，不知道为什么我会把心中的话向这位结识不久的澳洲人倾诉。我当初通过朋友找到他，完全是有事相求。虽然后来成了朋友，但毕竟认识不久。

我完全理解，他边说边使劲点点头。短短十分钟，这已经是他第五次说自己完全理解。我的感觉很好。我们又聊了一会。半个小时后，我把话题一转，说道，你是血液病专家，在你手里治好了不少白血病患者，当然肯定也有治不好的。我想知道，那些治不好的在临终前有什么反应？是不是特别痛苦？他们的家属……

他用蓝眼睛看着我，过了一会才说，白血病患者在临终前本来是很痛苦的，像大多数癌症患者一样，可是，现在有很多有效的止痛药减轻他们的疼痛。过去 10 年里，澳洲的癌症患者没有几个是在疼痛中离开的，中国的情况应该差不多。

我打断他，问道，你见过很多人死在自己眼前吗？特别是那些癌症患者，他们都怎么样？

杨先生，这次他打断了我，含笑地看着我，问，你想了解什么？

我坦率地说，我想了解一些澳洲临终病人的情况，我对死一无所知，我在探索死亡，想为母亲多了解一些死亡的知识和如何去面对死亡，当然也是为了我自己……

他轻轻笑了一下说，这我知道，我早看出来了。还记得你第二次来见我，说到你母亲的病，你的表情让我想起那些第一次碰上病人死亡的实习医生，他们紧张得手足无措，有些甚至呕吐和昏厥，需要接受心理治疗。如果我猜得没有错的话，你的家庭里还没有和你很亲近的人去世，你更没有面临过亲人去世的场景，对不对？

我表示同意。他接着说，你母亲的病有治愈的可能，或者这样说，如果不治疗，也有少部分患者可以活很久，如果积极治疗，则这个数字会更高一些。但在她这个年纪，这个病一旦发作，绝大多数患者是坚持不久的。可不管哪种情况发生，你和医生可做的并不多，你想那么多也没有用,你最好首先把自己从死亡的阴影中解脱出来,这样才能更好地帮到你的母亲。

我细细品味他的话。喝了一口咖啡,我才慢慢地说,我母亲不会死的,我们一定可以治好她,再说,原来医生说她在半年时间内可能病发,也是不准确的,其实,母亲的病确实引起我对死亡的思考,但现在我的思考已经扩展开去,我不是陷入死亡的阴影无法自拔,我是自己跳进来的,我也不知道是什么原因,我只是觉得现在做的事很有意义……

我懂了,他说,我真的懂了,很多第一次碰上亲人过世或者得了绝症的人都有这个反应,他们第一次面对亲近的人即将死亡,于是开始思考死亡的意义。

我想了解澳洲医院病人的死亡情况,你可以告诉我一些吗?我眼巴巴地看着他。我们见第二次面时,他就明确告诉我,他把我当成朋友,正因为这样,他的那些关于白血病的意见和建议都算是闲聊,off the record。

我理解澳洲对医生职业道德的严格要求,如果他说的那些话不是"闲聊",又被人传出来,肯定会让他陷入麻烦。所以在整理日记贴上博客时,我划掉了他的名字。现在又提出要从他那里了解澳洲医院病人死亡的情况,我是预备要被他拒绝的。

你想了解什么?一些数字?我告诉你一个网址,你可以得到准确的数字。他说,如果你想了解白血病人的情况,也有一个网站,澳洲官方的,也比我能告诉你的要全面和准确,相信我,杨先生。

我犹豫了一会,盯住他的眼睛一字一字地说,我其实想知道普通澳洲白人是如何面对死亡的，我也想知道作为医生的你，又是如何面对死亡的，你知道，我的母亲也是医生……

专家有些犹豫。我看出来了。我说，如果不方便，忘记它，forget it。

我又补充道，不久我又要回到中国了，我在澳洲前后也住了几年，对这里还算是了解的，可是说到生死观，以及普通的澳洲人如何处理死亡事件，我所知有限……

他说，我理解你，你从母亲的病想到亲人去世，又从亲人要去世的事实联系到周围的朋友甚至你自己，于是对死亡产生了浓厚的兴趣。我理解你，如果能够对你和母亲一起面对病痛和死亡有所帮助的话，我愿意帮忙。但我的个人经历也有限，其实有很多书可以帮助你……

我说，我正在读那些书，已经读过不少。我说出了一大串书名。他惊讶地看着我说，杨先生，你读的书也正是我推荐给一些病人家属读的，看起来，你是当真的，真的开始探索死亡的意义。

我笑着点点头，还没有开口，耳边就响起了他低沉的讲述。

他说，作为普通人，我和澳洲普通人一样，我能够抱一个平常心接受死亡。可是作为医生，我永远不能平静地对待死亡。每一个发生在我眼前的死亡都表明我的一次失败，不是吗？我是专攻血液疾病的，血液疾病本来有很多种，可是自从 20 年前，我几乎就开始被白血病患者包围。有时我很后悔，后悔自己没有研究其他的疾病，成为那些病的专科医生，例如皮肤病，或者五官科医生，那样，我的病人就不会死在我面前……我是医生，是治病救人的，没有人教我们如何面对死亡，我们也是在工作后慢慢摸索自己的方法，找到自己的位置……当今已经发现的疾病有 20000 种，其中 15800 种疾病要么就是没有找到治疗方法，要么就是连病因都搞不懂。医学迄今为止只能治好 4000 多种疾病……

他继续讲到了第一次当自己的病人死在面前时他双手发抖的样子；讲到他一次又一次把病人得了绝症的消息告诉病人和家属，看到他们当场痛哭，他当着病人面虽然面无表情，心里却和病人家属一样难过，于是他开始研究心理学；讲到他面对越来越多的死亡时的感觉；讲到自己一度患了轻微的忧郁症，需要看心理医生；他讲到到医院工作不久后，他开始重回教堂；他又讲到后来无论多忙，星期天一早都会上教堂，他用医学治疗病人，自己则到教堂寻求心灵慰藉……

最后，他叹息了一声。

我耐心地听，但我得承认，他讲的这些我都从书上读到过，看起来全世界的医生都有相同的经历和极其类似的感觉。他讲了足足有半个小时，我为他加了两次咖啡。在他喝咖啡时，我开口问道，你能谈一下你见到的澳洲病人和家属如何面对和接受死亡吗？

这个，我也只能泛泛而谈，他说，而且我只能谈我看到的，你知道我看到的都是发生在医院，这可不是一个很好的死亡之地。你知道，杨先生，过去 20 年死在我眼前的病人，死前都是浑身插满管子、被金属器械包围着，他们绝大多数人死的时候见到的就是从头到脚用白布包裹起来的医生和护士，有些死者的家属无法赶来，就是赶过来，也不能进入抢救室。我想如果说到遗憾，这就是主要的遗憾。

至于其他的，我的患者几乎都是有宗教信仰的，他们和家属基本上都能够平静地接受死亡的到来……

我问，你说医院不是一个好地方，难道还有其他地方？

他接过去说，大多数人确实是死在医院，可是还有一个主要的地方，养老院。如果加上时不时从那里送过来不久就死去的老人，老人院应该是死亡发生最多的地方吧。我想也是最好的地方，我的父母都是在老人院去世的。如果你想了解澳洲人对死亡的态度，那可是个好地方，我建议你去走走，如果需要我介绍，告诉我，我们医院固定接受三个老人院生病的病人。

老人院是等死的地方，死在那里的老人都是老死的吧？我问。

老死？专家又笑了一下，你知道过去 50 年，世界上没有一个人是老死的吗？这可是有科学依据的。

他看我满脸疑惑，说，年纪大了，有些器官衰竭，发生病变，死得不那么辛苦，大家就认为是老死的，其实也是生了某种病而死，只是和死在医院的病人稍有不同而已。现在社会不可能有人活到老死。

我们聊了一个多小时，再也没有提到我母亲的病。在我准备离开时，他拉住我的手，再次感谢我的礼物，并一直送我到车旁，帮我打开车门。在跨进车子里时，我停了一下，问他，你上次说，死亡是无法避免的，可是你又相信只要我回到母亲的身边，一定能够和母亲一起战胜死亡，你知道，对你的话，我有点似懂非懂……

他咧嘴笑了一下，和善地说，你真不明白？你会明白的，你不是在探索死亡吗？

是的，我说，我是在探索死亡，但毫无头绪。

他微笑着说，从朋友介绍我们认识开始，每一次见面，我都看出你非常紧张母亲的病，用你们中国的话说，你是一名孝子，虽然我们西方没有"孝"的概念，可我还知道什么是孝道。但我也看出你对死亡的恐惧和敏感程度，这次见面，证实了我的看法，你从母亲的病转向追求死亡的意义，你想为母亲寻找答案，更想为自己寻找答案，这也是你刚才亲口告诉我的。对此我并不感到陌生，因为我以前也有好几位病人的家属和你一样。在两个月前你来告诉我要回中国陪伴你母亲时，我就知道，以你的爱心、悟性和开放的心胸，你应该会寻找到死亡的真谛和意义，也就可以战胜死亡了……

你不要绕圈子，我怎么越来越糊涂？我笑着抗议道，我不是医生，我怎么找到战胜死亡的方法？

医生？医生永远只能推迟死亡的降临，他突然收敛了笑容，严肃地说。医生怎么可能战胜死亡？又有哪一个医生最后不都得死亡？谈何战胜死亡！

我听出了，他和我谈哲学。我有些不以为然。这时，他说出来一段话，那句英文我听着觉得有些耳熟，但一时想不起来他引用自何处。看我没有听出来，他提醒我：海明威。我这才想起来，那是海明威《老人与海》里的名言：人生来就不是为了被打败，人能够被毁灭，但是不能够被打败。

正在我品味这段话时，他说，套用海明威的话，是不是可以这样说，死亡可以毁灭人，但却无法打败人。人虽然无法避免死亡，但却可以战胜死亡。

我又开始品味这句话，也渐渐明白他的意思。这时他的话又响起来：在我过去亲自经历的死亡事件中，无论是死者还是家属对死亡只有截然不同的两种态度，一种是害怕，一种是不怕。可是不管哪一种态度都改变不了死亡发生这个事实，然而我却深深体会到，那些知道了死亡的意义的人，也是那些不再惧怕死亡的人，其实是战胜了死亡。杨，你现在明白我的意思吗？

我明白了，其实我早就明白，这就是为什么我决意要去追寻死亡的意义的原因，我坐进车里时心里这样想。我启动车，专家在帮我关上车门时，又把头伸进来，说，杨，作为你的朋友，我再送你一句话：追寻死亡之意义的目的就应该是克服对死亡的恐惧，一旦克服了对死亡的恐惧，就能更好地活着，也就战胜了死亡。就像那句名言所说的：死亡到来之前一定要活着（To live until you die）。

飞越老人院

澳洲的老人院本来就在我计划的访问之列，我的朋友、澳洲血液病专家也提醒了我。我对澳洲的老人院并不陌生，这次阅读的英文书中就有好几本关于澳洲老人院的。而且我在澳洲的很多中文笔友都有在老人院工作的经历，其中两位还写出了相当精彩的纪实文学作品，我较早前已经拜读过。我原本也想找她们了解老人院的情况，但又一想，她们都写出来了，我也读过了，不如找另外的中国朋友了解，所谓兼听则明。要在澳洲老人院中找中国工作人员并不难，我以前在国内的一位朋友阿林，目前就在悉尼南区的一家老人院当一个小领导。

我打电话给她，说我想了解澳洲老人院的情况，请她出主意。她说，那还不容易，我们这里正缺人手，你来工作不就得了，也便于你这个大作家体验生活呀。

我说，我时间不多，只有十几天时间。她说，没有问题，我们这里的工作人员像流水一样不停地流来流去。

我有些心动，问道，没有这方面的工作经验也可以吗？她说，没有经验的话，就到 Tafe 学院（澳洲成人进修学院）上个速成班，对你想必不难。我说，那不行，我真的没有时间，今后倒可以考虑，但不是这一次，我马上要回国。

她说，那就申请志愿者工作吧，我们这里也需要的。不过，由于你没有证书和工作经验，你就只能自愿打扫卫生或者到洗衣房了，也不委屈你，反正你是体验生活呗。搞不懂，就要回国了，为什么还来体验老人院的生活……

我打断她问，志愿者工作能不能和老人接触？她说接触很有限。我说，那不行，再想想办法吧，或者你带我进去看看，我再从你那里了解一些，可以吗？

听到我这样说，阿林停了一下，过了几秒钟才问，你想了解什么？为什么不到州政府去了解，那里有专门负责全省老人院的机构，负责提供全面的资料。

我说，那些资料我都有，对老人院我也很了解，当然是从书本上。这次我主要是想亲身体验一下老人院，亲眼看一看里面的住客……

是这样呀，阿林有些犹豫，问了一句，你不会乱写吧？

我知道阿林有些担心，我写的小说《致命弱点》和《致命武器》分别在澳洲《新岛日报》《澳洲日报》连载，阿林看到后很紧张，从此以后她认定我是一个"揭秘"作家，是一个专门揭露隐私的家伙。阿林40岁，5年之前才移民澳洲，能够得到现在的工作也不容易，如果我通过她的介绍而混进去"卧底"，最后写出了揭露性质的文章，她迟早会受到"打击报复"的。要知道，澳洲老人院的情况可是各方关注的焦点，由于能够得到政府大量的补贴，竞争也挺激烈的。

我连忙解释，不是的，我就是想实地了解一些澳洲老人院的情况。

为什么？阿林紧追不放，声音里透出点紧张。

我想了一下，灵机一动说，你知道，我也得为自己今后打算呀，我想知道今后会在什么样的地方等待前往天堂的列车。

别逗了，恒均，她笑着说，你今后不会在澳洲终老的，你这种人要么不出国，出国后也会一辈子不适应，到老了又会折腾什么叶落归根，你以为我不知道你？再说，你还没有到对老人院感兴趣的年纪，别以为自己有多高瞻远瞩，我想，你有其他目的吧？

呵呵，我干笑两声说，你猜对了，我不会在澳洲养老。再说，不是我想不到那么远，而是我不知道自己是否能够活到那把岁数。好，告诉你吧，你这两天上网没有？中国大陆12月12日发表的《中国老龄事业的发展》白皮书里说，中国人口老龄化的速度在加快，2005年底，60岁以上的老年人口就有1亿4400万人，可是老人院却没有多少，更不像澳洲这样，几乎平均1万人就有一个老人院。要知道，由于一胎政策，中国的人口构成出现了"四二一"的结构（一个孩子、两个父母、四个爷爷奶奶外公外婆的结构），我们这一代中国人的希望在老人院，所以，我想了解……

这才像你，阿林在电话里幽默了一句，一副忧国忧民和痴心不改的样子，不过这次思考的问题更实际呀。

我临时编出了这个借口，可话一出口，我就意识到这不仅仅是借口。前段时间看了《中国老龄事业的发展》后，我确实开始思考类似的问题。从阿林的幽默中，我发现自己内心的一些变化。

过了两天，阿林打电话给我，说安排好了，我可以从1月10日到14日过去帮她，名义上是志愿者工作，实际上她给我一个混进老人院的机会。我很高兴，她也听出来了，放下电话前，又特别强调，你不能直接参与护理老人的工作，记住！

我说，这是什么意思？

她大声说，不管怎么样，你不能和这里的老人有身体接触，不能触碰他们，知道吗？！我给你申请的是厨房工作，你帮师傅打下手，那个部门是我负责。

看着那些老人吃饭噎住了，或者摔倒在地，我也不能去扶一把吗？我开玩笑地问。

不能，原则上讲，就是看到他们摔倒也不能去扶，你没有资格，你必须去叫护士和工作人员。她声音不但大，而且很严肃：恒均，你记住了吗？这里是澳洲，我们都不想吃官司，你没有专业知识和工作经验，又没有买工作保险，扶老人的时候有可能把你自己弄伤，另外，也有可能因为你的疏忽而弄断老人几根骨头，要知道，我们这里的老人可比那些贴上"小心轻放"的易碎瓷瓶还要脆弱。

他们都很老吗？都老得像古董花瓶吗？我笑着问。

这个……这里的住客大多是 80 到 90 岁的，100 岁的也有好几位，70 多岁的不多，他们还没有资格，太年轻了。

我心里一怔，想起了母亲，脸上的笑容消失了。

1 月 10 日，我一大早驾车一个小时来到南区老人院。我和阿林也有一年多没有见过面了，她外貌倒没有什么变化，我们寒暄了一阵。我没有问她先生的情况，因为不知道他们到底是否离婚了，又或者还在闹。

阿林的爱人比她大 4 岁，比她早到澳洲，经过几年饭店端盘子和洗碗的工作，终于弄到了澳洲永久居民的身份，不过也把身体弄坏了。等阿林过来团聚时，她爱人已经开始吃救济。好在澳洲的福利好，每个月领救济金都不比一个蓝领的月收入低多少。可是，由于阿林的老公不再接触社会，也养成了很多怪癖。他们夫妻也自然生出了隔阂，两人几乎三天两头就吵架。后来闹得我们这些老朋友也不再到她家里去了。我认为两人的关系变得恶劣，主要原因虽然在阿林的丈夫，但阿林那要强的性格、得理不饶人以及急躁的脾性，也是一个大问题。所谓一个巴掌拍不响。

阿林到澳洲后也在餐馆干过，后来到老人院当护理，一年前由于工作成绩突出，被破格提拔为一个负责人，目前负责南区这家老人院的伙食和清洁部。

南区老人院当然在悉尼南区，但南区可不止这一家老人院，大大小小有十七八家之多。阿林所在的老人院靠近大海，依山傍水，山青水秀，真有点世外桃源的感觉。

这天一早，阿林在门口等我，带我进入老人院。我好像进入了一家休假别墅，边走边赞叹。阿林笑着说，你简直像刘姥姥进了大观园，其实我们这家老人院只是中等档次的，进入这里不需要交很多钱，普通澳洲老人都可以负担得起，条件和伙食都比不上北区（悉尼的富人区）的老人院，你要想看四星级和五星级的老人院，就到那里去吧。

我笑着说，这里就不错了。我赞叹只是因为我住过澳洲好几家五星级的宾馆，发现都不怎么样，远远无法和中国大陆的宾馆相提并论，可是这里的老人院却像宾馆一样，这发人深省。联想到上次回到随州看到的豪华气派的政府大楼以及破败不堪的人民医院，再对比一下中国大陆如雨后春笋般冒出来的五星级酒店和澳洲到处都有的星级酒店般的老人院，我心里不是滋味。

恒均，你老了也可以申请进老人院，有钱的话到好一点的去，没有钱政府也会让你到我们这样的老人院，放心，不会让你流落街头的。阿林说笑着，开始指指点点介绍环境，老人院的主楼和食堂在东边，叫东区，北区和南区是两个老人居住区，区别是南区里的住客大多是完全失去了活动能力以及那些患了老年痴呆症的老人……

阿林告诉我，她虽然是用志愿者名义让我进来，但其实没有什么工作给我做，如果我愿意，又肯把手消毒洗干净，她就让我在午饭时负责给老人分沙拉和甜点，如果不愿意，也没有关系。但她禁止我单独到老人宿舍走动，而且不许照相。她说她一有空就来陪我周围走，并介绍情况。

阿林很忙，但她一闲下来，就带我到处走动，还不停嘴地介绍，有问必答。其实她介绍的这些我都从书上了解过，倒是亲眼所见的，给我很大冲击。老人们都很安静，有时一动不动地坐在那里晒太阳，稍微不注意还以为是雕塑。

第二天，我打断了阿林的介绍，说我这次来，其实是想了解澳洲老人的死亡状况，主要是想亲眼看一下或者亲耳听一下他们是如何面对死亡的。

我就知道你有问题，阿林转过身，盯住我轻声说，你没有那么简单，不过我搞不懂你怎么突然会对这个问题感兴趣？我告诉你，死亡是最隐私的事情，你可不能乱写。

我向你保证，我说。想了想，我决定把母亲生病的事告诉她。我说，我的母亲得了病，白血病，我心情很不平静，最近不但连工作都辞了，而且也不搞业余写作了。

那你干什么？阿林追着问。

我想探索死亡的意义，我干巴巴地说。我以为阿林一定会像以前一样笑得直不起腰，说站在自己面前的是一个疯子。可是大笑的场景没有出现，阿林只是平静地看了我一会，点了点头。随后她就被人叫去干活了，留下诧异的我。

接下来的时间，我明显感觉到阿林很配合我的调查。她对我的问题都详细回答。我的这些问题也是从我阅读的书上看到的。

有一次，我问她，在这里死亡经常发生吗？

她说，好像死亡会传染一样，有时一个月走两三位，有时两个月都没有离开的。

我问，你看到他们离去吗？

她点点头，又摇摇头，说，刚开始我负责一层楼的护理时经常看到他们离开，不过，大多数是在夜晚悄悄离去的。还有很多是在送到医院时去世的。

送到医院去？

是的，有些摔伤了，有些突然发病，我们都会把他们送到医院，当然，很少有再回来的。

阿林，你看到的死亡，他们都什么表情？我又补充了一句，我看到的书说，他们大多不怕死亡，我很疑惑，你可以告诉我，死亡到来时，他们害怕吗？

害怕？不。阿林马上就回答了我，过去 4 年我在两个老人院工作过，前 3 年负责护理工作，亲眼看到不下十几个老人离开，他们离开时的场景和表情各不相同，但没有一个有害怕的表情。

真的？我吃惊地问。

书上也许不真，但我不骗你。她淡淡地说，我一开始也感到不解，这里的老人很少表现出对生的留恋和对死的恐惧，后来我想大概是他们年纪太大了吧，大多数人的老伴又先他们而去了，他们到这里来本来就是等死的吧。最长的那位 95 岁的住客已经进来 17 年了，她常常嘀咕说，住这么久都不好意思了，又说，她的老伴在那边等得很不耐烦了，有时我想他们大概真的都活腻了。

活腻了，我自言自语地说，这是多么幸福的一件事，对生没有留念，对死没有恐惧。

你在嘀咕什么？阿林问。

哦，没有什么。我回过神来说，相比较那些因生病而住在医院的人，你这里的住客真是幸运，连那么让人留恋的美好生活都能腻味了，真是……

恒均，听你的口气，你不是讽刺吧？阿林看我连连摇头否认，也笑了。她指了指南区阳台上一群晒太阳的老人说，你看他们，大多坐在轮椅上，每天洗澡上厕所都要人伺候，有些身体太重，我们护理人员搬不动的，还得使用搬运机——也就是小型起重机，每天把他们从床上吊起来，再吊到马桶上，之后吊到轮椅上，每两天要为他们洗一次澡，有些上完厕所都需要护士帮忙擦屁股……

我又问了一些老人在这里的生存状态，阿林都一五一十地告诉我，我听得感叹不已。

他们都不再离开这里吗？我问。

离开，有些子女会接他们回家一两天，又或者接他们出去参加家庭聚会，他们回来时都很高兴，不过……

不过什么？我追问。

不过，在这里住过的老人，再出去也会不适应的，外面的那个世界已经没有他们的位置了，他们更喜欢这里。

你们这里有虐待老人的事情发生吗？我突然打断问。

阿林一怔，警觉地看了我一眼，我傻呵呵地笑了笑。阿林说，不能说绝对没有，但可以告诉你绝对没有身体虐待，最多是一些护理不耐烦了，用语言刺激老人家，这样的事情也是绝对不允许的。

这些老人都有子女吗？又有一次，我问。我想起在大陆，住在老人院的往往是孤寡老人。

绝大多数都有子女，那位坐在角落里的老人的儿子是千万富翁，这里好几个老人是子孙满堂的，只有少数是孤寡老人。

他们的子女常常来看望他们吗？

有些子女每个星期都来，不过大多数子女最多一个月来一次。住进来越久的老人，子女来看望的次数和频率越少，来了也就是坐一两个小时。很多老人太老了，见了子女都没有什么话说，有些甚至不认识自己的子女了。

啊啊，我感叹几声，却说不出话。每天晚上回到家里，我都把当天在老人院的所见所闻加上自己的感想写进日记里。

有一次我问阿林，你在这里感受最深的是什么？

她想了一下，开口说，这里很多老人都是一个人，老伴先他们而去了，但也有一些是一对夫妇一起进来的。我们这里就有三对80到90岁的夫妇，不过按照老人院的规定他们却不能住在一起，好在他们也都能够接受。那对92岁的夫妇每次在餐厅见面都想不起对方是谁。每一次我都让护理人员把他们两人推到一起，可是他们就是认不出对方，每一次都让我心里挺难受的。

我没有想到让阿林感受最深的竟然是这个，想到她和丈夫的恩恩怨怨，我没有作声。第三天中午吃饭时，我说，阿林，我在书上看到在老人中流传着一首歌，好像是写老年夫妇死别的，在老人中很流行的，你可以找机会问一下老人们，把歌词给我吗？

阿林说她听到过那首歌，那是不久于人世的老人唱给悲伤的老伴听的。她答应找机会请老人写给她，她再通过电子邮件传给我。

阿林太忙时，我就一个人悄悄到老人院的后山上，俯瞰整个老人院。成荫的绿树和鲜艳的花朵之中，常常有几位雕像般的老人在那里闭目养神，引起我的遐想，我的思绪好像在老人院上空飘荡……

我想，中国的老人院我还从来没有去过，甚至没有听到朋友说起过，这次回去，我一定要去看一看，问一下那里是否需要义工。我把这想法告诉阿林，又等着她来笑我，没有想到她竟然赞赏地点了点头。我更是觉得有些莫名其妙，这可不像我记忆中那个尖酸刻薄的阿林。

同阿林告别时，我虽然觉得自己满载而归，但我也意识到有什么地方不对劲，不是老人院，而是……回到家后，我才突然想起来，是阿林有点不对劲，记得以前的阿林并不是这样的，这次在一起长达 4 天，她好像变了一个人似的。

当我离开时请你紧紧握住我的手

2007 年 1 月 17 日，也就是我从悉尼南区老人院回来的第二天，我第一次参加了一位澳洲人的葬礼，这样的葬礼我以前不是没有接到过通知，但我从来不去出席，反正大家也不熟，可是这次我却很想去。葬礼在悉尼北区麦卡瑞公墓举行。我穿上一身黑衣服，戴上墨镜，买了一束葬礼用花……那是一个非常典型的葬礼，就像我在西方电影上看到的一模一样。家属不时用纸巾擦眼泪，牧师讲话，整个送葬队伍默默目送棺材降下，整个葬礼隆重而安静。我有一种进入了电影画面的感觉，从头到尾腰杆挺得笔直。

晚上回到家，如果不是腰还有些疼，我真会以为今天那平静的葬礼只是出现在梦中。我坐到电脑前，打开电子邮件，看到了阿林的信。她把那首歌词给我传过来了，又说，那个老人听说要这首歌词，又哼了两首爱尔兰人的民谣，也是类似的内容，她干脆也记下来，一起传给我。她说，她的英语不好，而且这些歌词、民谣都充满了老式和不规范的英语，她希望我能够翻译成中文，她说她也很喜欢，还提醒我翻译成中文后别忘了给她一份。

我把歌词和民谣打印下来，准备好好翻译出来。然后我给阿林写了一封信，感谢她给我的帮助。并说，读了那么多资料，经过这4天的眼见为实，收获实在不少，而且也让我对一些事情有了新的认识，虽然这种认识还很朦胧，但我相信等我回到中国，迟早会理出个头绪。我说希望今后有问题时，她能通过邮件给我帮助。

在信的末尾，我写了这样一段话：阿林，回来后我才发现，你好像变了一个人似的，我为你的变化感到高兴。你看上去不但平和而且幸福，急躁和不容人的脾气也没有了，任劳任怨……我怎么也想不到以前的你会对那些老人那么有耐心。能告诉我这一切都是怎么回事吗？

第二天阿林给我回了信，她说，家人和朋友也说她变了，她想大概是在老人院的工作经历不知不觉促成了她的变化。她说，每天和这些老人打交道，每年都送走那么多和你朝夕相处的老人，不变都难。她又说，他们夫妻两人也不闹啦，她能够理解他的辛苦和失落，两人现在过得挺好的。

她又写道：恒均，上次你问我，在这里工作期间，什么事情让我感受最深，其实很多事情都让我感受深刻，不过现在回想一下，最触动我的还是那些老人的死。我想你大概会说，当然是死亡最让人难忘，你自己到老人院不也是为了探索死亡的意义吗？其实那样说就太简单了。要知道，那些老人和我们这些工作人员有多亲近，你就能理解我在说什么了。那些老人喜欢找我们聊天——同他们聊天也是我们工作的一部分——说是聊天，其实是听他们回忆往事。

这些年下来，我对这些老人过去辉煌的经历几乎都了如指掌了。他们中间不但有政治家、有亿万富翁，也有大作家和叱咤风云的军人，当然更多的是一辈子忙忙碌碌却充满远大志向的普通人……可这有什么区别呢？现在他们都像小孩子一样越来越天真，每天在那里同不断遗忘的记忆和渐渐衰老的躯体做最后的斗争，不时需要护理帮他们清洗尿湿的床、帮他们洗澡、擦屁股、喂他们吃饭、哄他们睡觉……然后那一天就不知不觉地到来了，于是我就看着他们静静地离开这个世界……恒均，每一次看到一个不久前还在和我唠叨他们的过去的老人悄然离开人间，我身上仿佛都有什么东西被他们带走了，而我心中也生出一些从来没有过的感悟，也许这些就是我的变化。

最后一段，阿林写道：对了，恒均，不好意思呀，一直都在说我，其实，这次见面，我也发现你有了很大的变化，只是当面不好问，问了你也不会说。真的，至少以前我怎么也不会想到像你这样春风得意、自以为要解放全人类、只关心政治等所谓国家和民族大事的家伙会突然让自己陷入死亡的陷阱中，去追求什么死亡的意义……不过，不要误会我，我看到你的变化心里好高兴，但我担心你会太自信而越陷越深，有些东西不是你个人的能力所及的……呵，我忘记告诉你，我已经是一名虔诚的基督徒了。另外，是否可以问一下，你入教了吗？按说你这样的人是绝对不会入教的，可是这次我分明感觉到你心中充满了以前我没有看到或者注意到的东西，而且也好像有上帝的大爱在里面，不知道我的感觉是否对，如果冒犯的话请你原谅哟……

细细品味阿林的信，我百感交集。当天晚上，我把那几首小诗放在桌子前，试着翻译，可是却没有什么灵感。看看墙上的挂钟，考虑到澳洲和大陆 3 个小时的时差，我估摸父母准备上床睡觉了，我拨通了家里的电话。父亲接的。

我还没有来得及开口说话，父亲就抢先说了，哈哈，我们这里下了第一场雪，你不是想看下雪吗？

我支支吾吾，说，不错，我想看下雪，赶不上了，我过几天才回来。父亲说，路上要注意安全。我说，坐飞机，我也没有办法去注意呀。不过，我知道，我的飞行恐惧症已经好了。

其实我不是想看下雪，我是想念故乡的雪，那真让人怀念呀，记得小时候，一看到雪花从天空飘下，虽然手儿冻得通红，鼻涕像断线的珍珠，但还是兴高采烈的——因为要过年了。过年就意味着新衣服，就可以用炒花生、炸麻花把小肚子胀得鼓鼓的，就可以和爸爸妈妈一起，围着火炉，还有辞旧迎新的鞭炮，以及给人带来希望的守夜……

已经十几个年头没有在家乡过年了，没有看到故乡的飘雪了。

2007 年 1 月 29 日，我登上了悉尼飞往广州的飞机，虽然我的飞行恐惧症已经痊愈，但我的心情并不轻松。飞机起飞后，我拿出了阿林传给我的歌词和爱尔兰民谣。仔细读了几遍后，我发现这些歌词和民谣确实很有意境，而且英语的用词都很简洁优美，可是，我也知道以我的诗歌水平要想直译出来可能会有问题，再说，歌词和民谣里有很重的宗教气息和爱尔兰味道，翻译成中文可能也有些别扭。考虑了一下，我决定先意译，再不行就根据意思自己写一首。好在我心中已经像阿林所说，充满了很多以前没有的东西，那其中大概就有一些只能用诗歌来表达的吧。

6 个小时后，在飞机进入中国南海领域时，我完成了写作。我取出电脑，把这首我取名为《当我离开时请你紧紧握住我的手》的诗输入，并把诗的第一段放进《伴你走过人间路》第一部的最后一个章节里。

那首歌曲的原名叫 "let me go"（让我走），表达了一个临终的老人在离开时，安慰老伴不要太悲伤，请他（她）握住自己的手让她（他）的灵魂获得自由。有半个小时，我反复吟诵那句"当我离开时，请你紧紧握住我的手，但让我走、让我走"，眼泪不觉夺眶而出……

当我走到人生的尽头，
当我不得不走，
请你紧紧握住我的手，
Let me go , let me go !

我知道你不想我独自上路，
我也想伴你到天长地久，
可时间一到，我们该分手，
让我走，让我走！

擦干眼泪，不要忧愁，
为我举办一场"死日"的庆祝，
在落日的余晖中，
让我走，让我走！

记住我，但不要牵肠挂肚，
请常常来到我的坟头，
如果你还能够行走，
Let me go , let me go !

我的灵魂已经获得自由，
只是不忍心让你一个人孤独，
我把对你的爱留下来，

陪伴你，直到我们再次相会的时候……

你身边还有几位老朋友，
过生日时找他们叙叙旧，
痛哭畅饮时别忘了敬我一杯酒，
我在天堂里举杯为你祝寿……

希望孩子们常回到你的身边，
驱散你的寂寞和忧愁，
像我一样拥抱你、为你唱歌、给你梳头，
伴你走过人间路……

飞机已经在徐徐降落，我微微闭上苦涩的眼睛，陷入沉思……

从母亲诊断得绝症至今半年光阴倏忽而过，我辞去了工作，也停止了业余写作，也从当初的震惊中冷静下来，可是却仍然感到茫然无助。

对母亲深深的爱，让我无法接受母亲的病，无法接受医生说母亲只有三个月到半年，春节期间有可能……不，我更无法接受死亡即将降临到这个世界上最关心我、最爱我的人身上……

我要用最先进的医学和科学为母亲治病，科学能够走多远，我就愿意带母亲走多远，母亲如果需要骨髓，我将毫不犹豫献出我自己的。可是我心里也明白，要来的总归要来，该分手的时候也一定得分手，可是我不愿意不明不白，更不愿意母亲在孤独和恐惧中踏上一段前途茫茫的不归路……

我能够感到母亲内心的孤独和无助，母亲深藏内心的迷茫和害怕深深地折磨着我，我要为母亲找出真相，寻求意义——死亡的真相、死亡的意义。在我弱小无知蹒跚而行的时候，父母一直陪伴着我们，作为儿子，现在是我为他们做些事的时候——

又何止是为他们？其实母亲的病也引起了我自己内心一直就有的深深的恐惧——对死亡的恐惧，触发我的思考，激励我去探索。这探索是为母亲，为父亲，更为我自己，为所有亲朋好友，为众多的父老乡亲……

于是，我决定探索生命和死亡的意义，我开始徘徊在未知之中——从父母到儿子；从中国到外国，从故乡到他乡；从记忆中的产房，到外婆门前的坟头和房里的棺材；从医院到老人院；从母亲身上的护身符到道教，从父亲受到的儒家教育到我一次次在死亡阴影中的思考……

这半年时间，我感觉到与死亡的意义若即若离，又仿佛多次和死亡的真相擦身而过，然而每一次都功亏一篑，留下我仍然在黑暗中徘徊。

因为我不敢深入？因为我浅尝辄止？还是因为我害怕陷入进去而无法自拔？我不敢握住一个个要点，害怕抓住的，是自己的死穴？

我让据说可以帮助人类克服死亡恐惧、充满了大爱的上帝留在我的心中，却不让他进入我的大脑，因为我用心去爱，却要用大脑去思考，我要让自己的大脑保持独立的思想……

看到母亲的护身符，看到母亲开始拜佛和练功，我愧疚难当，然而我却不敢正视……

我从外婆那咧开的、没有牙齿的嘴上慈祥的笑容里，隐隐约约看到了我们伟大文明中的一个巨大缺陷，我却不知道自己是否已经迷失其中……

我带着家乡的问题到异乡来寻求答案，找到了答案，却发现异乡的答案只不过让我的问题更加复杂而已……我一定要回到家乡去寻找答案，可又不知道从哪里入手……

我站在十字路口，不知道何去何从……

我闭上眼睛，还是感觉到酸涩，我的头昏昏沉沉，我的耳朵因飞机的下降而胀痛，飞机和机舱里的声音也变得越来越遥远，朦胧中，我在等待飞机轮胎摩擦跑道的声音响起……

突然一声沉闷的声音响起，伴随着剧烈的震动和摇晃，我立即意识到，飞机出事了。是的，飞机出事了！——在我的飞行恐惧症刚刚痊愈之后，飞机终于出事了！

起飞和降落时是最容易出事的，我乘坐的飞机在降落时发生碰撞，随即发生燃烧，我好像已经闻到了焦煳味道。真是好笑，我暗中安慰自己，让自己保持冷静，我内心喊道：滚开，我已经不怕坐飞机了，不要来折磨我！

可是，没有用，从周围慌乱的嘈杂声以及行李箱被大火烧得噼里啪啦作响的声音中，我终于接受了现实：我即将葬身在这具铁棺材里，这具巨大的铁棺材就是为我量身定造的……

可是一想到不一会我多脂肪的躯体就要被点燃，随即血肉模糊，最终化为灰土，我还是身不由己地吓出了一身冷汗。我不能坐以待毙，我一边想一边开始使尽吃奶的力气想站起来逃跑,可是却动弹不得。万般无奈时,我又想到要让自己的灵魂先行溢出,脱离火海,于是我又把全身的力气凝聚在大脑里,果然,我的灵魂出窍了……

脱离了我的身体的灵魂在烟雾缭绕的机舱顶盘旋了一周,看到仓皇出逃的乘客竟然不忘记打开行李箱取走身外之物,觉得很是可笑。最后我的灵魂冷漠地看了一眼那个蜷曲在座位上、沉浸在冷汗中、被安全带绑得死死的我的躯体,默默说了声"永别了",随即就被一股巨大的吸力引进一个隧道——

啊,死亡隧道!我终于来到了这里,我在书中看到了无数次,也幻想了无数次,现在我终于身临其境——这可是通向天堂和地狱的唯一通道!我风驰电掣地在隧道中飞行,想停下来看个仔细也身不由己,好像刚刚降落的飞机在跑道上高速滑行一样,刹也刹不住——

我——我的灵魂——抬头看向隧道的尽头,那里有团刺眼的白光,啊,那一定就是天堂,很多有濒死经历的人都心向往之地描述过那团让人睁不开眼的白色的光芒……

此时此刻我的心情好矛盾,我想去看一看那边是什么样子的,回来后好告诉我的母亲,可是我知道一旦走完这条称为死亡隧道的通道进入那团白色的光芒里,就再也回不来了,这里就像母亲的产道,是连接了两个世界的单行道……

虽然急速向隧道尽头飞去,我却没有一点恐惧,这条隧道给人一种光滑、祥和和舒服的感觉,周围有嘈杂的声音,亡灵们都在赶路吧……到达那里之前我是否会碰上阻碍,据那些到此一游的濒死者回来说，他们都是被未了的心愿或者突然的障碍阻止而无法走出隧道，结果又跌回人间的，我会怎么样？

…………

先生，你醒醒，先生，你到了……一个声音在我头顶上由远及近，我的肩膀也被轻轻推了几下，我一下子从飞行中跌落下来，我睁开模糊的双眼，抬起头含含糊糊地问道，我到哪里了？

先生，飞机降落了，你到地面了……我抬起头看到一个穿着南方航空公司制服、廉价的化妆品把一张脸弄得像石膏像的空姐俯瞰着我，柔声地补充了一句，飞机降落在广州新白云机场，先生，你睡着了，乘客们都下飞机了……

我抬头一看，机舱里已经空空如也。我向机窗外看了一眼，看到了地面和楼房，这里还是人间，我没有死——我还不能死，至少在我为母亲、为父亲，也为亲朋好友，更是为我自己寻获死亡的真谛和意义之前，我还不能死……

你那里下雪了吗？

这是母亲得病后，我第二次踏上家乡的土地。

半年前母亲得了白血病的消息像晴天霹雳，给我的人生带来了前所未有的震撼。我辞掉了工作，停止了业余写作，告别了儿子，回到母亲的身边，发誓不惜一切、背水一战，同母亲一起对抗癌魔和死亡……

可是当我发现科学和医学带我走不了多远，当我感到人类的终极命运不但在等待着母亲和父亲，连我的亲戚朋友和我自己最终也将在劫难逃时，我毅然决然地踏上一条艰险的旅途——寻求死亡的真谛和意义。

半年过去了，怎么样呢？正如读者从我的日记体纪实文字中看到的：混乱而无头绪——这正是我过去这段时间的生活和心情的真实写照。记住，你从《伴你走过人间路》里读到的一切，都是真实的发生，我无权为你编造一个逻辑完整、文字精美的虚构文学，更无法像其他文体一样给你一个中心思想，或者最后把自己的结论呈现给你。

我给你的只有赤裸裸的真实和真诚——真实的事实和真诚的想法。

虽然这真实和真诚都离我追寻的真理——死亡的真谛和意义还相差甚远，但我不会放弃。我回来了，再次回到母亲的身边，我要继续探索和追寻——直到母亲痊愈，或者直到我找到死亡的意义，直到我同母亲一起战胜死亡……

我也不讳言，正如此时此刻我并不知道接下来会发生什么情况一样，我对自己的思索和追寻将要把我带向何方也一片茫然。正因为这样，我无法告诉读者，我还将会写些什么。我唯一能保证的是，我会继续写下去，因为只有写下去，我才能减轻自己的痛苦和茫然，只有写下去，我才有力量继续探索下去……

故乡下雪了没有？春节还有几天？母亲的病会加重吗？春节

期间病会发吗？我又会从哪里入手去安慰母亲，又如何同她一起对抗癌魔，伴随她走过人间路？我又会去哪里寻求死亡的真相和意义？……

我带父母去吃肯德基

　　我原来是很喜欢下雪的，有相当一段时间我也一直以为自己原来是很喜欢下雪的冬日的。先是如花瓣一样的雪花轻柔地抚过你的脸和小姑娘们长长的睫毛，散落在湿冷的大地上，很快地融化掉，除了给兴奋的心留下一丝惆怅，什么痕迹也没有了。但飘忽的雪花仍然前仆后继地从厚重的冬日的天空洒下来，顽强地率先在那些敞开胸怀的角落里和高高在上的屋顶上积上薄薄的一层。夜幕伴随着更多的鹅毛似的雪花一起降临，开始和仍然不屈不挠地兀自突起的漆黑的大地争夺明天的景象。谁胜谁负自然要到第二天才会有分晓。一般来讲，我第二天早上一睁开眼，裤子还没有穿上，就会一蹦一跳地来到窗前，眼前是厚厚如棉被的雪白一片，连树木也被小小的雪花拥抱得严严密密……

　　我真的很喜欢这样的冬天——天上飘雪、地上也积着厚厚雪的冬天。参加工作后，哪怕后来到了美国，我心里还像一个小孩子一样，盼望着冬天飘雪的日子，可是当雪花实实在在碰触在我脸上时，除了丝丝冰冷，也引出了几分淡淡的忧伤。

小儿子铜锁在澳洲悉尼出生后，一直没有见到过雪。在7月冬天的假期里，我专门带他们到6个小时车程的雪山上，记得那次看到5岁的小儿子第一次在鹅毛飘飞的大雪里激动得忘乎所以时，我心中涌起了千思万绪。

　　我应该早就感觉到，我并不是真心向往美国的雪、澳洲的雪，其实连北京的雪也无法勾起我对少年时的回忆。

　　我喜欢的是故乡的雪，是小时候看到的，或者说是至今仍然留在记忆中的雪。家乡湖北随州不常常有雪，但只要有雪花落下，我总是兴奋得得意忘形。飘雪了，冬天来了，要放假了，要过年了，父母就会到一起了，我们全家人就可以围在火炉旁了，一年到头都很少听到的欢笑声就会在火炉旁升起……

　　辞旧迎新的气氛，全家人喜气洋洋围坐在火炉旁的温馨场景，在我逻辑大脑还没有健全的儿时记忆中，那可全是故乡的飘雪带来的，不知不觉间，轻柔的雪花早已在我心里烙下了深深的印记。这印记如此之深，以至这么多年过去了，我始终还一直以为我喜欢飘雪的冬日。

　　参加工作后，最初的两个春节还挤上火车回家过年。不久结婚了，有了孩子，后来又到了国外，假期和中国的假期不吻合，就没有时间回老家过年了。十几年后的今天，母亲得了病，我再次回到故乡陪伴母亲过年。

　　这个春节家乡会飘雪吗？我是否能够在飘飞的雪花中寻回儿时的感觉？

　　回家的前两天，看到网上新闻报道，武汉周边地区迎来了入冬以来的第一场大雪，照片上银装素裹的景象让我归心似箭。

　　农历腊月二十三日早上，我开车从广州出发，通过京珠高速，当天深夜回到湖北随州。我悄悄停好车，和二哥一起回到家，母亲睡得比较早，我不想吵醒她。

　　当我们刚刚跨进大门，院子的灯啪的一声亮了起来，接着是吱的一声，客厅的门打开了，母亲先是探出头，然后披着大衣慢慢走出来。原来母亲本来都睡了，但她却过一会就起来看一下，这次正好看到我进门。我正想责怪母亲，她却打断我说，你在路上，我怎么可以睡得安稳。

　　我赶紧扶母亲回到寝室，心里暗自后悔，也许不该告诉母亲我什么时候出发，虽然告诉她行程前我反复叮嘱她不要为我担心，但没有用，母亲天性如此——也许所有的母亲天性都如此——只要你告诉她，你在路上，她担忧你的心就再也放不下来。

　　而我又太让母亲操心了，我好像一生都会在路上踽踽独行，直到人生的终点站。

　　母亲的脸色像一般白血病患者一样苍白，还多了发黄的土色。化验结果证实母亲的血色素还在下降，可是母亲的精神还可以，我以为她是见到我的一时兴奋，过了两天才发现，母亲是因为忙碌才显得有精神。

　　这次过年，为了彻底让母亲把指挥做饭等家务事放下来，我们姐弟们已经预先开了"电话会议"，向母亲约法三章，三章的意思只有一个：过年期间母亲必须离开厨房和洗衣房，不得过问我们操办年货以及迎来送往的事情，否则，我们就"抵制"回家过年。我们这样做也是迫于无奈，母亲虽然得了绝症，都快80的人了，她却好像永远无法放下做母亲的职责，只要我们这些成年孩子回到她身边，她是一分钟也停不下来的，每天要来监督我们几点起床对身体好，又要告诉我们哪些食物对身体有害，甚至来研究我们衣服的商标，看里面是否含了对身体有害的化纤成分（按照母亲的逻辑，衣服都得全棉才行）。我们姐弟看着她忙里忙外，甭提多难受。这次过年前，我们姐弟四个决定每个小家庭承包几天过年假期期间全家的起居饮食，让母亲插不上手，我们要让辛苦了一辈子的母亲过一次衣来伸手、饭来张口的新年。

在我们精心安排下，母亲果然插不上手了。年关将到，从大姐开始，哥哥姐姐都把准备了好久的年货一股脑儿地拿了出来，日日安排不同的游乐节目，每天饭桌上都摆满了他们最拿手的菜，不亦乐乎。轮到我时出了点问题，一开始不知道是请个厨师回家做饭，还是出去买回来吃，最后我决定，干脆到附近的饭馆包了一间单间，把全家接过去吃了三天。

我们姐弟家庭条件都过得去，但平时也不是大手大脚的人，只是好不容易聚到一起，加上都想让父母看一看自己的能力，少不了故意炫耀一下，借这个机会各显身手展示我们在社会上的生存能力，其实为的是让父母放宽心。

我们这样做显然起了一定作用，母亲看到子女都能够独当一面，很是满意。虽然突然闲下来的母亲有时也会独自黯然神伤一阵子，但出出进进的亲戚朋友和姐姐哥哥的孩子们不会让母亲沉浸在神伤中超过 5 分钟。特别是哥哥姐姐的孩子们，虽然都只二十出头，但奶奶生病后他们都变得很懂事。我想这和他们的爸爸妈妈对待自己父母的态度分不开。

这件事让我想起了一些社会上的故事，很多人当了父母，就把全部精力放在孩子身上，无暇照顾自己年迈的父母，有的甚至忘记了自己的父母。这种爱幼不尊老背后的理由自然是孩子代表未来，也是自己的依靠，殊不知，这些身为父母的人对待自己父母的言行，早就被自己的孩子看在眼里、记在心里。多少年后，长大了的孩子肯定会来个上行下效。这种教训仅仅在我家乡周围已经是非常多的，我几乎没有看到一位对自己父母不孝顺的人，能够获得自己子女的孝顺。

上次回来时，随州唯一一家肯德基刚开业不久，热闹非凡。我想带父母去吃一次，可是母亲听说价钱后直摇头，她说一个人一顿要吃三四十元，还是快餐，太贵，不划算。再说，一个鸡腿能够炸成什么样？

我说，这可是国际上最有名的炸鸡，大家都很喜欢，你的孙子铁蛋和铜锁每个星期都吵着要去吃一次。我又说，你们就算不喜欢，也要吃过才知道。最后我还是带上父母来到了肯德基。

那天肯德基坐得满满的，我们好不容易找到了座位。我把肯德基各种品种一样一样地各买一点给父母品尝。父母一边吃，一边东张西望，打量着这间洋炸鸡店的装饰，还不时被满屋子吵闹的孩子们吸引。我看出父亲还能够接受炸鸡，而母亲试了几口，就不肯吃了，说油炸的，有火气，而且太油腻。

我自己把剩下的都吃了下去。吃完后，我抹抹嘴，准备离开，母亲却说再坐一会。这倒出乎我意料，母亲一向不喜欢在外面饭馆吃饭的。不过我看得出，她虽然不喜欢这里的炸鸡，却显然对这里的环境比较喜欢。

那天，我们一直坐了一个多小时，在周围孩子的吵闹声中东一句、西一句地聊起天来。母亲还不时向周围嬉闹的孩子们微笑招手，我看得出母亲满脸开心。

离开时，没有吃多少的母亲脸上有一种满足感，我越感到奇怪了，不过也没有问。直到几天后的一个早上，我还在床上躺着时，听到母亲在院子里和邻居聊天。她们好像正在谈前几天她去吃肯德基的事。

母亲说，那"肯德鸡"，也就取了个洋名字，就贵了四五倍，一个小小的鸡翅膀，就要5块钱，比得上半只鸡的价钱了。

邻居惊讶道，作孽呀，那么贵，谁去吃？

母亲说，人可多了，挤都挤不动。

邻居声音里的惊讶有些夸张，真的呀，什么人呀……

母亲咳了一下嗓子：都是孩子们，都是跟着父母去的。

邻居叹息了一声：怪不得，我说呢，大人是不舍得花这个钱的，现在都是独生子女，小皇帝似的，就是一顿吃掉半个月的工资，也是要去的，不得了呀。

母亲也提高了声音说，你莫以为，环境还真可以，只是太吵了，都是孩子，父母们也不管一管，我们等了很久才等到座位呢。

邻居又吃惊地提高嗓门问道，你们两个老的也去了？

母亲中气十足，盖过邻居的响亮的声音里一下子透出了毫不掩饰的自豪：是的，谁想去，都是儿子硬拉去的，说么事好东西就要试一下才知道，我才不喜欢呢。可儿子一定要带我们去，就去了，到那里一看，呵呵，都是年轻的父母带孩子们去吃，哪像我们这样，颠个个儿了，儿子带我们两个老不死的去……

　　我又在床上辗转反侧了一阵子。后来我回到广州，去到国外，不过每次在带孩子去吃肯德基或者朋友一起去时，我就多留了个心眼。我发现，除了年轻的男女外，几乎都是父母带孩子去吃。至今我还没有看到一个40岁的儿子带70多岁的父母去吃的。我能够理解母亲当时的自豪，而我至今也为自己感到高兴。

　　明天就是大年三十了，我问母亲，三十我们要做什么，您希望我们做什么。母亲说，买点烟花，我们放烟花，几好看。

　　我去买了几大箱烟花回来，放在三楼的平台上。母亲看到我买了那么几大箱烟花，没有像以前那样责怪我乱花钱，反而像一个小孩子一样围着烟花慢慢地转了好几圈，嘴里喃喃道，冲到天上，几好看……

　　我问母亲，我们是今天晚上放烟花，还是明天晚上？

　　母亲说，一定要明天放，辞旧迎新，还要等到转钟的时候。

　　你说要到转钟的时候，我还以为天黑了就放。我心里嘀咕了几句，接着问，妈妈，那你不是无法看到了？

　　母亲早睡早起惯了，加上现在的身体状况，我想她是决意等不到转钟的午夜12点的。母亲却说，我等得到，明天我们要守岁。

　　守岁，我重复着这个既熟悉又陌生的词，然后看着母亲。她冲我笑了笑，又犹豫了一下，脸上闪过一层忧郁，说道，老四，你还记得以前的守岁吗？你小的时候我们每年都守岁，这次呀，你爸爸和我商量，我们要一家人守岁，不要电视，也不打麻将……

过年·守岁

在我童年的记忆中美好的东西不多，值得回忆的就更寥寥可数，这为数不多的值得回忆的事情中又以过年为主，其中最值得回味的当首推守岁。

那时日子过得都很艰难，虽然不至于吃了上顿没有下顿，但零食这种东西是绝对稀罕的。可是过年就不同了，手里的花生和口袋里的糖果总是有的。到了腊月三十守岁夜，母亲总能够每隔一两个时辰就端出一些平时很少见到的美食佳肴，如芝麻汤圆、瘦肉馅的水饺和白糖银耳汤，就为了这些，我也愿意熬夜直到天亮。

过年那几天，平时脸上很少有笑容的父亲心情也会明显轻松下来。即使在政治运动如火如荼的日子，我们那里的造反派到了过年也会放松一段时间的阶级斗争，单位也不用开批斗会，政治学习也暂停，这也难怪连每年都要发愁年关难度的父亲也多多少少盼望着过年，这是父亲后来告诉我的。

大年三十的守岁是由父亲主持的。父亲由于出身地主和臭老九的双重身份，在学校都是抬不起头的，即使站在讲台上授课，也好像是一个接受审判的罪人，一直提心吊胆，担心祸从口出。课堂里的每一个出身于贫农家庭的学生都有权力从父亲的讲课中找到一两句足足可以把父亲定为现行反革命的话语。

到了大年三十的守岁夜就不同了，父亲可以对我们敞开胸怀。

一般来讲，我们在8点左右吃完年夜饭，然后就挪到火盆旁，那天的火盆是不会熄灭的。在我的记忆中，只有少数几个年三十的夜晚是在头顶上晃动着一支微弱的15瓦的电灯下度过的，其他的都是在飘忽的煤油灯中和忽近忽远的几声鞭炮声中度过的。煤油灯影里的守岁可能是我年纪比较小的时候的事，然而，印象却更清晰。

围坐在火炉周围的我们在一次吃得饱饱的年夜饭和即将到来的守岁零食的刺激下，叽里呱啦，说个不停。父亲微笑着听我们讲，母亲就到灶台上扒拉去了。那时我们姐弟讲些什么呢？我也记不得了，但不管谈什么，都是和新年有关的，都迫不及待地想进入新年，恨不得要把家里那个唯一的破闹钟拨快一点。

母亲端来第一道零食后，当老师的父亲总会把话题引到年年守岁的主题上来。我们都知道会这样，只是不知道为什么父亲会做得如此自然。我当时还小，对守岁夜的主题无所谓喜欢和不喜欢，但上中学和高中的姐姐哥哥就比较紧张了，因为这一晚，父亲会让家庭每一位成员总结自己过去一年，父亲会指出并分析姐姐哥哥们犯的错。如果这一年哥哥姐姐在学校或者社会上惹出过麻烦，那么父亲一开口，他（她）肯定是紧张得呼吸都急促起来的。不过，父亲在总结过去一年后，接下来会展望新的一年，告诉大家既往不咎，鼓励哥哥姐姐往前看，而且都会准时在新年到来之前再次把气氛带动起来，让我们都充满了希望。

记得父亲每次守岁时都小声告诉我们，不要在外面惹事，要埋头学习，总有一天知识的多少又会成为一个年轻人进步（例如升学）的标准，而不是家庭出身。后来我对父亲说，幸亏他那时就看到了希望，否则我们就废了。父亲坦率地告诉我，其实他心中也没有谱，但总得生活，总得有希望，他不那样说，又能怎么样呢？

父亲也会在辞旧迎新的气氛中讲一些人生的大道理，而来来去去的母亲则总会适时地停下来讲两个我们也许早就听过的民间故事，做父亲大道理的注脚。

虽然我还小，但那些年的守岁对我的影响太深了。无论在学校还是社会上，我们受到的政治和语文方面的教育都或多或少在扭曲我幼小的灵魂。而只有在这天晚上，我从父母那里得到不一般的教育，知道只要我好好学习，总有一天会出头，也有机会和广大的贫下中农子女一样挺起胸膛做人。每次守岁时，我都暗暗下决心，在新的一年里好好学习、天天向上，好在下一个守岁夜能够让父母高兴得畅怀大笑。

时光流逝，日月如梭，转眼间我离开家乡到上海读大学了，姐姐哥哥们也都成家立业。过年时家里更热闹了，鞭炮声越来越响也越来越久，然而，守岁的气氛却渐渐地淡了。在家里有了电视机后，每年回家过年时大家不再围绕火炉旁，互相守望，互相鼓励，而是吃过年夜饭后就匆匆坐到电视机前，就这样，守岁的主题不再是我们，而是春节联欢晚会上的红男绿女。又过了些年，春节联欢晚会实在看不下去了，又开始打牌、打麻将。

说起打麻将，我心中就蒙上了一层厚重的阴影。十几年没有回随州，这两次回来后发现整个城市都成了一个麻将馆，走在街道上，每隔一两个门户里就传出麻将声。家庭式的麻将馆也越开越多，连卖自动麻将机的商店也快超过了面包店。我以前最喜欢逛的随州的大小书店十有八九都倒闭了，在南区和西区的四个小书店就有三个变成了售卖自动麻将机的。一个不再阅读的民族够可怕的，而一个整天沉浸在麻将中的民族就不单单是可怕，而且是可悲了。

　　我想起"文革"时毛泽东接见外宾时的一件事，那个外宾一见到东方的伟人就吹捧起中国的文明来，结果被不耐烦的毛泽东打断。毛说，中华文明没有啥子了不起，最值得推崇的只有三件事：《红楼梦》、中医和麻将。

　　不知道毛泽东当时是不是开玩笑，但从他推崇《红楼梦》和中医来看，好像是认真的，可是我始终没有想明白，他为什么会把麻将算成中华文明的三大优秀成果呢？再说，好像他一直忙着搞政治运动，没有多少时间打麻将，而邓小平则是喜欢打麻将的。记得1987年刚到北京参加工作时，单位组织到钓鱼台宾馆义务劳动。劳动过后作为奖赏，领导带我们去参观。当时见到了一间客厅里摆放着一台自动麻将机。介绍人说，这台自动麻将机是邓小平同志用过的，不过他老人家还是喜欢用手洗牌，再说他现在转打桥牌了，也就不用了，摆在这里供大家参观。

　　没有想到，改革开放后，中国人生活水平上升如此之快，当年全国也没有多少台的自动麻将机，如今在我家乡随州市已经随处摆放到各个角落里。

我有种莫名的担忧。麻将在我们那里一开始本来是老年人消磨时间的娱乐，但现在打麻将的几乎都是中年人和年轻人，他们大多是下岗工人和无业游民。麻将把赌博和娱乐相结合，赌资也越来越大。母亲以前也喜欢打，我回去时还陪她玩几圈，可是当她看到越来越多的年轻人坐到麻将桌上时，她就生起气来。而且母亲也不再拉我们打了，说怕我们上瘾，会不务正业。按照母亲的意思，就是到马路上摆一个炸油条的摊子，也比打麻将要好很多。母亲说的不无道理，只是据我的观察，随州马路边的油条摊子也饱和了。

今年的守岁夜，母亲提出了她的要求，不要看电视，也不要打麻将。

吃完年夜饭，我们这一大家子大大小小十几口散坐在客厅里，大家东一句西一句扯开了。父亲在成年子女面前早已失去了引领话题的能力，而我们姐弟四个也都认为比父母见识更多、知道更多，我想也许这才是 20 年前的守岁夜的话题渐渐消失了的主要原因。

不过，今天有所不同，在大家七嘴八舌一阵子后，姐弟几个都很自觉地收回了话头，不知不觉都把目光集中在父亲身上。

过了一会，父亲开始说话。父亲的声音苍老，还不时被猛烈的鞭炮声打断，加上屋顶上明亮的吊灯，按说和记忆中的守岁情景相去甚远，可是只要我微微闭上眼，眼前就立即出现了二三十年前那一年一次的难忘的守岁夜……

父亲的声音好像是从那个时代传过来的，我听到他说，时代变了，我们老了，你们都比我更了解当今的社会，可是作为老的，有些话我还是要说，我说的就只供你们参考。

父亲接下来就开始从大姐说起：老大在南方做生意，我不知道做生意有什么标准，但一定有一个标准，过去多少年，我们中国就是缺少一个标准，搞政治的不择手段，做生意赚钱的也不择手段，没有标准，没有底线，我不知道这是社会进步，还是什么其他的，但我总觉得没有底线和标准是不行的，我想说的是，做生意也好，搞政治也好，都得先做人，做人总还是有个标准的……

父亲又转到在河南开工厂的大哥身上：我能够理解现在开工厂要赚钱，就要把成本压到最低，就要尽量克扣工人的工资，不过……那些年当他们批斗你们爷爷的时候，我就一直在想，你们的爷爷到底剥削了农民没有？他是雇用了农民种地，他自己从来不下田，有时间就去镇子上赌博，我想他一定是能够从雇农身上赚钱的……于是，当造反派批斗我时，我是真心代他老人家悔过的——可是今天就我看到的，现在社会上剥削人的现象比解放前还要严重，贫富差距也加大了，老二，你记住，我们心中都要有一杆秤，天理良心的秤！

说起还在随州工作的三哥，父亲说：记住你妈说的话，不是自己的东西不要拿！

母亲这时插进来补充说，一个人弄那么多钱干什么？如果是不干净的钱，一分都不要拿，有个故事说得好，那个故事是这样的……

母亲的故事我们都听过，而且不止一遍，但没有人打断她，我们静静地听。

最后轮到我时，父母都停顿了一下。父亲先开口说，至于老四，我很担心，可是你妈妈说你长大了，不用担心，我想也是的，我们老了。

母亲接过话头说：我一字一句地读了老四写的《致命武器》，

我觉得是给政府提个醒的，北京政府要是看了，对他们统治有好处，我叫你爸爸不用担心，政府里还是明白的人多。

我有些感动地点点头，我的家人中只有我的母亲认真看过我的书，而且还在扉页上写了密密麻麻的注释。我讲的每一个故事，母亲都会写下她听来的一些实事作为注释。

父亲的声音又响起来：你妈病了，你们都很紧张，特别是老四，还辞了工作，这可不好，我和你妈商量了，等过完年，你就尽快回去，该干什么还干什么……

我插话说，我暂时不出国，我待在国内。我又补充说，儿子们在国外我很放心，我无法放心的倒是两个老的。

姐姐哥哥这时也表示，他们离家近，有什么事他们都可以处理的。母亲这时叹了一口气，说，你们都要放下心，该来的总是要来的，你们不要为我担惊受怕，你们该做什么就去做什么，我该做的事情也要去做的……

母亲接着说，看到你们都长大了，看到你们都能够支撑起自己的家，我们两个老的心满意足了，想一想，那时你们很小，我和你爸爸没有过一天安心的日子：能不能把你们带大，能不能把你们教育成人，你爸爸会不会出事……每年守岁的时候，都是我和你爸爸最担心的时候，我们不知道来年还有什么样的折腾，更不知道我们能不能保护住你们，让你们吃饱肚子，我们有的就是希望。现在好了，你们都长大了，衣食无忧……

我心中一阵黯然，不错，我们都长大了，可父母却都老了，如果有的选择，我宁肯永远不长大，年年在他们身边，围绕火炉，吃母亲亲手做的小吃。

这时母亲的声音突然提高了，我诧异地看着母亲，母亲脸上的表情很肃穆。她说，老四，你们几个都听着，其实我对自己的病很清楚，我想，你们一直在瞒着我，是不是？其实，为了不让你们担心，我也一直在瞒住你们，我是个医生，哪里会不清楚在我这个岁数得白血病会有么（什么）结果？可是，我不会被吓倒的，我也不怕死，我见过太多死亡了，它吓不倒我的。医生不是说我可能过不了年吗？你们看，我就不信，我现在不是还好好地活着？

母亲的声音逐渐平和下来，可我心里却翻起了波浪，我压抑自己的感情，表面上若无其事，并想找轻松的语言岔开母亲的话，或者安慰她一下，不过母亲没有让我开口。这时她平和的声音有些沙哑了，她继续说，我知道我随时会离开你们，看到你们都长大成人，我也没有放不下的。我没有活够，总觉着好日子才刚刚开始，可是，该来的总归要来的，再说，你们的家家（外婆）好几次托梦给我，她在那边也很想我，你们知道，我也很想我父亲，我都不知道他么样子的……

我们好几次想岔开母亲的话题，但都无济于事。母亲时断时续地说着，看起来想到哪里说到哪里，可是我渐渐发现，母亲为这次守岁夜准备了很久。母亲的每一句话都重重地落在我心头。

最后母亲说，我发现你们太担心我了，特别是老四……虽说没有让我担心的事，但我也害怕，活了一辈子呀，可是老四，我看出，你比我还害怕，那不行……

快到 10 点时，母亲确实没有力气再说了，母亲已经很累了，我让父母先去休息。他们又坚持了一会，实在坐不住了，我们扶他们两人上楼去休息。父母很快入睡了。

离转钟还有 20 分钟时，我们上楼准备放烟花。就在这时，周围的鞭炮和烟花也开始响了起来。5 分钟后，天空已经像白天一样明亮，五颜六色的烟花从每一栋楼房前和每一块空地上冲天而起，伴随而来的是发出各种声音的鞭炮声，刹那间我感觉到楼房都在震动……

我看过很多烟花表演，对鞭炮也不陌生，但接下来半个小时经历的，则是我一生中从来没有见过和听过的。整个随州的天空被上万个不约而同燃起的烟花装点得火树银花般，四面八方的鞭炮声汇集在一起，好像要把小城震垮。钟声敲响时，烟花和鞭炮更加密集，我的眼睛被周围聚拢过来的烟雾熏得睁不开了，我的喉咙也吸进了浓浓的烟雾，我咳嗽了起来，随即，我被这烟雾呛得清醒过来——

对了，父母肯定受不了如此浓的烟雾。我赶紧跑下楼，小心地进入父母的房间。还好，父亲的耳朵已经半聋，母亲害病后听力也严重下降，他们竟然都没有被鞭炮声吵醒。不过，幸亏我来得及时，先于浓烟早一步来到父母卧室，我赶紧关紧窗户，出门后把房门关住，又用湿毛巾把门缝塞了起来，以防浓烟渗透……

看看再没有浓烟可渗透的缝隙了，我才站起身来。我站在父母房间的门外，像一个士兵把守自己的岗位一样，这时烟花和鞭炮的声音更加猛烈，浓烈的烟雾继续扑面而来……

我的视线也被烟雾和我内心的起伏弄得模糊一片。

母亲是盏灯，照亮我前行的路

　　自从母亲得了白血病，我的世界突然变了样，我辞去了工作，回到母亲身边，决定陪伴她老人家走完人生的最后一段旅途。但我却没有想到，那段时间却是那么艰难，使得我这个到处游荡、横冲直闯、天不怕地不怕的儿子竟然茫然无措，不但没有缓解母亲的病痛，差一点自己也迷失了方向。那段时间，一想到母亲会随时发病离开我，我就备受折磨。而且，我这才发现，哪怕我早就自认为找到了生活的意义，我其实对死亡的意义却仍然一无所知。

　　为了陪伴母亲走完最后这段艰难的人间路，也为了帮助我自己克服对死亡的恐惧，我开始写作记录母亲生病的长篇纪实《伴你走过人间路》。我想以此篇纪实探索家庭、社会、爱、生与死，我企盼在写作中找到慰藉和力量。我心中有一个愿望，我要和母亲一起探索和追寻：死亡会把母亲带到哪里去？又会把我引向何方？

　　就这样，母亲生病的前六个月，我白天和哥哥姐姐轮流陪伴在她身边，尽量让她开心，让她忘掉白血病。晚上我就一个人一边流泪一边记录下白天发生的一切，包括我的所思所想。然而，这样的日子没有能够持续到 2007 年春节后，那个春节是我们全家聚得最齐却也是最悲伤的一个春节。家人都很清楚，母亲得的这种白血病是不治之症——陪伴我们走过了一个又一个春夏秋冬的母亲，就要在 2007 年的某一天永远离开我们……

　　2007 年春节过后，看到母亲日益衰弱的身体，看着母亲失神的眼睛，看着母亲开始出现血块的皮肤，我心如刀绞却又那么的无能为力，那时我已经意识到，我没有办法把《伴你走过人间路》写下去了，至少在母亲身边的时候我没有办法继续下去。

就在我快要被死亡的恐惧摧毁的时候，母亲反而坚强了起来。一开始听到自己得了白血病，身为医生的母亲自然也知道在她那个年龄是很难挺过去的，可是一生都在和命运搏斗并把我们姐弟四个拉扯大的母亲，偏偏不信那个邪。那段时间看到我们姐弟忧愁痛苦的样子，母亲常常说，你们不要紧张，我死不了的！看到你们长大事业有成，我还有好多事情没有做呢。

母亲的声音里充满求生的欲望和对生命的热爱。然而，那种欲望和热爱对于我们早从医生那里了解到病情的姐弟四个来说，无疑带来的是更大的悲伤和痛苦。

2007年春节后，母亲的病情越来越严重，这个时候要想对身为医生的母亲隐瞒也愈来愈困难了。最后两个月，母亲自己已经清楚地听到了死亡的脚步声。那时她有一半时间是清醒的，在她清醒的时候，总是拉住回来看望她的女儿、儿子、孙子和孙女的手，絮絮叨叨——母亲是在交代后事。

母亲一生没有积蓄，她常常说她最大的财富就是我们四个子女。她希望我们过得好，但母亲希望子女的"好"却和很多人想的不一样，这一点是最让我惊讶的。母亲并不希望自己的子女有权有势，荣华富贵，她只是想我们活得"好"。母亲活得好的标准太简单了，那就是活得快活，活得不辜负他人，活得对得起良心——多么简单的"好"，以至当今世风日下的中国，已经对这种"好"不屑一顾了。

母亲常常告诫做生意的子女"要做生意先做人",生意做得再大,忘记了如何做人,枉活一世;她又反复嘱咐手里有点小权的儿子"不是自己的一分也不能拿",否则活着就不安稳。

而最让母亲操心的就是我这个小儿子——母亲的断肠儿。刚参加工作时,因为工作的保密性,我曾经突然消失过好长一段时间,本来我也有办法给母亲报一个平安,可我疏忽了。后来我听哥哥姐姐说,那段时间,母亲想到了各种可能性,每天到处打听我的下落,头发都急掉了,没少伤心……

现在最让母亲担心的还是我。在母亲生命的最后时刻,我告诉母亲,我辞掉了可以让我舒舒服服过一辈子的工作,投身到一些在很多人看来都不可理喻的事情中去,但我也告诉母亲,我喜欢现在所做的,我把它当成事业,而不是工作。我还告诉母亲,我希望自己的事业能够帮助我的亲人,我的家乡人,和所有的中国人。我计划从40岁开始写作,写到45岁时,我将选择另外一条道路——一条也许给我带来更大危险的道路。

这样的交谈以前也出现在我和其他至亲好友之间,结果可想而知,不是被误解,就是被数落一通,好像我已经误入歧途,不再脚踏实地。可是,让我怎么也没有想到的是,虚弱得说话都不太流利的母亲竟然连连点头,表示对我人生选择的理解。

我想,即使今天写下来,也许还有很多亲戚朋友不相信母亲竟然支持我走那条独木桥,不过我也不想解释了。我在想,今后我一定要面对儿子的质问,他们会问我,爸爸,为什么呢?

我该怎么回答他们呢?答案当然有很多,但我最想告诉他们的则是——因为你们的奶奶。是的，他们的奶奶，我的母亲，那个没有读过几年书的旧社会过来的老人，在我人生最艰难的时候，永远在我身边，在我做出最艰难选择的时候，总是默默支持。她对人世间的认识、对民间疾苦的感受和对生命的热爱，影响我选择了一条我认为是正确的人生道路。

当母亲在交代后事的时候，我们姐弟几个总是强忍住眼泪，这些，母亲不可能没有看出来，结果，一个让人惊讶的情景出现了，那就是在母亲一天一天接近死亡的时候，她也一天一天坚强了起来，至少是在我们姐弟面前假装坚强了起来。我当然知道母亲为什么这样做，正如她所说的，你们不要这样，我还没有死，你们就被死亡吓死了。

是的，死亡的恐惧快要把我吓死了。爷爷奶奶虽然也过世了，但我对他们了解不多，也没有住在一起过，母亲是我最亲近的人，也是第一个要离开我的人。母亲的病和即将到来的死亡给我的震撼不是颠覆，而是几乎粉碎了我的世界。以前我的世界里没有死亡，我现在则不得不面对死亡。

清明过后不久，母亲走了。母亲走了，我强忍的眼泪再也止不住……

母亲去世后，我们姐弟在她的冰棺前陪伴了她三天。那三天，哭也好，笑也好，苦也好，累也好，我们都不肯睡觉。母亲生前是绝对不允许我们彻夜不眠的，但母亲再也不管我们了。

第三天火化前棺木打开，我看到了母亲，她静静地躺在那里，那么小，那么冷，那么寂寞和孤独……我猛然想起，这竟然是我生命中的第一次和母亲一起，却听不到她来关心我，来问寒问暖。这也是第一次看到母亲安静地睡觉……我这个儿子从来不曾到母亲的窗户下细心等待，也没有悄声走进母亲的房间为她把被子盖好。每一次都是母亲来到我的床边，甚至在她生了白血病后，母亲还颤巍巍地来到我的寝室，东看看，西摸摸，仔细察看我的被褥，只要她老人家还在世上一天，她是不会让严冷的冬天把她的儿子冻坏的……是的，在我的记忆里，这还真是我第一次看到母亲躺在那里的样子，如此安详、恬静却无限的孤独——而这一次，也是最后一次——

那一刻，我想扑过去把她老人家抱住，让她感觉一次儿子的温暖和爱，却被早就站在四周守卫母亲的八个彪形大汉挡住了——母亲已经和我阴阳相隔。

当母亲化为青烟从高耸的烟筒中随风飘去的时候，我的眼睛已流不出泪水，我的心在淌血，我的每一个毛孔都被悲伤填充，我的整个身体都在哭泣。

老话说，那烧掉的只是母亲被病魔摧毁的躯体，母亲的灵魂已经飘出来，还会回来看望她最牵挂的人。于是第一个星期，我和母亲的两个孙子睡在灵位前的水泥地上，晚上不关门，她老人家的灵魂能够自由自在地飘来飘去。母亲的眼睛不好使，为此，我们点亮了每一盏灯……

母亲虽然被死亡带走了，但她并没有向死亡的恐惧屈服。母亲走得很平静，在生命的最后一段时光里，她常常提到自己的母亲——我的外婆。她说，她的母亲在梦中告诉她，她们在那边都很好。母亲很小就死了父亲。母亲说，梦中外婆说，如果母亲实在坚持不下去了,就安心地过去吧,这样母亲就可以见到几乎没有记忆了的父亲。母亲说着,脸上会浮上一层光芒。

母亲走了,她不但在最后的一段时间里战胜了对死亡的恐惧,而且,母亲被死亡带走的刹那,我突然发现,我也不再惧怕死亡。43年前,我也惧怕这个世界,我哇哇大哭地来到这个世界,是母亲用双手和乳房让我安静下来,不久,我学会了笑,对母亲笑……

又是一年清明节。

那盏灯是我特意点亮的,今天,离去的亲人会归来。有了那盏灯,早起的母亲就能够看清回家的路……夜里一定起风了,梦中我听到细雨中树枝的声响。天还没有亮,门廊那盏灯把院子里桂花树的枝叶投射到窗户上,恍惚间,我能够感觉到母亲的身影。我想开口喊,妈,你又这么早就起来了——声音没有发出,泪眼已经模糊。

每一次听说我要回家,平时节俭的母亲总会把廊灯彻夜点亮,担心我认不出家门,又怕到处游荡的我在自家门前迷路。远游归来,疲惫的我睡在母亲铺垫的床铺上都特别香甜,只是我发现,当我在外游荡时,母亲牵肠挂肚;可我回来了,母亲睡得却并不安稳。夜晚有哪怕一丁点的风吹草动,母亲一大早准会比平时起得更早,蹑手蹑脚地来到我房间的窗户外。母亲怕吵醒我,却更怕我醒了后不知道添加衣物就走出寝室,于是就找机会一次又一次悄无声息地来到我的窗户下,一旦听到我房间里有动静,她就会说,老四,今天降温了,你要加一件毛衣才出来,我给你找来了一件……

我都40岁的人了,母亲还是这样无微不至。直到她老人家生命的最后几年，她也未曾一刻放下做母亲的责任。回到母亲身边的好多个凌晨，只要我一睁开睡意蒙眬的眼，就能看到窗户外母亲那熟悉的单薄身影。只是，今天我虽然能够感觉到母亲又来到了窗外，却再也看不见她老人家了。

按照我们家乡的说法，母亲还会托梦给我们的，告诉我们她在那边的情况。于是，那些晚上，我都在黯然伤心中强迫自己进入梦乡——只有在梦乡，我才能够再次见到我的母亲。

一个星期过去了，又过了一个多月，母亲都没有出现。我怀着思念和惆怅离开了故乡，对于我，没有母亲的故乡，只有伤心，失去了向往。

可是让我想不到的是，离开家乡后，母亲的声音接连几次出现在我的梦中，那声音虽然显得有些苍老，有些疲惫，但仍然是那么熟悉，问长问短，絮絮叨叨，是母亲的声音，只是，尽管我能够听到母亲的声音，却看不到她老人家的音容笑貌。我想知道她在那边还好吗？白血病是否在继续摧毁她的皮肤和头发？她老人家穿着什么衣服，她还是那么冷吗？我在梦中喊道，妈，你在哪里？不要在我后面说话，让我看一下你。母亲以让我能够感觉到却听不见的声音叹息了一声，然后就沉默了。母亲要走了，我挣扎着，使劲扭动身子搜寻母亲——终于醒来的我，什么也没有看到，只留下满脸的泪湿。

可我知道，从今以后，母亲就在我身边，为了理想远走他乡，只要心中还有母亲伴随，他乡也就是故乡。

母亲病时，我开始追寻死亡的意义。可我越是追寻死亡的意义，越是感觉到死亡毫无意义。没有宗教信仰的我，当时就走进了死胡同。后来我才知道，就在我在《伴你走过人间路》里详细描写了一个城市里的高楼和坟墓分庭抗礼、死人与活人平分秋色后不到两个月，一个叫余虹的教授在《南方周末》上刊登了一张背景是高楼大厦的公墓群碑的照片。不久后，余虹自杀了。而当后来读到余虹自杀前的一些思想时，我惊悚地发现，我当时和他想的几乎一模一样。

我惊出一身冷汗。

是什么让我走出了当时余虹陷进去的那个困境？毫无疑问，就是母亲。一步一步陪伴我走出死亡阴影的，竟然是正在急速走向死亡的母亲。母亲一再鼓励我，不要太悲伤，你该干什么就去干什么。母亲鼓励了我，可母亲说着说着，目光就茫然了，她老人家宁愿一个人独自承担死亡的悲伤。我知道。

我不再惧怕死亡，因为不再惧怕那个陌生的死亡的世界，只因为我的母亲已经过去了——她老人家已经过去了，那个世界不再陌生。有母亲的地方，就是我的故乡。只要母亲在那边，她会把一切都准备好。

我多么想把自己对死亡的认识讲给母亲听，我多么想在母亲去世后的第一个清明节，让母亲看一眼儿子多么坚强，听一听儿子的讲述。

这个清明节，我点燃一盏灯，照亮母亲回来的路……如果她就在附近，我要悄悄地告诉她：

妈妈，你永远是我生命中的一盏灯，照亮我前行的路！

附 | 悼念母亲（杨瑜）

我的母亲李淑春老孺人生于 1930 年农历十二月十二日。出身贫寒的母亲年幼丧父，与寡母以及聋哑弟弟相依为命。幼年的艰苦和磨难在母亲身上留下的是坚忍不拔和乐善好施的性格。

母亲是一位产科医生，在风风雨雨半个世纪的从医生涯中，无论是走街下乡，还是在门诊病房，母亲一直怀着救死扶伤的信念，用她那双普通却凝聚仁爱的双手，迎来成千上万个新的生命。如今他们都长大成人，很多早已经成为国家的栋梁之才。

母亲也给了我们四个子女生命。她和父亲一起，含辛茹苦抚养我们成人。就在我们反哺养育之恩的时候，母亲却悄然离我们而去。

母亲虽去，但她的爱却永远在我们血脉中流转。

母亲只读过两年的私塾，可她一生勤奋好学，在古稀之年，老人家竟然用放大镜读完了中国十大名著，最后一本是母亲得知自己得了绝症不久于人世后，抓紧时间在病榻上读完的。正是母亲这种精神，激励我们自强不息，增强我们不断追求知识和真理的信念。

更为可贵的是，就在母亲临终前几天，她老人家叮嘱我们结算完她住院一年的医药费用后，把她剩下的积蓄捐献出来，成立用于资助老家地区家庭有困难但有上进心的后生读书、深造。母亲对家乡和后人的关心深深感动我们，我们尊重母亲的遗愿，告慰她老人家在天之灵。

母亲拥有淳朴的天性和从善如流、疾恶如仇的耿直性格，这种性格让她一生中受到无数次的伤害，她也曾无意中伤害过他人。晚年的母亲曾多次叨念她早已经原谅了那些伤害过她的人，她也请那些曾经被她伤害过的人原谅。

在母亲患病期间，前往看望她的领导、同事、至爱亲朋络绎不绝，给她老人家带来了极大的信心和安慰。正是这种信心和安慰使得母亲同急性白血病病魔坚强地抗争了一年多。在此，我代表姐姐、哥哥和弟弟杨恒均向各位表示深深的谢意。

母亲坦然面对绝症，笑对人生，积极配合治疗，始终过着一个健康人的生活。良好的心态、坚强的性格使得母亲的生命延续超越了预料。她生命中的最后一幕，深深刻在我们记忆里。

母亲于 2007 年阴历五月十九日，阳历 7 月 3 日 13 时 15 分，留下与她相濡以沫 58 个春秋的老父亲和绕膝的儿女，平静安详地离去。

母亲永远活在我们心中。

家庭相册
我行我思我写

人为财死，鸟为食亡，为个人的权力与钱财拼搏
没什么不对。但人和鸟类等动物不同的地方在于，
鸟儿永远不会为了对付捕鸟人而结成联盟。人类
知道为了共同的福祉与解放而奋斗。一个民族一
个国家，总得有一些为了整体利益而"铤而走险"
的人。否则，这个民族就没有希望。

国家，是靠制度来挽救的；而人，
则必须得靠信仰来拯救。

有了儿子，是我一生的转
折点，对责任和爱也有了
另外一种认识，同时知道
了这世界上，一个人不仅
仅是为自己而活。

死亡，我们谁都无法逃脱的终极命运，其实也是所有生的支撑。没有死亡，生命将会失去意义。对死亡的恐惧会让智者变得更勇敢与坚强，在恐怖的死亡面前，你不再对世间的其他所有的恐惧感到害怕。

把任何一个发达国家推到几百年前，没有社会福利，没有养老制度，所有的国家与民族其实都同中国一样，也是以家庭为中心，人家也是"养儿防老"的。但人类进化到现代社会，已经从"养儿防老"发展到"养政府防老"，最终到了"养国家防老"。

我知道我什么也改变不了，
但我改变了自己。

自从我进入这个世界上最著名的大屠杀遗址，最吸引我的既不是毒气室，也不是焚烧炉，而是一条铁路，一条当时和集中营一起建造、至今看上去也和世界上任何一条铁路无异的铁路……这条铁路，从紧闭的铁门插进奥斯维辛集中营，持续 400 米左右，戛然而止。据说当时从各地开过来的列车一到站，"乘客"就被分成两部分，一部分是老弱病残以及一些小孩子，他们被直接送进了毒气室，大多数在进入毒气室的最后一个动作是回头张望，企盼能够与驱散的爸爸妈妈、儿子女儿的目光相遇，然后他们被焚烧掉，骨灰被抛进一个大坑里，那坑里，也许已有他们临死前思念的亲人的骨灰……

我们看不清历史，看不清世界，从而也看不清自己，把自己
的不幸归咎于千年前的中国文明和我们的文化，从而主动地
放弃了选择权，终日对着遥远的西方妄自菲薄、望洋兴叹……

在我渐渐接近不惑之年之际，我选择了一条
对我来讲比较陌生的路——我相信这是连接
自己的过去和未来的捷径——我开始用手中
的笔书写一个既是儿子又是父亲的爱、责任
和希望，希望用我的笔能够给更多的儿子们
以爱，减少所有做父亲的担忧和恐惧。

我给人整天忙忙碌碌、飞来飞去的感觉，还让亲戚朋友为我担惊受怕。这完全是我自己的选择，或者说"自找的"。这一切都源自我的博客，源自我在博客上的所作所为——一位反对我的网友送给我一个绰号："民主小贩"。

我真想有塞林格小说《麦田里的守望者》里
写的那样一块麦田，但我没有。我只有我的
博客，我的精神家园……

下编

爱在人间

春节，一个悲伤的节日

自打懂事起，农历新年就一直是一个充满鞭炮声和欢乐的节日。记忆中，母亲曾经为了给我们买新衣服而发愁的侧影总是模模糊糊的，倒是清楚记得，每年一次，她老人家都会像变戏法似的，在大年初一给我套上新衣服。虽然好几年里，那"新衣服"是哥哥们穿小后留下来的，又或者只不过是打上新补丁的"新衣服"，但那有什么关系呢？反正，我最多会生几分钟的闷气，然后用冻红的小手遮遮掩掩地盖住补丁，冲进春节的欢声笑语和鞭炮声里……

42 年过去了，42 个春节，都是欢乐的，我哪里想到，这世间的春节，竟然不都是欢乐的，我更不曾想到，这世间的春节，竟然也会充满悲伤，悲伤得让人落泪，让人心碎……

母亲是 2007 年 7 月去世的，6 个月后，我迎来了 42 年人生中第一个不一样的春节。当街市渐渐热闹起来，当左邻右舍喜庆的气氛扑面而来的时候，一种前所未有的忧伤笼罩了我。是啊，往年的这个时候，是母亲跑出跑进准备年货的时候，而长大了的我们一定会一边笑母亲瞎忙乎（妈，别准备了，外面什么都可以买到呀），一边偷吃母亲为大年三十准备的年饭和初一招待客人的零食……

人生中等来了第一个没有了母亲的春节，第一个失去了亲人的春节。那个春节将会是什么样子的？按照湖北老家的习俗，今年我们没有资格在大年三十吃年饭的，我们要在腊月二十九日这一天吃年饭——

吃年饭了！平时都是由母亲发出吃年饭的最后"命令"，但这个春节，这熟悉的声音却迟迟没有响起。没有响起，但我们仿佛都听到了，到了吃年饭的时候，满桌子大席都准备好了，家人也都围拢了。等到都聚拢到饭桌的时候，哥哥姐姐嫂子们几乎异口同声地喊了起来：吃年饭了！吃年饭了！……只是，谁也不肯先动筷子，都只是盯着桌子上那一双盛满饭却注定不会端起来的碗筷，那是为母亲准备的，我们都在呼请母亲先用餐……

42 年了，每年都知道春节是合家团圆的日子，可直到今天，到此时此刻再也无法团圆的时候，才真正理解团圆的真正含义。这顿团圆的年饭竟然如此让人哽咽……

大年初一，根据死人为大的习俗，远近的亲戚朋友都在一大早涌向我们家，鞭炮从早上 5 点炸到中午 12 点，络绎不绝的亲戚朋友给母亲带来了纸钱，然后由披麻戴孝的我们陪客人一起给母亲的灵位磕头。连汉语都说不流利、第一次在中国过春节的小儿子，也像大人一样表情严肃地在奶奶的灵位前下跪磕头。我担心，他今后对中国春节的印象可能永远停留在这一场景。

这一天，从头到尾几乎没有欢笑，只有深深的无法言说的思念。连路过家门口的邻居和路人也知道这家人在去年有亲人远行了，于是经过时，他们收起了笑容，放慢了脚步，擦肩而过时还不忘投给我们一束安慰的目光。

那一年的春节，度过42个春节的我才知道，原来人世间的春节，不都是欢乐的，还有如此让人心碎的……

母亲去世后的第二个春节，哥哥姐姐们按照习俗还是回到家乡湖北过年，给母亲烧纸，但80多岁的父亲由于天气原因，留在了广州，于是我结束了美国的行程，在腊月三十这天赶回广州，为的只是和父亲吃一顿年夜饭。

一年多过去了，虽然母亲已经渐行渐远，我也能够逐渐控制悲伤留住思念，然而，春节的到来，还是让我心中充满了忧伤……在逛花市的时候，我会情不自禁地在一片五颜六色的菊花前驻足凝视，倏然转身，原本是想告诉母亲，这本是她喜欢的花，然而……夜晚的珠江，盯着云端灿烂的烟花，眼睛会突然湿润，感觉到母亲也一定在某处与我分享……

母亲离去的两个春节，对于我，不但无法用"欢度"来形容，而且"每逢佳节倍思亲"，让我真正尝到了佳节思亲的滋味，这滋味是如此的不好受，甚而至于让我有些害怕春节的到来……

每每这个时候，我就会想，其他失去亲人的人也会和我一样吗？他们会在春节到来的时候"化悲痛为欢乐"吗？他们会不顾中国几千年春节留下的风俗习惯而载歌载舞吗？

如果没有过去这两个春节的失去了亲人的切身体会，我也许不会被电视里的镜头刺痛，也不会如此伤心、激动和气愤！

专门飞回广州陪伴老爸过春节，而他老人家一到晚上7点多就上床睡觉，结果这个春节的夜晚我几乎是一个人度过的，在电视机前度过的。然而就是这电视机，让我渐渐地愤怒起来。

从年三十的春节联欢晚会到初一初二的新闻联播，我的眼睛一直在搜寻四川灾区地震灾民过春节的镜头——我看到了，很多、很多……

然而，我看到的几乎都是清一色的洋溢着节日喜庆气氛的灾区，灾民为搬进新居载歌载舞，感谢了国家又感谢全国人民，灾民们都在欢欣鼓舞，能为过上这样的春节笑逐颜开，还有一些灾民在搞剥玉米粒比赛欢庆春节，还有一些在饭桌上感谢国家和政府……

新闻转换了不同的灾区场景，换了不同的灾民、不同的地区、不同的服装、不同的民族、不同的年龄，唯一相同的是大家脸上的幸福笑容……特别是大年初二的新闻联播，用了较长时间播送重灾区灾民们欢天喜地过春节的镜头，有那么几分钟，我甚至认为，也许地震给我们带来的不光是灾难，还有快乐？因为这些灾民脸上洋溢的幸福几乎是我在非灾区都看不到的……

可是我越看越觉得不对劲，这是报道灾区的春节吗？这是报道一个仅仅在几个月前发生地震的灾区的春节吗？这是在报道几个月前被地震夺取了十几万条生命的地震灾区的春节吗？

我开始感到不可思议，于是我立即用MSN联系了两位四川网友，我先是问他们，他们那里的春节习俗是否和湖北一样，得到的答案是肯定的。我又问他们，如果家里有人去世，春节的习惯又如何，答案也是和湖北一样的。

于是，我又问，我看了三天的中国的所有电视频道，可我看到的四川灾区竟然是一个充满了欢声笑语的灾区！你们能够给我解释吗？四川的朋友只是淡淡地说，那是让你们看到的。然后他竟然不愿意再谈什么。

第二天早上，我接通了上次到成都都江堰认识的一位女士的电话，她家里并没有亲人在地震中死去。我问她，有一件事我不太理解，你们那里的节日欢乐气氛竟然那么浓？是真的吗？

那位女士说，大年三十和初一，周围到处都是幸存者在为亲人烧纸，唯一浓的是空气里燃烧纸钱的烟雾。她说，虽然没有亲人离去，但看到周围的那些失去老人和孩子的悲伤的人们，她无法高兴起来。我又问，可搬进新家也许值得欢庆吧，电视上是这样说的。她说，新家？你说的是搬进新房子吧？至于家，又有几个能够恢复的？

她说，何况也只有少部分搬进了新的房子，春节到来的时候，甚至比地震发生后第一个月的时候更加思念倒塌的旧房子，因为那不仅仅是房子，而是一个个的家，破碎的房子、破碎的家，还有破碎的也许永远无法弥合的心……

听了她的话，我理解了。我一度有那么一瞬间，误会了四川灾区的同胞，从这几天用纳税人养活的电视新闻和联欢会上，我以为四川灾区的人民——一个失去了十万亲人的灾区民众，真会为了搬进了几个新房子，就忘记了亲人，忘记了中国几千年代代相传的合家团聚的春节精神！

我不知道那些新闻报道到底是为了让谁看的，但我知道，那样报道灾区的春节，那样报道中国人的春节，不管你是为了什么理由，你违反了中国人最基本的道德。对于绝大多数人，春节是一个值得欢庆的节日，然而，对于很多很多的灾区民众，他们或者失去了亲人，或者失去了家园，春节之于他们，是一个伤心和思念的节日。

策划这些新闻报道的人，也许你从来没有失去过至爱亲人，但任何人迟早都会经历无法"欢庆"的春节，当你们的那一个春节到来的时候，你们一定会明白，你们曾经对灾区民众干了一件多么不道德的事！

不愿忘记，不敢想起

这次到美国碰上几位好朋友，他们没有提起最让我得意的小说，也不评价我那些挺红火的时评，只是急切地想知道，我什么时候完成《伴你走过人间路》这部记录母亲生病以及与死亡搏斗的写作。我心中隐隐作痛，因为那才是我尽自己毕生之力都可能无法完成的作品。

我强压心中的不安和痛，淡淡地说，我写不下去了。是的，我写不下去了。这正如我可以勇敢地面对人间的正义和邪恶，可以客观描述身边的现实，追求理想中的真理，可我却无法跨越生死，去探求另外一个世界的真相。我也同样无法说清感情，理清爱情。虽然，我不愿意忘记，可也不敢想起。

这次到美国过圣诞节，由于一个极其偶然的机会，走进了北卡杜克大学附近的一幢小楼里。朋友在这个楼里租了一间小办公室，他临时想去拿点东西，于是我们走了进去。离开时我发现走廊的墙上摆放着一些奇怪的书，朋友顺口说，这幢楼以前都属灵魂研究所，后来经费紧张，出租了一些，现在一楼仍然是研究人死前的状况和死后灵魂回来看望亲人的灵异研究所。

我当时浑身一阵颤抖，头脑里嗡嗡作响。我立即要求和朋友走进一楼的办公室和图书馆，找到当时在这里值班的女士，才聊了几句，我就知道这次偶然地进入到这幢小楼，是我今生最大的奇遇之一。

研究所的研究报告上写得很清楚，仅仅在美国，就有大约7000万人经历过亲人死后灵魂回到他们身边的情景。而母亲去世后，我也三番五次地近距离接触母亲，我知道很多人会说这是心理作用，是克服悲伤的幻想，但我更相信那是母亲确实回来看我了。

母亲到哪里去了？还会不会回来看我？我到时过去后会见到她吗？我不知道答案，我不敢知道答案，也不想知道答案，也许永远没有答案，也许答案早就在我们心里。那天站在灵魂研究所，我问自己问题，却不敢回答自己的问题。

我怎么会出现在这里？这只是一个巧合吗？当那个值班的女士告诉我，全美国（也许全世界）这种研究所也只有一两个的时候，我更是惊讶得目瞪口呆，有那么一刹那，我感觉到是母亲带我来的，我突然感觉到母亲就在我身边。母亲在2008和2009年交界的时候，在我人生有些迷茫和不够坚强的时候，出现在我身边，让我感受到爱和力量……

母亲离开我已经一年多了，她刚刚离开的半年内，有三次悄然来到我的身边，都是在我半梦半醒之间。那时的情景依然历历在目，我有点害怕，但更多的是悲伤，我想问母亲在那边过得怎么样，当然更想知道那边到底是什么样子的。

我开口了却没有声音发出来，母亲却听见了，于是我感觉到母亲无声地叹了口气，然后我听见她的沉默。母亲近在咫尺，却和我阴阳相隔。她老人家不能再像在人世间一样什么都依着我这个儿子了，我忍住泪水，担心模糊的双眼错过了与母亲的相见。

　　看不见却充满了整个空间的母亲用淡淡的口气时断时续地交代我一些事，我一个也没有记住的事，但我却知道，在未来的日子里我一定会去思考和完成那些母亲交待过的事，因为那些事，母亲交待了一辈子，我从来不曾忘记。

　　停止的时间在流失，母亲的声音低沉下去，我能感觉到她累了，那也是母亲要倏然离去的时候。我挣扎着想坐起来，拼命转动不听使唤的脖子搜寻母亲的影子。我想责怪母亲，一次生离死别还不够吗？让我再看你一眼吧，因为我上次见你离去时只是一阵烟……可我连影子都看不见。他们说，那个世界来的是没有影子的。只有看不见的厚厚的冰冷弥漫整个空间……

　　我却听见哭泣声，是我的哭声；我却感觉到温暖，是冰冷的母亲带来的温暖；还有滚烫，那是我的泪。每次感觉到母亲来到我身边，我都忍不住回想起那一天早上的情景，火葬场的工作人员熟练地从冰棺里抬起安静的母亲……我看着裹在白布里的母亲消失在看不到底的炉子里……烟囱里冒出的浓烟让我枯干的眼窝再次涌出泪水，然后一股依依不舍的青烟……母亲飘到另外一个世界了……

　　母亲去世周年祭奠后，我强迫自己更加投入到工作和写作中去，这也是母亲的愿望。母亲是人世间少数几个支持我事业和追求的人之一。母亲不说什么大道理，但她知道自己的儿子，她总是用很朴素的却被现世破坏殆尽的几句话来对照子女们的所作所为：是否诚实，是否对得起良心，是否欺负弱小了，是否讲真话……当然母亲更反复地嘱咐，做父母的，一定要保护自己的子女不受侵害，一个男人，不要欺负和辜负女人……

可母亲却不知道，有时，要做到这几点却不容易。而当我们做到其中的每一点的时候，就很可能成了某个社会和环境里的异类，甚至有了危险。这个时候，你却又让母亲为你操心。要知道，我们无论长多大，都是母亲的孩子。世间上，又有哪一个母亲不希望自己的孩子过得幸福快乐、富足与平安呢。

真的是很、很矛盾，于是我暗中告诫自己，在父母有生之年，绝对不要出什么事，免得让白发苍苍的老人为我担惊受怕，到时要为我送饭和探监。母亲离开后，我变得更加坚强和勇敢。有时却又突然感到彷徨，没有母亲的关注和爱，我能够走多远？当我走不动的时候，除了母亲，谁又能够不离不弃地来到我的身边？

不想忘记，但也不敢记起，整个2008年我就在这种矛盾之中。母亲没有再出现在我的身边，我想她老人家也许真的走了，也许她想让我尽快忘记悲伤，继续我的生活，继续走我的路。可是有时我想，如果我都做到母亲教导的，我想告诉她老人家我做到了，我又到哪里去告诉她呢？

母亲们，你们在哪里？

母亲在离开人世前流露出难以掩饰的依恋，可当我们被她的依恋弄得心碎的时候，她又开始用这样的话安慰我们：看着你们都好，我没有什么放不下的了，该分手的时候总是要走的。有一次母亲竟然半开玩笑地说，人到要死了，知道死是这么难受，生前的一切苦难就不算什么了。

在死亡的脚步声日近，在母亲逐渐感到绝望的时候，母亲却在想尽办法要我们更加珍惜生活，珍惜生命。有一次，母亲突然从迷糊中苏醒过来，满怀感激地说，感谢老天爷，让我先你们而去。

我后来才理解这句话，母亲感到死亡逼近的滋味，梦中梦到孩子们又受到挫折，苏醒后，她用不必经历孩子的死亡来作为对自己最大的安慰。其实，身为孩子的父亲，我早就有这样的感觉。如果你问我，世间上，比让一个人死亡更加可怕的是什么，我想很多、很多父母都会像我一样告诉你，比自己去死更可怕的是看着亲人和孩子死去。

于是，我们每一个人都为自己的父母和自己的孩子而活着，我们活着，不愿意让父母悲伤；我们活着，想让孩子活得更好，活得比我们命长。我相信这种爱的力量是人世间最伟大，也最强大的。

2008年是我努力走出失去母亲带来的悲伤的一年，也是我反思人生和生命最多的一年。这一年，虽然母亲已经很少回梦中来看我，但我依然能够感觉到她老人家在陪伴我，伴我走过人间酸甜苦辣的路。正因为如此，"母亲"这个词才不会离我而去——我的母亲走了，却又有更多的"母亲"走进我的视线和生活……

地震夺去两万多个活泼可爱的孩子的生命，他们永远沉默在地下，我听不见他们的呼喊，但我却听见母亲们的哭声；毒奶粉让几十万孩子疼得死去活来、哀声痛哭，我却能感受到比孩子们更疼的母亲们的心……

还有很多、很多的母亲，她们在2008年的中国以疼和爱不停地震撼着我们的民族，敲击着我们的心灵。她们让我难过、让我疼，让我绝望、让我希望——那个名字被改掉、被送进精神病院，直到孩子被处死前才被放出来的坚强的母亲，她对我们喃喃地絮叨孩子死去时她的感觉："天黑了"……那个看到自己做童工的孩子回来时惊叹一声"什么，两三天就能吃到一顿米饭"的母亲……还有20年前失去了孩子却一天也没有放弃寻找孩子们的——不，也是我们整个民族的灵魂的天安门的母亲们……

然而，比痛更强烈的是愤怒，我不知道世间还有什么势力能够让母亲们连失去子女都不敢、不能发出声音！什么力量让母亲们闭嘴？什么力量把冰冷的钞票塞在母亲的手里然后冷冰冰地警告她们"这是你孩子的价钱，否则你什么也得不到"！什么人竟然能够狠心把为孩子们申冤的母亲们锁起来……

我想问我的母亲,如果你在人世,看到我被人欺负,你会如何呢,母亲?如果母亲在世,我会尽我的一切力量保护她老人家。我知道,母亲也同样会以世间最伟大、强大的力量来保护我。毕竟,比疼和愤怒都强大的依然是爱。可是,母亲,你在哪里?

母亲们,你们又在哪里?

老爸，祝您生日快乐！

今天是母亲去世的周年，再过两天，就是父亲81岁的生日。去年的今天，母亲没有等到为父亲过80岁的生日，就抛下风雨同舟了60个春秋的老伴。

母亲走了，如何让父亲不感觉到孤独，就是我们做子女的主要任务。我曾经有很多设想，其中最可行的一个就是带着父亲云游四海。父亲喜欢旅游，每年都至少两次到全国各地游玩，当然以前也向往到国外玩玩，结果出了一趟国，发现这不适应那不适应，说自己还是喜欢在国内到处转转。

我本来是早有打算的，特别是在母亲刚刚去世的第一年，我想准备一部车，把父亲带着到处走，反正不让他老人家待在家里，待在他和母亲相濡以沫了大半个世纪的家里。再说，让父亲过一个不孤独的快活的晚年，也是母亲的遗愿。带着父亲看了各种车，发现就数本田飞度好。那是一款很便宜的小车，父亲看上的原因是因为这款车后面很宽敞，收起后排椅子就是一张双人床了。哈，这样也好，父亲如果坐累了，就可以躺在后面。我开着车带着老爸满世界旅游，陪伴他快活地走过最后一段人间路。

　　不过，问题出现了，80岁的父亲已经不适合出门旅游了。还有，这些年父亲已把中国大陆的山山水水都走了个遍。我随便说一个地方，他都说，去过了，去过了，是那年我和你母亲一起去的。这倒把我弄傻了眼，因为父亲去过的很多地方我都没有去过。

　　父亲的身体还好，但却只喜欢待在家里了。好在父亲现在在家里过得也很好，我们终于请到了一个很会照顾父亲的大姐，她比我大几岁，我们叫她"钟爱"。钟爱大姐，谢谢你帮我们这些到处云游的子女照顾我的老爸！

　　父亲和我一样的性格，喜欢到处走，到处看，或者说，我有父亲的基因。工作后我用自己的能力所及，安排父亲到他想去的地方去游玩，他去不了的，我就代替他去了。这些年，几乎一直保持一个星期至少一次拨通父亲的电话，在电话中我就告诉他老人家外面的世界是什么样子的，而他就会时不时提醒我，不管外面的世界是什么样子的，我们内心的世界应该是怎么样的。谢谢老爸，祝你81岁的生日快乐！这两天由于母亲周年祭，父亲过生日，姐姐、哥哥和亲戚朋友从四面八方聚到父亲周围，总有几十上百人吧，父亲一定不会因为我远在海外而感到寂寞的。

　　父亲在80岁以前，我不用记住他的生日，因为给母亲打电话时，她都会悄悄提醒我们，不过从现在开始，我得用心记下父亲的生日，每一年都祝他老人家生日快乐！不过，我可不是每一次在他生日时都能够回到他老人家身边，谁让我是——大地旅人呢！

每天都是父亲节

儿子给我打电话，预祝我父亲节快乐。这才想起澳洲的父亲节，正是这个星期日（9月7日）。全世界各国定的父亲节和母亲节好像都不是同一天。记得以前在母亲节时挂越洋电话回家，母亲就会很奇怪，她会说，母亲节还没有到呢。我说，妈，我不在中国，今天是这个国家的母亲节，这里又没有我的母亲，我不给你打电话给谁打呢。母亲就笑开了，喃喃地说，真好，那我要过多少个母亲节？这世界上有多少个国家呀！

如果母亲还在人世的话，我会把每一天都变成母亲节。我会告诉她老人家，这个世界上有200个国家呢，每个国家都有母亲节，一年365天，剩下的165天，我为你设165个母亲节，这样儿子就可以每天给你过一个母亲节！

母亲被白血病带走了，母亲节也倏然陌生而令人心痛起来。记得以前打电话回家，一会妈妈把电话抢过去，一会爸爸把电话接过来，听着母亲数落父亲不听话，听着父亲讽刺母亲生活过得斤斤计较，感到老两口在电话那边开怀大笑，我能一口气和他们讲上一个多小时。可是现在不一样了，和父亲讲一会就找不到话题了，每一次打电话过去，好像也总在找一个话题。以前我们还过母亲节的时候，父亲总是鼓励我们过母亲节，好像他对父亲节很不屑一顾的样子，我们也自然不太重视父亲节，有几年竟然忘记打电话了。

感谢儿子给我电话，告诉我世间还有父亲节。至于我，世间已无母亲节！

父亲是我生命中最重要的人。我不会忘记，小时候围坐火炉听他讲故事，他总能够把大道理融入小故事中，在最艰难的时候，读私塾出来的父亲总能够用特有的方式梳理岁月，把更艰难的过去和美好的未来呈现给我们，帮我们度过现在。我更不会忘记，当我参加工作后意志满志得地向父亲炫耀，我现在多么威风，我的工作能够搞到多少外快的时候，父亲只是轻轻地提醒我，人，活着不能没有理想。而当我终于走上寻求理想的道路后，父亲又不忘及时提醒我：人，光有理想也不行。父亲一直督促我不要忘记学习，告诫我做人一定要活得明白，而读万卷书和行万里路，就是最能让人明白的方式。

母亲去世后，我人生的目标之一就是让父亲过得不寂寞，过得快乐，安度晚年。父亲喜欢大自然，一直对我从一个城市飞到另一个城市感到不安，他说应该去山山水水之间陶冶一下。上两个月父亲还刚刚去过河南的鸡公山和湖北的武当山旅游。他喜欢上了一个新的旅游方式，那就是到接近大自然的地方找一户农家旅馆住下来，畅游于山水之间，慢慢观赏，细细品味。这让整天奔波于高楼大厦之间的我好生羡慕，好在每一次和父亲通话，他都会对我絮絮叨叨一通，把凡尘俗世中的我拉到他所在的山水之间。

我答应过父亲，等到有一天，我会把父亲走过的路都走一遍，爬过的山都爬一遍，那首歌怎么唱的？"路过你的路，苦过你的苦，感受过你的感受，爱过你的爱……"

　　儿子在父亲节到来之前打电话，开口就是我想你、我爱你，让我感动，更提醒了我，父亲节时给父亲打一个电话。不过，对于我们这一辈人，接起父亲的电话，是无论如何说不出"我想你、我爱你"的字句，我们宁肯绕东绕西啰啰唆唆说一通家长里短，问父亲身体每一个部位的状况，直到父亲感觉到儿子的关心、感激和爱为止。但我们这一辈人，还是不会像我儿子这一代，顺口喊出：我想你、我爱你。

　　我曾经后悔没有把人世间的每一天都变成母亲节。如今，世间已无母亲节，我将把人世间的每一天都变成父亲节。

　　每天都是父亲节。

父亲的眼泪

父亲现在年纪大了，流眼泪的时候就多了，有时还会哭出来。在我看来这些眼泪和年岁有关，很多无关痛痒的事也会弄得父亲流泪流满面，人老了，就回归孩子了。然而当我还是孩子的时候，父亲却很少流泪。

印象中，我8岁时父亲哭过一次。

那时，我上小学二年级。有一次在外面玩耍，结果和住在街上的一个同年龄的玩伴吵了起来，还动了手，我稍微占了上风。之后，我悄悄回到家里，没敢告诉父亲，以为事情就过去了。

大概半个小时的光景，屋外传来一阵嘈杂声，由远及近，不久就听到了叫骂声。我听出是刚刚和我打架的那个孩子的声音，心中暗暗叫苦。原来那家伙不服气，一路叫骂一路冲我们家而来，手里捏着一块砖头，身后像滚雪球似的跟着越来越多的观众，开始只是看热闹的孩子，后来听到他的叫骂声后，连街上的大人也跟来看热闹了。当时孩子打架，哭闹、叫骂是很普通的，不可能吸引如此多观众。可是从这个和我同年的8岁孩子的嘴巴里叫喊出来的内容却吸引了大家。我也听出来了，他没有骂我，他在叫父亲的名字，而且每叫一句，就加上一句充满童稚的恶狠狠的叫骂声：大地主，地主狗崽子，我 × 你××！

父亲当时虽然是被管制的对象，但还是学校校长，母亲是公社（原湖北省随州市草店公社）医院妇产科医生。父亲一直低头老老实实做人，谨小慎微，从不敢惹事。

父亲也听到了叫骂声，他小心翼翼地从门缝里朝外面瞅了一会，然后回头盯住衣衫不整的我，立刻明白发生了什么。他仍然站在门口，一动不动，脸色阴沉沉的。这时门外已经被围得水泄不通。那孩子看到这架势，早已经不哭了，而是一遍又一遍叫喊父亲的名字，每一次都在前面加上越来越侮辱性的形容词。不过我发现，最让父亲紧张的是"地主"、"大地主"。门外每次传进这两个字时，父亲紧紧握住门把手的手都颤抖一下。

那天父亲一直没有开门出去。两个哥哥也在家，他们都是大孩子了，他们气愤得脸都紫了。可是当他们看到父亲的表情时，他们只能紧张地坐在那里，一动不动。足足有半个小时，也不知道是那个孩子骂累了，还是被好心的邻居劝走了，外面没有了声音。

可是房间里却传出了声音，是父亲害怕邻居听到而压得低低的呜呜的哭泣声。我们兄弟几个站在那里，吓得一动也不动。这是我第一次看到父亲像孩子一样哭，我原来以为做父亲的是不会哭的。父亲哭了一会抬起头来，对两个哥哥说，你们的弟弟不懂事，你们也不懂事吗？你们要管住他，不要和人家吵架，你们不知道我们是什么人吗？你们不知道我们有几难吗？人家今后打死你们的弟弟，也就是打死一个小地主，街上每个人都能骂我们，我们要让着所有的人，知道吗……

父亲那天还说了些什么，我不能完全记得了，但大概是让我的两个哥哥再次明白了我们的社会地位和阶级等级。父亲说得很白，他说我们是地主，我们是贱民，就是你弟弟也没有和孩子吵架、打架的权力，他还不懂，但你们今后得看住他……

父亲说了很久，而且都是对两个哥哥说的——其实父亲不必说那么久，而且我也完全懂事了。只是我无法控制一个做孩子的天性，会在外面玩耍时不知不觉间得意忘形，和小朋友闹矛盾。如果和某个知道我是小地主的人闹矛盾，而且他又喜欢使用这个武器的话，我就完蛋了，我就得被辱骂甚至被打，不能还手。父亲的哭声再次提醒了8岁的我，我是被打上烙印的。我想大概就是从那一刻起，我结束了自己的童年时代。后来在整个小学特别是在随州市草店公社利民小学读书期间，我都夹着尾巴做孩子，做到了打不还手、骂不还口。最悲惨时，有些高年级的孩子只要喊一声"地主崽子过来"，我就会收起一个孩子的心，乖乖地过去，甚至曾经被命令从他们的裤裆下钻过去。

我没有任何反抗，就在我们家乡不远的地方，就有人大义凛然地把地主狗崽子丢进水井里活活淹死，不用负任何责任的。父亲是老师，他知道这些事，更知道当时是一个什么世道。有段时间我一度误解父亲，认为他太软弱，但后来我理解了他。当时作为我们这类人，压根儿就没有软弱和勇敢之分，我们根本无法和整个强权对抗。要想幸存下去，要想活着，唯一的选择就是软弱和屈服。

这是我小时候唯一一次看到父亲在我面前哭泣，后来我再也没有让他在我面前哭过，虽然我付出的是整个童年和一个正常人的成长环境。

父亲的眼泪深深地影响了我，也改变了我，让我认识到我从出生就是一个弱者，是低人一等的，是应该受到欺负和侮辱的一类。父亲的哭把我永远和弱者联系在了一起，他的哭也形成了一个8岁孩童一生的性格和人格。直到今天，就在我丰衣足食、遨游世界，时不时自认为天下老子第一的时候，我心底深处仿佛还能够听到父亲的哭泣声，那声音又时时在提醒我：你永远属于弱者，你永远和弱者站在一起，你永远不能忘记那些被侮辱和被欺负的人！

父亲的眼泪让我认识到，这个世界上，之所以有弱者和被欺负的人，就是因为有强盗和强权在那里肆无忌惮。

正因为父亲的痛哭给我留下如此深刻的印象，所以我就常常想，等我当了父亲，我是绝对不会在孩子面前哭的。再说，估计也没有什么情况会迫使我忍不住在儿子面前哭吧。我并不知道，在自己儿子面前的哭不是演戏，是发自内心的，如果真要来，挡也挡不住的。就在我儿子铁蛋8岁的时候，我竟然在他面前忍不住流过一次眼泪……

那是7年前，我刚刚把儿子铁蛋从美国送到澳大利亚悉尼读小学二年级。儿子当时比较好动，加上在美国公立学校野惯了，一到悉尼相对环境比较好的学校，就连着闹事。当然由于成绩还可以，我也就不管了，再说，我想象不出他能闹出什么了不起的大事。

没想到就出了一件事。有一天，一个意大利裔的老太太通过老师找到了我们，老人英语不行，断断续续讲开了，我听了很久才闹明白。她跟儿子、儿媳一起从意大利移民澳大利亚，她的孙子和我的儿子铁蛋一个班。孙子刚从意大利过来，英语还结结巴巴，加上身材比较矮小……

老太太讲着讲着眼泪就出来了，她说铁蛋是孩子头，他们不喜欢她的孙子，经常调侃他，嘲笑他讲话不流利，又跑不动，还找机会戏弄他，例如把他绊倒在地……孩子身体不好，英语也不好，刚刚过来，被同班同学一欺负，就想起了家乡意大利……做奶奶的看着心里也难过……

老太太最后说，她专门过来求我们，希望我们让铁蛋不要欺负她孙子……

我不知道我是否完全听进了这位意大利老太太的话，因为我心里已经气得发抖。我忍住了，向老太太做了保证，把她送走了。

老太太走后，我让自己尽量镇静、镇静、再镇静，不要干傻事、不要冲动、不要犯法（打孩子）。我想慢慢对儿子铁蛋讲道理，儿子毕竟才8岁。我开始等铁蛋放学回来，什么事情也干不了。孩子回来了，我一开始还能心平气和，可是，讲着讲着就失去了控制，我的语气越来越重，声音越来越大……最后我使劲推了儿子，把他推倒在地上，他半天爬不起来，儿子吓得连哭都忘记了。这是我儿子出生后我第一次打了他。

最后我高声喊道，你可以不读书，你可以考零分，你可以没有工作，我带你去要饭，你可以被别人欺负，但记住，永远永远不能欺负比你弱小的同学，永远永远不能欺负那些没有能力和你抗争的同伴，永远永远……讲着讲着，没想到，我竟然流出了眼泪，而且最后忍不住哭了起来。那是我第一次也是唯一一次在儿子面前哭。

其实，我当时还断断续续告诉了儿子我的过去，我在小学被人欺负却不能顶嘴、更不能还手的悲惨世界。可是我知道儿子没有完全听懂。这不怪他，儿子是铁定无法了解我生活的那个时代的。后来想一想那天的事，我心中也充满了后悔。那天我对8岁的儿子实在太严厉了，我因为想到了自己的过去，从而对儿子的行为产生了极端愤怒。我的生气也包括了对自己的不满，由于一直和孩子缺乏交流，我最痛恨的欺负弱小的行为竟然发生在自己孩子身上。

后来我找机会对儿子说了对不起。再等他长大点，我又逐渐给他讲了一些事情，我这才发现，也许儿子当时没有听懂我的话，但他记住了父亲的眼泪，也是我唯一一次在他面前流的眼泪。

也不知道是长大了，真的懂事了，还是因为他们学校的教育，又或者真是我的眼泪起了作用。铁蛋成长为一个很有同情心的少年，而且在某些方面，他竟然比我希望的走得更远。

由于我自己的遭遇，我从小就教铁蛋一些武术动作和踢打沙袋，他小学二年级开始就跟随韩国来的高手练习跆拳道，六年级时候已经是少年黑带四段高手。看到铁蛋已经可以很轻松地打倒同龄人时，我想把自己做人的原则传给儿子：永远不要欺负弱小，但也永远不要放过欺负自己的那些看似强大的Bully（专门欺负其他同学的不良学生）。儿子接受了前者，却对后者也提出了异议。儿子宣布他绝对不会用跆拳道对付同学和其他少年，不管他是弱小还是强大，最后他竟然不再练习跆拳道。在我有些生气时，他告诉了我他的原则：人家欺负你，有老师，还有警察，如果我打他们，就是我不对了，等等。

这也许是好事，儿子生活在现在，成长在一个法治的国家，离我那个时代和那个国家实在太遥远，他永远不能完全理解我在说什么，而且，我也希望他们这一代永远不用去理解我们曾经的遭遇，仅仅是理解，已经是足够他们痛苦的。

我会对儿子说，如果不能理解我在说什么，就当我是在讲故事吧！

我的老师李广学

自从小学时开设了作文课，"我的老师"这个题目就一直是最熟悉的，小学语文老师引导我们如何从描写熟悉的老师入手刻画人物的外貌和言谈举止。一直到初中，还在写这个题目，只是那时强调的不再是老师的外貌而是他们的内在品质。到了高中准备高考时还在练习这个作文题，而且背诵了很多既可以用于描写老师也可以用于描写其他人物的高尚品质和独特个性的经典范文。

正因为这样，写下这个题目的时候，我好像突然穿越时空，回到了儿时的课堂。我猛然抬头，虽然并不见眼前有老师站在那里，但心中却产生了一种诚惶诚恐的感觉，那是一种正准备完成一篇命题作文的感觉。

不错，我正在完成一篇命题作文，虽然并不是老师布置的作业，然而，我却强烈地意识到，现在是完成这一篇作文的时候了。这些年，"我的老师"这个题目始终没有离开过我的脑海，我也越来越清楚地知道，总有一天，我必须完成这样一篇作文，不但是用笔，也用我的一生。

大概是由于自己的愚笨和好学，我有很多很多老师，中国的有，外国的也有，在我足迹所到之处。他们传授我知识和学习方法，给我帮助、教诲和扶持，没有这些老师，我根本走不远，更不用说走出原来的自己。

记得高中的数学老师废寝忘食挑灯夜战，终于猜出了大部分高考数学题，使得我这个至今对代数和几何一知半解的学生考出了数学高分；也无法忘记大学的老师根据我的情况，向海外推荐我去做研究的用心；更感激那么多被我请教的老师不厌其烦的教诲……至今，这些老师虽然几乎都失去了联系，但我会永远记得他们。

然而，他们都不是那个和"我的老师"这个作文题目一起悄悄深印在我心底达20多年的那个老师。那个老师，叫李广学，上个世纪70年代我在湖北省随州市草店人民公社利民小学读书时，他是那里的民办教师。

随着岁月的流逝，对李老师的记忆不但没有淡薄，而且，和那个作文题目一样，越来越多地浮现在我脑海，冲击我的心灵。冥冥之中，有一个声音要求我必须完成这篇作文。与此同时，我的心灵深处也为没有完成这篇命题作文而越来越惴惴不安。

我一直没有落笔，一是不知道如何写，二也是因为我不愿意窥视自己的灵魂深处——现在已经过了不惑之年，我强烈感到，如果再拖延下去，对不起我的老师。

上个世纪70年代初我到利民小学上小学时，"文化大革命"正如火如荼地达到高潮。这是父亲后来告诉我的。他说，那时我们家的日子很艰难。父亲是中学老师，家庭出身又不好，在"地富反坏右"

中占了头号，外加"臭老九"，所受冲击可想而知。好在我上中学时，"春雷一声震天响，打倒了万恶的'四人帮'。父亲翻身得解放，姐姐回城把学上"——记得这是当时父亲教我写的一首"革命诗歌"。我上大学后，父亲经常找机会教育我，给我讲他在"文化大革命"中受的折磨。然而，我的表情一直很漠然，这让父亲难以接受，他归咎于我那时太小，什么也不记得，也就自然没有什么感受。

然而，事实到底如何？那事实已经深埋在我心底太久，久得我不愿意把它挖出来。就在父亲认为他受到冲击遭受折磨的时候，作为地主狗崽子和臭老九的后代，我几乎每天都遭到欺负和污辱。那些欺负和污辱来自和我同龄的孩子，他们知道，只要一喊出"地主狗崽子"这句话，我就失去了抵抗能力，他们可以任意欺负我，甚至让我跪下，接受他们心血来潮的惩罚。

我不知道这个世界是什么样的，或者这个世界应该是什么样的，我毕竟太小，还不到10岁，但就是这10岁的心灵，已经早接受了这样的事实：我天生是一个罪犯，是低人一等的，我是阶级异己分子，我必须老实……我没有权力和人吵架，更不用说斗殴，但如果我老老实实，接受其他家庭成分好的孩子的惩罚，我会得救，我的父亲会感到安慰，我不能为他添麻烦……

这就是我的世界，这就是我整个小学时的世界，在这个世界里，一个10岁的孩子接受了事实，他是一个低等人，是一个其他家庭出身好的孩子的出气对象，我必须打不还手、骂不还口……父亲早就交代过我，而我是一个听话的孩子。每次当我在外面受到欺负，衣服肮脏甚至破烂地回到家里，父亲都以为是因为我顽皮而不爱惜造成的，他甚至为此打过我，而我只能咬着牙关，一次也没有告诉父亲，他10岁的儿子正因为他的成分在遭受炼狱的折磨。

很多年过去了，每当当时的成年人向我声泪俱下地讲述他们在"文革"中的遭遇，我都很没有耐心听下去，有时甚至会生出不屑。我一直认为，作为成年人，他们无论受到什么迫害和冲击，都有能力应付：你可以选择抗争，像张志新烈士一样千古流传；你也可以选择屈服，像大多数人一样；当然你还可以选择成为凶手或者帮凶，从而遗臭万年……你甚至可以选择自杀，结束自己无法控制的生命，像那位勇敢地走向未名湖的老人那样……作为成年人，既然有那么多选择，事后还有什么可抱怨的？

可是，我，当时不到10岁的我，有选择吗？从懂事起，我就知道自己是阶级异己的后代，是地主后代，我只能逆来顺受，我不知道我可以像其他孩子一样可以打架、可以还击，可以哭、可以报告老师，当然更不知道人还可以用自杀来获得解脱——于是，只要有同龄的小朋友不高兴了，只要他们叫我一声"地主狗崽子"，我就得凝固不动，任他们欺负污辱……而在学校大大小小的阶级斗争为主题的活动和聚会中，我内心心惊胆战，外表垂头丧气。我察言观色，对所有随时可以把我打翻在地的人赔着笑——我想，大概从那时起，我的心灵就再也无法长大，我的灵魂就此被彻底扭曲了……

被打倒的成年人终于等到平反的一天，可是，谁来平反我那扭曲的灵魂，谁又能平反那无数被扭曲的孩子们的灵魂？

我真不知道，如果没有李广学老师，我那扭曲的灵魂会把我带向哪里去。李老师当时是利民小学的民办老师，他自己没有读什么书，因为家庭出身好，他成为学校的音乐老师。在我的印象中，20岁出头的他瘦高个头，头发有点乱蓬蓬，皮肤有些苍白，好像是营养不良的样子，但眼睛很大很有神。他负责学校的"毛泽东思想文艺宣传队"。他始终没有直接带过我的课，只是，在我遭受欺负，不得不大多数时间一个人待在学校的墙角时，我常常听到他指挥的乐队演奏的"革命歌曲"。

大概是在上小学三年级时的某一天，在学校大扫除时，我的扫帚不小心碰到一位同学的脚跟，当他转头看到是我时，口中喊了声"狗崽子"，冲上来就打。我抱着头蹲下来，以为像往常一样，只要他发泄完了，事情很快就会过去。可是，那天不知道怎么回事，大概是大扫除，到处是扫帚，那位贫下中农的后代抓起一把扫帚劈头盖脸打下来，我的头被打出了血——

在我抱头痛恨自己又惹祸，痛苦地思考如何向父亲解释身上的伤从而心里也痛苦得流血的时候，我听到了一声大吼，随即，那位同学停下了手里的扫帚。我怯怯地抬起头，看到李广学老师满脸怒容地站在我面前。他斥退了那个打我的同学，然后走过来，弯下腰，向我伸出一只手。虽然当时的情景至今还历历在目，但我仍然认为那情景是那么的不真实。当他用大手牵着我的小手走向他的办公室时，我感到一种前所未有的安全感和自豪……在我们湖北一些农村地区，"文化大革命"进行得比北京和上海要彻底得多，在那些日子里，没有人会来关心一个地主和臭老九的后代，就连我的父亲也无能为力，在我还没有懂事时他就开始告诫我在外面不要惹事，能低头就低头，不能低头也要低着头，我也确实这样做了——现在，在我已经接受了自己低人一等的现实的时候，一个苗正根红的学校老师少有地牵住了我的手。

我高高地抬起沾满血的头，仿佛那是一面胜利的旗帜。我看到操场上很多同学羡慕地看着我。

李老师一路都没有松开我的手，我记得由于他个头高，我不得不把手高高举起，生怕脱掉了。我随李老师来到他的办公室，他给我擦红药水，问了情况，我含着眼泪承认是我不对，扫地碰到了同学的脚跟。他打断我，大眼睛里流露出一丝我长到 10 岁鲜有见到的亲切怜惜的目光。他叹了口气，问我，想学拉二胡吗？随即，就从墙上取下一把二胡。他说，今后课余你可以到我这里学习拉二胡，拉得好，就可以参加文艺宣传队了。

从此我就经常到李老师那里练习拉二胡，我发现到李老师那里学习乐器的人不止我一个。后来才知道，那些孩子中有些是因为体弱多病，无法参加学校经常性的体力劳动，大多却是像我一样，父母是阶级敌人，在学校经常受欺负……李老师显然不只牵过我一个人的手……自从李老师把我保护起来后，那些本来欺负、骚扰我的同学有所收敛，而且，我感觉到自己有了靠山，心里踏实多了。

在我整个无法言述的痛苦的童年里，李老师一直用他特殊的方法保护我。这是在那个年代我唯一感觉到的关心和爱，至今我不但还能感觉得到，而且随着岁月的流逝，反而越来越强烈。

离开家乡后我一直没有回去，听家乡人说，改革开放不久，由于李老师没有系统学习，也没有文凭，最后被学校辞退了，生活都有一定困难。又过了一段时间，我从自己为数不多的积蓄里拿出一些钱托人给他，但所托之人告诉我，他早就离开了，先是到河南种木耳，结果碰上洪水，之后他只好带着家人到南方打工去了，至今音信全无。

我的李老师应该已经是50多岁的人了，不知道他能干什么工作，身体是否受得了？

在我一生中，传播我知识给我教诲的老师很多，但最让我难忘的就是我的李老师。他的学问和知识有限，没有给我带过课。他沉默寡言，更没有教诲我什么人生的道理，就连那让我能够待在他身边的音乐学习，我也是半途而废。然而，我知道，他传授给我的，是我一生都用之不尽的——对生活的希望，对弱者和幼小者的关怀和那广博无边的爱心。

没有李老师，我不知道自己今天会在哪里，更不知道自己已经干出了什么。因为我真不知道自己那被成人社会扭曲的幼小的灵魂会把我牵引向何方。是李老师轻轻牵起我的手，用爱抚平了我那本来伤痕累累、充满仇恨和报复的心灵。我原本想让那段历史淡忘，然而没有想到的是，风雨半生之后，童年的经历连同李老师的形象，在我心中反而愈益清晰和明亮。我终于坐不住了，我决定拿起自己的笔，写出邪恶和善良，写出绝望和希望。

然而，首先，我得完成这样一篇命题作文。

在我终于有勇气完成了这篇命题作文的同时，我早已下定了决心，自己的下半生将不再沉沦和沉默，我将尽我所能，以我能想到的方式、方法抗击社会的不公正，锄强扶弱，以让自己的灵魂能够永远平安，也以此回报我那早已背井离乡在外打工的老师——李广学。

这个春节里最有爱的一天

2009年春节就要过去了，觉得再忙也应该记录下这一天。那是大年初四，一大早起来，就和朋友驱车前往一家孤儿院。这里收留了一百多位残疾孤儿，从几个月到十几岁都有。

记忆中还是很久以前去过孤儿院，记得当时有海外媒体攻击中国官方的孤儿院克扣孤儿口粮，闹得很大。我当时想去帮助一下孤儿，顺便查看情况，没有想到，即便以政府工作人员的身份去，也被人家拒绝了。人家要介绍信，我说，我私人来帮帮忙。他们很吃惊地看着我，仿佛我是来收集情报的特务。这种情况现在应该没有了吧，但愿如此。

从那以后竟然好多年没有到过中国的孤儿院了（国外的倒是去过几次，参观兼义工）。这次能够在大年初四去福利院去干点力所能及的事，实在是难得的机会。

过去后，北京来的吴祚来和信力建到了一楼，我和《新京报》的曹兄来到二楼的一个宽敞的房间。房间里有25名残疾小孩，大多坐在兼有固定他们身体的小凳子里，在外面的大约有四五位。他们看上去都很小，但保育员说，其实有的已经六七岁了。25 位孩子中只有一位能说话，他们有的残疾在身体上，一眼就能看出来，有的是智力障碍，置身他们之中，感到心情一阵沉重。

我们本来想来帮保育员给孩子们喂饭，但吃饭的时间没有到，于是一个一个去逗那些坐在那里的孩子。那些孩子见到陌生人，竟然没有一个害怕，都伸出手来和我们玩，让人感到很惊讶。

过了一会，我坐到门口（也防孩子走出去），这时，让我意想不到的事情发生了，好几个能够走动（或者爬动）的孩子从不同的方向聚拢过来，有一位爬到我腿上抱住我，另外四五位安静地靠在我身上，扶住我的腿，静静地站着或者跪着（有一位孩子只能跪着）。

就在这一刻，我突然感到一种温暖传遍全身。我是养过孩子的男人，也知道幼儿园的孩子是什么样子的，他们看到你如果不纷纷走开已经不错了，但像这样见到一个陌生人竟然一步一步过来依偎的，实在少见。

随即我就明白了，这些孩子都是孤儿，这里的保育员是他们能够经常见到的大人，但保育员非常忙碌，不可能有时间坐在那里让孩子们依偎，更不可能去抱他们。

他们是不同的孩子，是孤儿，是残疾孤儿，有些残疾的程度还很严重——他们依偎到我身边的时候，我感觉到确确实实的爱。

毫无疑问，我们这些健康的大人到孤儿院去，都是想奉献一点爱心的，可离开那里的时候，我们都明显感觉到，其实得到爱的，反而是我们。

我们总以为自己很了不起，总以为自己很忙，总以为自己在干大事，于是，很多、很多早就想干的小事——一个月甚至一年抽那么半天时间去陪伴一下孤儿，或者去看望一下孤寡老人——就一拖再拖。其实，这样去看望孩子并不是做戏，只要大人哪怕一年抽一点时间去看望他们，那么一年之中，他们就有很多时间能够和大人们在一起，感受到正常孩子们能轻易获得的温暖。而对于有爱心的人，去看望这些残疾的孩子或者其他一些需要我们关爱的人，不仅仅是献出我们的爱心，更多的是让我们得到一份珍贵的爱。就像我从孤儿院走出来时感受到的一样，本来带着施舍爱心而去，结果却发现收获爱的，反而是我们自己。

我想，2009年无论多么忙，一定还要抽一些时间去看望那些能够让我感受到爱的人。而且，我还想，如果有可能，我愿意组织一些我的读者和网友一起去，一次只要两个小时。去干什么？你可以去喂饭，可以把你今天减肥而节省下的饼干、巧克力带过去，还可以做一些简单的清洁工作。当然，如果你什么也不会，或者怕脏怕累，你可以像我一样，搬个小板凳，坐在孩子们中间，感受他们，以及他们的爱。

我保证你离开的时候，会收获得意想不到的爱。

谢谢这些孩子，给了我这个春节中最有爱的一天。

母亲节写给母亲们的一封信

在母亲节写下面这样一封信，肯定是很不合时宜的，只不过，也很难找到比这更合适的时候。再说，我也许是比较适合写这样一封信的人，不单单是因为我正在网络上连载的《伴你走过人间路》这篇纪实打动了不少读者和朋友，而且只要是我的朋友或者认识我的人都应该知道，我是一个大大的孝子。

那么就让我在这个时候写这样一封信，一封给天下所有母亲的信，即便被指责不合时宜，即便被批评大逆不孝，我也无可奈何。

从哪里说起？还是从我网上连载了半年的《伴你走过人间路》说起吧。在这篇纪实里，我事无巨细地记录了母亲生病以来发生的一些事情，叙述了母亲含辛茹苦抚养我们长大成人的故事，以及我对母亲无限的爱和关心。当初写这些文章，一是母亲生病触发了我对母亲的感情，二是我也想借助文字来克服母亲的绝症带给我的无法逾越的痛苦和对亲人即将离去的恐惧。事实上，写完后我内心的痛苦已经大大减轻，我也从恐惧中恢复过来。让我没有想到的是，那么多阅读了文章的读者被感动，他们在《伴你走过人间路》后面留言，给我写信，说他们在阅读过程中眼睛一直湿润。

他们的留言和信又一次次让我感动，给我印象最深的就是很多读者告诉我，我描述的母亲和他们的母亲竟然那么相像。是的，因为她们都是母亲……

然而，却也有例外，而且不止一个、两个……这些人大多是我的熟人，在他们看《伴你走过人间路》时的反应也是感动，我的母亲也让他们想起了自己的母亲，可是——感动的同时却是心痛，一声叹息。当我问他们为何叹息时，他们几乎都会幽幽地告诉我同一句话：你的母亲真好。

透过他们的表情和语气，我窥见他们的内心，在他们那一句充满羡慕和伤感的"你的母亲真好"的背后，是那些难堪甚至是痛苦的回忆和经历。

天下的母亲都那么好吗？天下的母亲都那么值得爱戴吗？天下的母亲……

在母亲节这一天写出这样的句子，任谁的心里都不会感觉到舒畅，然而，我认为却是非常必要的。我希望为人父母的人能够读我这篇文章，再说，我们谁不会为人父母呢？社会上毕竟很少有只为人子女，而不为人父母的。

孝顺父母是中华民族最值得保存的精华之一，也是中华民族几千年道德中最闪光的内容。但孝顺问题是一个道德问题，据我所知，目前世界上好像只有新加坡把孝顺父母纳进了法律范畴之内。在世界各地包括中国，孝顺和扶养父母都不是法律问题，如果子女不供养老人，我们说孩子不孝顺，但却无法也不应该把他们告上法庭。

可是，父母抚养未成年子女却不是道德问题，而是法律问题。按照绝大多数国家的法律，为人父母的必须抚养自己未成年的子女，给他们提供力所能及的衣食住行，用不违反人道的方式、方法抚养他们。很多国家特别是西方还有法律规定，父母必须送孩子上学。

中华民族一直崇尚和宣扬孝顺，历史上给孝子贤孙树碑立传的书汗牛充栋。可是，看一下历史纪实和文学作品，却很少有篇幅描写父母对子女责任的，更少描写那些不尽职尽责的父母的故事。如果结合现实现状，这种情况就会让人大惑不解。我想问大家一个问题，中国目前社会上，不孝顺父母的问题严重，还是不尽法律责任抚养子女的问题严重？

作为一个对社会现象一直用心观察的我，可以在这个问题上给大家明确的答复：子女不孝顺父母的严重程度远远比不上父母不尽责抚养子女的。在进一步解释前，我要说清楚两点：

首先，随着社会的发展，老有所养的责任应该落在社会和政府的肩上，而不是子女。子女的孝顺应该更多地反映在心意、情感上，而不是物质、经济上，老年父母依靠子女的工资来供养的情况必须改变。当然政府责任不能代替亲情，亲情与社会责任相辅相成。社会和政府应承担主要责任，保障老有所养；子女应承担次要责任，提供亲情温暖。

其次，无论社会发展到什么程度，父母必须供养未成年子女则无法改变，养育孩子首先应当是父母的责任和义务，出生并不是孩子的主动选择，也不是政府强迫，而是父母的主动选择，因此，养育子女应当由父母承担主要责任，政府和社会也不能坐视不管，而应当为孩子提供安全的社会成长环境、法律、教育、医疗保障等。

总之，老有所养强调政府责任、社会责任；养育未成年子女强调父母责任、家庭责任。

在中国，不孝顺的故事几乎都是一样的：不扶养老人，把老人赶出家门，抛弃甚至折磨老人，这种现象在全国各地屡见不鲜。事实上每次我回到家乡湖北随州，周围的老人都会告诉我附近有哪几个不孝顺的儿女，他们的劣迹被广泛流传。在报纸和电视上也可以经常看到这类报道。

可是，只要细心观察的人就会发现，当今的中国家庭存在的更为严重的问题，是那些身为父母的人，没有尽到当父母的责任——不但是道德的责任，更是法律的责任。

拼命生孩子，但不负责抚养，让孩子流落街头，弄死女婴，卖掉自己的亲生子女，把自己残疾的或者年幼的子女弄去街头乞讨，把孩子活活打死，把孩子像自己的出气筒一样任意打骂，用恶毒的语言诅咒、谩骂孩子，干涉即将成年孩子的意愿，阻碍孩子的健康成长和自由发展……我还需要举很多例子吗？如果大家看书读报，如果大家睁开眼睛朝周围看看，多打听一下，让人震惊的事实就呈现在我们面前，上面说的这些现象，和子女不孝顺父母比起来，何止严重十倍？

这如果还不够震惊的话，那么让我告诉你，上面列举的那些在我们这个国度尤其严重的丑恶现象，却都明里暗里和"孝顺"这个让我们感到自豪的品德联系在一起。中国文化中最糟粕的一句话就是"养儿防老"，养儿的出发点是为了自己防老，这中间体现不出对于子女个体人格的尊重，当然更不包含尊重人权的理念。于是父母们拼命生孩子，至于孩子生出来后是否会得到适当的营养，是否会健康地成长，很多时候并不被这些父母考虑在里面。我们说，想为人父母的人都是成年人，他们应该有思考的能力，当他们把生小孩子作为今后生活的存款的时候，他们已经失去了被子女孝顺的资格。

正是在"养儿防老"的观念下，中国的半边天——女人，被歧视了整整几千年，至今不但没有改善，反而更加严重，弄死一个个鲜活的女婴至今还在祖国大地上盛行！这些女婴不也是母亲生出来的？那些母亲知道有一个叫母亲节的节日吗？

也是在"养儿防老"的观念指导下，父母把子女据为私产，按照自己的意志设计子女的一切，稍微不如意就拳打脚踢——在中国打骂孩子从来没有被判刑的，可是如果你是小学老师或者有当小学老师的朋友，你不难知道，中国打骂孩子的现象有多严重。我和一些朋友也被父母打骂过，而有些打骂，虽然过去这么多年，至今还会在心里隐隐作痛。这里就不用说那些经常挨父母打骂的孩子。大家可以看一看过去10年中国最邪恶的罪犯，查看一下他们的家庭历史，有几个罪犯曾经拥有过父母的爱？答案是明确的，大多罪犯不但缺乏家庭温暖，而且很多罪恶累累的罪犯都是在父母的打骂中长大的。

可是相比较不孝顺这个社会现象，我们社会对父母对待子女的方式、方法上较少关心。原因很大一部分是那种未成年子女是父母的"私有财产"的观念在作怪。如果社会上一个成年子女打骂了自己的父母，我们会愤愤不平，群起而攻之，但如果是父母在家里折磨自己的子女，我们大多是叹息一声，认为父母的"方式方法不对"而已。这一点和西方正好相反，西方人打骂孩子不管处于什么原因和"好心坏心"，父母绝对要受到法律制裁；而一个成年子女打骂自己的父母，则只不过是一件普通的刑事案件，法律会来判断对错。

相比较走过了一生的老年人，未成年的孩子才更容易受到伤害，也更需要父母和社会的保护。而当未成年的孩子受到来自保护神般的父母的伤害的时候，那情形远比一个生活了一辈子的成年老人被子女抛弃要可怜和悲惨得多。作为成年人，每个人都有独立和自由的意志，在这种独立和自由的意志下，夫妻可以离婚，老人可以选择不和子女住在一起，而子女也同样可以选择不和老人住在一起。老人是成年人，他们在年轻的时候应该想到自己的老年时光，未雨绸缪，积极准备，唯独不应该把自己的子女当成自己的粮票，他们更不应该用养孩子的办法来"防老"。

在我的家乡湖北，经常看到的是为子女鞠躬尽瘁死而后已的老人，他们把孩子养到18岁还不放手，还要养到28岁、38岁，拿出自己一生的积蓄来为子女操办这操办那，老了还免费为自己儿女的下一代当保姆，当牛做马，有些老人甚至把自己的房子也贡献给儿子和孙子结婚，最后一无所有，流落街头。他们这样做也许是出于爱，然而，他们这样做不但对孩子的独立没有好处，而且一旦孩子不愿意供养他们的时候——成年人有独立的意志，法律没有规定他们必须扶养老人——他们又露出一副被抛弃的可怜相。

而恰恰是那副可怜相又暴露出当初他们所做的一切只不过是为

了"防老"，是一种投资，是一种在亲情掩盖下的利益交换，这至少和我目前心中理解的那种不求回报的爱相去甚远。作为父母没有权力选择是否要供养 18 岁以前的孩子，但却应该有权选择是否要把自己的一生积蓄拿来"孝敬"成年子女。

说来说去，成年子女和父母的关系是成人之间的人际关系，是道德的关系，更是建立在自由意志上的关系。可是父母和未成年子女之间的关系就不同了，父母不能靠自己的"自由意志"来对待未成年子女，父母和未成年子女之间的关系必须受到法律和社会道德的双重制约。

由于过去几年我常常深入农村和农民工群体，看到过一个个让人痛心的现象。有些父母为了多养子女，要老来享受儿孙福，不考虑自己的经济能力，不考虑自己的生存能力，随心所欲地生孩子，不要说在生孩子后无法送孩子上学，而且孩子从小就缺少营养，有些幼小生命从出生开始就生活在猪狗不如的环境里。而且这些年还有越来越多的父母把自己未成年的子女送去当童工。

我常常思考一个问题，虽然说这样的父母是受到了"养儿防老"的毒害，受到了残酷社会现实（社会本来应该负责他们的养老）的逼迫，可是在生孩子这个问题上，他们毕竟有自由和独立的意志——再无耻和残忍的政权也没有逼迫人去生孩的——当他们在自知无法养活孩子的情况下生出一个个没有人负责的鲜活的生命的时候，他们就不应该再和中华民族最优秀的词汇"孝顺"联系在一起！

当然我上面提到过的说"你的母亲真好"的那些朋友的父母，不是养不起他们，而是在抚养他们的过程中，用父母可以自由支配的意志深深地伤害过他们。这些伤害在孩子视父母为唯一依靠、在孩子把父母当成自己的天和地的岁月里造成后，那种烙印将永远难以抚平……

还有很多，我不能也不愿在此时此刻一一细说，仅仅上面这些，已经让我感到难受和难堪，毕竟今天是母亲节。

在这个母亲节，身为人子的我，想对所有的子女问一句：你孝顺吗？你为自己的母亲做了些什么？

但同样已经身为人父的我，也想在这个母亲节问所有的父母：你为子女做过些什么？

对那些即将成为母亲的，我也想问一句：你能为自己的子女做什么？

我这篇文章，更是为那几位看了我的《伴你走过人间路》后感到难过和难堪的朋友而写的。同时，我想提醒大家：我们更应该关心孩子——自己的和别人的。

今天心里很难过

今天吃过晚饭后，像平时一样信步走到新市区。10年前选在这里买房子时，周围还没什么人气，当时汇侨新城也算是一个比较贵的大型住宅区。这些年，由于大量外来人口涌入广州市，这里成为外来人口最集中的地区，有了一定规模，成了广州市区的一部分。对广州居民来说，新市区属于比较"乱"的地区。我喜欢住在这里，没有打算要搬走。每次回国在广州住居时，我必不可少的一项活动就是走十来分钟到新市区的街市散步，周围大多是从农村来的年轻农民工，我有时会和他们中的一些人交谈，有时和他们挤在一起买彩票、看推销、赶热闹。值得欣慰的是，社会治安越来越好，而且从熙熙攘攘的民工们的衣着、外表等判断，他们的生活也应该有所好转。

今天晚上遇到一件事，却让我这几天一直快乐的心一下子沉到谷底。8点25分左右，我拐进一条小街市——新市南路，走了几分钟看到前面一群人紧紧围在那里。我也挤进去，看到两个壮实的男人把一个人按在地上，其中一位扯下趴在地上的男人的裤带，正在把他的手反捆起来。那人好像死了一样，把头埋在地上，弓着背，一动也不动。

我小声问身边的围观者，他们说地上的人偷了人家一个电脑，一个女的追出来，他还推人家，结果正好被这几个经过的治安员（？）撞上，把他狠狠打了一顿。讲述的人脸上一点表情也没有。说到这里，一辆小厢子货车疾驰而来，在小街市如此快的速度行驶，把我吓出一身冷汗。车子嘎吱一声停在我旁边，从车上下来三个粗壮的汉子。他们怒气冲冲，其中一个一下子抓起地上的人，另外两个同时踢出一脚，那个被踢打的小偷像风中的破絮，随着踢来的脚，飞起来，又落下去，却没有发出任何声音。

我这时才借着商店里的灯光看到他的脸，瘦削、黝黑，棱角也挺分明，微微眯着眼，脸上也看不出表情，但我注意到他脸上有三条正在流动的有点暗紫颜色的血。那三条血流显然不是从头上的一个伤口流出的，应该有两个伤口。我再低头一看，地上已经有两摊血，有些像黑色的花。后来旁边的围观者告诉我，刚才有四个治安员打这个小偷，他们可能是武警，不知道是不是已经退伍的武警。可是我注意到这些治安员都没有穿制服。

这时，其中一个治安员揪着小偷的头发，向车上拉过去，由于小偷的裤带已被抽出反绑他的双手，裤子掉到大胯上，所以他无法迈大步。另外两个治安员又开始愤怒，都狠狠地踢出一脚又一脚，每一脚不是落在那小偷的腰上，就是屁股上，或者大胯的地方。不知道是那小偷走快了，还是这一脚又一脚的猛踢在踢着他，他很快到了厢子车的后门。两个愤怒的治安员停下来，互相看了一眼，然后不约而同地狠狠踢出一脚，竟然活生生地把那个小偷踢飞起来。小偷落下来时，已经是在离地一米多高的车厢里。那瘦削的小偷滚落在车里的地板上，我想他一定很疼，可他始至终没有吭一声，更不要说反抗了。在车厢门被愤怒的治安狠狠地关上前，我看了那个小偷最后一眼，经过刚才猛烈的踢打，他脸上的血迹已经不成线条，而是黑糊糊的一片，只有眼睛还毫无表情地微微睁着，里面看不到希望，也没有绝望……

厢子车疾驶而去，我这才意识到，那些愤怒的男人们没有一个穿制服，也没有警棍什么的，而且那个车只是普通的民用运货车。就在那个车子消失前，我赶紧记下了车牌号：粤 AMG367。

我看到有两个穿保安制服的人骑在摩托车上过来，我拦住他们，问那些带走小偷的人是干什么的，他们怎么能那样围打一个没有还手能力的人。保安狠狠瞪了我一眼，喊道，想干吗？走开——

围观的人群也很快散开。在散去前我找到了两个，问他们那些人怎么回事。他们说大概是保安，也许是治安巡逻，也许是武警，但不是公安。从他们的声音里，我不但看不出有什么情绪，而且他们还加了一句，说反正打的是小偷，是什么人打的有什么关系。

很快周围的人都散开了，大家又开始若无其事地该干什么还是干什么。我呆呆地站了一会，发现除了地上两块暗紫色的血迹之外，好像什么也没有发生。可是我的心却一下子沉到了谷底，难过得要命。不知道那几个怒气冲冲的大汉要把那个瘦小的小偷带到哪里去，不知道他们是否会先给他止血，不知道他会不会被带到一个地方被他们当练习拳打脚踢的沙袋，继续发泄他们那些不知道因何而来的愤怒……

我的担心不是没有根据的,几年前一个叫孙志刚的被活活打死。其实那只是冰山一角,我自己就从体制内出来,并不是不知道以正义和维护公义的名义打死人的事时有发生,至于屈打成招,或者把人打残废,更是屡见不鲜。刚才那一群治安为什么那么怒气冲冲?没有人喜欢小偷,可是那么多身强力壮的男人猛踢一个不还手——手已经被反捆的人,又是为什么呢?

为什么对自己的同类如此残忍!

我心里真的好难过,也许是人到中年,我想我应该认识到自己的局限,我不应该再到这种地方散步。事实上,我左看右看,应该没有一个像我这样年纪和社会经历的人会来到这种地方散步。这里是农民工的地方,是外地民工,特别是年轻人的地方。我本不应该再过来散步,我的心脏应该已经受不了这样的场景。

我常常想,我什么时候心中会充满那样的仇恨?会对一个头上鲜血直流、双手反绑在背后的人恶狠狠地踢出一脚又一脚呢?那些人显然不是公安,但如果是治安员,他们向谁负责?谁赋予这些愤怒的人打人的权力?!

我最想知道的是,他们把那个小偷带到哪里?他们会不会把那可怜的人带到一个没有观众的地方,然后用人类最残忍的方式继续折磨他、打他呢?

那个可怜的小偷头上的伤伤到里面没有?流了那么多血,他们会不会给他治疗?他今天能不能熬过去已有的伤?又能不能熬过这些愤怒的同类新的踢打?

我已经离开那个能够干预此事的体制很久了，我都不知道这些事情该向谁打电话反映。我除了心中难过之外，很是无能为力。我只好把那部车牌记在这里：粤AMG367，是一个后面带厢子的中型货车。事件发生地点：新市区新市南路，发生时间：2007年4月27日。希望有能力干预的人能够打听一下，我只是想知道，那个小偷是否会被打死。如果只是因为偷了一台电脑，我愿意帮他赔偿，只是不要再打他。

　　对世界上的不平进行思考，在思想和主义之间挣扎和畅游，也有时候让人怒发冲冠，但却绝对比不上这种亲眼见到的一件小小的事——我说"小小的事"，从那些围观的麻木不仁的农民工的脸上就可以看出来——让人无从也无法愤怒，只是让人感到深深的悲哀，让人难过得不知道如何过下去，就在我走出很远了，我还有一种想流泪的感觉。

　　我的兄弟姐妹和亲戚中也许没有小偷，甚至如果我们更努力一点，也不会有人背井离乡到外地打工。可是，每次碰上这样的情景，我的第一反应仍然是假如那个被欺凌的人是我的兄弟姐妹、亲戚朋友，甚至我自己的子女，或者，干脆把那个人换成我——而这个时候，我的血液就仿佛凝固了似的……被上百人围着，被四个治安拳打脚踢，先是跪在那里像不倒翁一样被人踢来踢去，然后被踢得跪不住了，就趴在地上，头上流血了，手被捆绑在背后，还有凶猛和愤怒的穿着各种皮鞋的脚踢在自己身上各个部位——我突然想起来，他当时趴在地上的姿势，原来是为了保护自己的下阴不被踢，而那些治安却总是找那些地方踢……

也许大家都不会像我那样到这种地方散步，更不会像我这样心理阴暗地经常要把自己放在被害人的地位上思考问题，再说，广州毕竟有好多高尚住宅区，大多数地方的治安也比这里的好，我当然住得起，而且我还有能力随时到国外任何一个地方居住。

然而，我还是难过得无以复加。我想，只要我们周围还有这样的一幕幕残忍的悲剧在上演，我们谁也脱不了干系。就像今天，我本来应该出来喊一声，阻止他们暴打一个手无寸铁的人，可是看到那些愤怒的人，看到周围麻木的脸，我不知道如何开口了。

最近在这里散步时，我常常生出一个想法，就是等我有条件时，我要开一个小茶饮室，专门招待南来北往的农民工，一杯清茶，一个窝窝头，或者几片饼干，一分钱不收，请他们进来休息一下。利用这个机会，我就找一些义务老师，向他们讲人权、讲宪法，告诉他们，我们都是人，都享受一样的天生的和宪法赋予的权利。还要向他们讲述新通过的法律，告诉他们法律不但保护好人，也保护所谓的坏人，你有权保持沉默，你需要律师在场……我想总有一天我会把这个想法付诸实施，一天只要招待一百个，向他们讲一百次宪法和天生的人权，讲关心和爱心，讲许许多多本来在学校就应该被教育可从来没有人教给他们的道理——是的，总有一天我要开这样一个茶室，到时欢迎你过来讲述或者倾听。

可今天是没有办法了，心情彻底被毁了，被那些怒气冲冲的治安员，被那个可怜地趴在自己血泊中的小偷，更被周围一张张漠不关心看热闹的面孔给毁了……

今天心里很难过。

清明印象：这里，我们曾经来过

以愚公移山的精神

以前，一位认识不久的80后突然对我说，你是大左派。我很吃惊，问他为什么这样说，他说，因为你很爱国。我听后莞尔一笑，并没有放在心上，当时我认为这是一个非常个别的现象，还有部分原因是我自己也搞不清如何划分左派和右派，而且，我并不想去搞清楚。我一直不喜欢往自己身上贴标签，可如果非要贴一个不可，那也只有一个标签——我不是右派，更不是左派，我是"中派"——中国派。

后来有一些网络上传说的"左愤"给我写信，到我博客留言，指责我不爱国，老是说外国的月亮比中国的圆，说我是一个大右派。我这才意识到，用爱国和不爱国来划分左、右派的绝对不是一两个年轻人。

前段时间我到湖南和湖北走了走，主要是去一些县和乡村看看，了解一下和我家乡发展水平相近的地区民众的生活状态，发现老百姓的生活水平和我们国家的国力和崛起的传说很不相配，于是写了几篇文章。

没有想到又有一些网友出来说话了，说我开始从右变左了。他们的证据竟然是：杨恒均开始关心弱势，关心老百姓的疾苦了，这还不是左派？

这再次雷到我了。看起来，很多人正是把"爱不爱国"以及"是否关心老百姓"当作了划分左、右派的标准。我能够说什么呢？即便到了现在，我还是不想写一篇如何划分左、右派的文章，标准被搞混了，也觉得挺无聊。

不过，我还是找了一些传说中的左派的文章来读。读了一些后发现，几乎在他们的每一篇文章中，都会有"爱国"的字眼跳出来，都会有"劳苦大众"在晃来晃去，"中国"的频率在文章中出现最高。虽然我的文章中很少出现这些字眼，但说真话，我在写文章时，这几个词语倒也在我脑袋里徘徊，但我却总也羞于说出来。我认为，无论是爱国还是关心大众，都是应该去做的，如果没有条件做，也不好总挂在嘴边。

我自己一直很执著地爱国，我认为爱国就是爱这块土地和上面生活的人，这始终没有变化，但我的爱国方式却一直在变。例如我现在这种"爱国方式"，甚至就是和我以前那些"爱国"行为相抵触、背道而驰的。当然，我既不认为这是唯一的一种爱国方式，也不会认为这是最好的爱国方式，但毫无疑问，在活到这把年纪的时候，我才敢说，我找到了最能发挥我个人特长的爱国方式。

在过去一两年里，我基本上都是和传说中的右派们交往多一些。我喜欢和他们交往的理由很简单，我发现他们和我一样，很关心和热爱这片土地，还有生活在上面的民众。而且，他们的关心不是肤浅地喊口号，不是夸夸其谈地煽动。他们为民族进步铺平道路，探索新路。虽然他们中的少数由于爱之切、恨之深的缘故，走上了极端的路，但绝大多数，都是我的引路人。

我对左派了解不多，但如果左派们把爱国和关心弱势弄成自己的标签，而我看到的右派又确实是爱国和关心民众的，那么，要么是有人误入歧途，要么是有人撒谎，否则，他们之间的分歧就只是如何爱国和如何关心民众了。

如果是这种情况，为什么不能沟通甚至和解？共同为国家和民众做事？当然我知道这是我的政治幼稚，这种幼稚又来自我的"深度"，因为我见过什么才是真正的坏人。可我总觉得，除了那些潜伏的间谍特务，除了那些真正亡我之心不死的人之外，在台面上混的左派和右派，应该都是爱国的，都是关心民众的。只是他们的方法不一样，当然，很糟糕的是，他们都认为自己才是唯一的正确。

那么，用什么来评判他们？用什么标准来检验他们手里掌握的是不是真理？我想，唯一的办法就是交给广大民众自己去选择。而首先要做到的，就是无论左派还是右派，都有发声的自由和权力，都能够说出自己的想法。这才是最重要的。

这些年在中国大陆的经验让我对中国的前途充满希望，其中主要一个原因就是我看到了，在得到充分资讯、在有充分自由的时候，绝大多数民众选择的是人类的大方向，只有少数顽固不化或者因为个人利益，又或者真正有少数脑残的，才会在邪路上死不回头，但人类不会跟随这少数的人一路走下去的，中国人也属于人类。

等到老百姓都能够看到想看到的，等到他们可以有选择权的话，你声音再大，都是吴（无）用的，你叫嚣得再多，也都是贾（假）的……

有人又说了，那要等到猴年马月啊？我能够看到吗？我说，如果你这样等，再等两千年可能也不会等到。谁说那句话的？——想让那座山过来，可那山不如你的意，始终矗立在那里不肯过来，岿然不动。怎么办呢？其实办法很简单，哲人告诉我们，既然那座山不肯过来，那么，你为什么不走过去呢？

说到山，我就想起了小时候学习的那个寓言故事：愚公移山。有个老人很不喜欢开门见山，于是决定把门前挡住去路的那座山移走，但那时没有炸药也没有重型机械（古人是不是向我们暗示：不要暴力，也不要休克疗法、外科手术啊），于是他决定一铲子一铁锹地移走这座山。他算了一下，在他有生之年是实现不了的，但他还有子子孙孙啊……

其实，如果我们有了愚公移山的精神，什么都好办了。我也算了一下，估计我还有 20 年的精力，我就用这 20 年一点一点铲除挡在我面前的那座山。如果很多人和我一起铲，速度就快了很多；如果只有少数人铲，也没有问题，后继有人啊。

但愿我不会因为这种执著得近似偏执而被送进精神病院。也有一些早年就熟识我的朋友悄悄问我，你怎么回事？怎么和年轻时如此不同？我说，除了我自认自己所作所为是对的外，那就是我对生与死有了一些新的认识……

这次清明节的时候，有杂志让我写点什么纪念我的亲人，我说，我写不出，面对地震灾区那些还活着的人，我个人的悲伤可以放一放。这次从地震灾区传来的亲人们送给逝者的一句话让我感慨万分：这里，我们曾经来过……

是的，我们曾经来过这里。但如果，我们来的时候，那座大山在那里，走的时候，那座大山还在那里，而你竟然没有贡献一铲子的力量，那么我问你，你即便比地震中匆匆而去的那些孩子们多活了几十年，又有什么意义？我看不出，你，曾经来过这里！

清明过后忆清明

春节无疑是我们中国人最重视的节日，尤其对于我们这些漂泊在外的人，哪怕再忙也要回到家乡，和留守在那里的亲人团聚，美美地吃上一顿，然后点燃辞旧迎新的鞭炮……可是，不知道是年岁渐长，抑或是移风易俗了，我感到春节的气氛一年不如一年，到如今已经淡薄得可以在异乡过春节也心安理得了。相比而言，另外一个节日——清明节，气氛却越来越浓。

这次回家乡扫墓，临走时亲戚问我：明年清明回来吗？我听得愣了一下，在我的记忆中，这还是第一次有人问我清明是否返乡。以往，他们问的最多的是：春节回来过吗？

对于我，也许可以很好地理解，因为春节就是与亲人团聚的节日，可由于经济条件的改善、交通的发达，这种团聚不一定非得发生在春节的时候。往年的春节我可以把父亲和母亲接到我所在的城市里，哥哥、姐姐从四面八方乘火车、搭飞机赶过来，年三十的晚上围坐在冒出浓浓热气的餐桌边，这不，家的气氛就出来了……

清明却有了另外一种意义，你要约会的人不能坐火车、也无法搭飞机赶过来，他们在另外一个世界。据说在清明时节，他们和我们最近、最近……

也许可以这样说，春节，是和活着的亲人聚会，而清明，则是和逝去的亲人约会。在1949年后相当长一段时间里，清明节在很多地方是不被允许过的，怀念和祭奠亲人成了封建迷信，而如果你的亲人有"历史问题"的话，你甚至会被打成反革命。

现在情况不同了，政府颁布了清明是法定假日，全国各地的清明扫墓气氛越来越浓，这和气氛越来越淡的春节正好形成鲜明对照。

也许有一个简单的解释，以前我们很穷很累，大人们盼望春节放假、发奖金，孩子们盼望春节可以有好吃的，能穿上新衣服。而如果拿过去的春节的标准来对照，现在很多家庭每个月都可以过春节。毕竟，我们口袋里有了一些钱，如果钞票面值不是太大的话，我们的口袋都装满了……

只是我们的口袋里满了，我们的脑袋里和心里却总是空空荡荡的，你感觉到了吗？且不说我们想缅怀逝者，且不说我们想和逝者沟通，即便我们自己，我们也不停地在问，我们会有离开的那一天，而且，每一天过后，我们都离那一天更近了……

记得一位美国的华人问我，你认为中国未来可能会遇到的最大危机是什么？我当然知道他想让我谈中国即将面临的经济危机或者政治危机，但我的回答却雷到他了。我说，是十几亿都不知道死亡是什么样子的人，这个规模和这个程度，是人类历史上从来没有过的……

我该如何向儿子介绍一个真实的中国

澳洲复活节假期，两个儿子回中国来看望老人，顺便看看我这个越来越不称职的父亲。我到澳门去接他们，这是儿子第一次到澳门。我们住进置地广场大酒店，酒店美轮美奂，应该算是超五星级了。儿子哪里住过这种酒店？很兴奋，当然更兴奋的是夜晚走出酒店来到街道上，放眼望去，灯火辉煌，一片不夜城的景象，MGM、新葡京大酒店、万利等国际大酒店鳞次栉比，儿子算是长了见识。

第二天，我们来到珠海。上京珠高速前，我一直慢慢顺着海岸线（珠海情侣路）驾驶，沿岸的别墅和沙滩、海水成为一道亮丽的风景线，吸引了儿子的视线，这里一点也不比澳门差，甚至在澳洲也不多见。

我以前在文章中写过，大儿子有一段时间有逆反心理，凡是我喜欢的，他就唱反调。他看出我身在海外，整天惦记中国，加上他们学校说到中国的时候也多是负面的消息，所以，他就经常在我说中国好的时候，和我唱对台戏。我是在借这个机会告诉他，中国这些年确实繁荣了不少。我想，儿子自己也看到了。

当然中国的繁荣不光是高楼大厦，在吃和穿上也有长足的进步。儿子的姑妈请他们吃饭是少不了的，而当他们进入餐厅的时候，这两位从比中国富裕十几倍的澳洲回来的孩子简直像刘姥姥进了大观园。珠江三角洲随便一个海鲜餐厅拿到澳洲都是上"档次"的啊。儿子在动物园能够看到的东西，甚至在动画片上看到过的传说中的动物，只要你想吃，这里都能弄到。

这两天我为儿子安排的一个重头节目是去参观珠三角的工厂，我们去了两家生产服装的工厂，其中一间是牛仔裤厂。我知道，很多人也许认为我有病，儿子在广州才待两天，却安排他们去参观工厂。可我有我的考虑，儿子在海外生活，中文都不太会，今后可能也很少和中国这边打交道，可是，中国是我的国家，也是儿子的根，如何公正、全面认识这个国家是非常重要的。

而孩子如何认识这个国家，却和我这个做父亲的带他们看什么大有关系。正如从澳门到珠海再到广州，如果我只带孩子们出入高级宾馆和酒店，穿梭于豪华的城市之间，他们回到澳洲后很可能会认为中国是世界上最富有的国家。特别是快要上大学的大儿子，如果有这种片面的认识，我心里会很不安的。

进入这间在当地还算条件不错的牛仔裤厂，我注意到儿子面色凝重起来，这是他第一次参观一个第三世界的工厂。当看到眼前的牛仔裤上都是 LV 和 D&G 的牌子（世界最昂贵的名牌），我能够感觉到儿子表情的变化。儿子一直反对我给他买盗版影碟，说那样侵犯了知识产权（但我一直在买，只是后来告诉他我买的是原版的，老子可没有那么多钱买正版的啊）。儿子看到这些世界顶级名牌的时候，他大概一下子就明白了，我们正在参观一家做冒牌牛仔裤的工厂。后来管理人员也向我们证实，这家厂就是为广州水货市场供货，然后卖给外国商人，外国商人再把这些冒牌牛仔裤运到国外销售。

这里我要提一下我对冒牌服装的看法，按说，我应该反对冒牌货的，可是，当我看多了，发现全中国都在冒牌，我们的品牌创新率只有不到1%的时候，我的心就凉了，心理也同时起了微妙的变化。假冒名牌虽然不对，然而，那么多同胞要吃饭穿衣，不生产冒牌服装，他们能够干什么？当然，我心里也明白，这种冒牌是只顾眼前的利益，从长远来讲，正是这些冒牌货扼杀了我们民族的创新精神，恶性循环地让我们永远生产不出自己的名牌。可是，在这一点上，我只能是鼠目寸光，因为，我眼前只有这些打工的人，他们需要有饭吃。

让我稍感安心的是，儿子并没有看到这些冒牌的牛仔裤就当场质问我，而且，在我简单两句解释后，他竟然表示理解地沉默了。儿子长大了。说实话，我最害怕和儿子争论一些在他看来是正义的东西，他无法理解，在他父亲生活的国度，很多正义的东西被扭曲了，而我们又必须在这扭曲的正义下寻找出路。

陪同我们的厂长热情地为儿子挑选了三条牛仔裤，儿子去试了一下，穿上后显得很酷。我告诉儿子，你在世界各地看到的牛仔裤，绝大多数是中国生产的。现在你又知道了，在中国生产这些牛仔裤的，就是像眼前这样的工厂——我没有再说下去，儿子不会不知道，眼前这种工作环境恶劣的工厂，在澳洲和西方国家已经绝迹几十年了……

大儿子也注意到工人中有很多和他看上去差不多大小的男孩和

女孩。他在仔细打量他们，当他转向我的时候，我期待他问我问题，于是他问了这天唯一的一个问题：他们的收入是不是很低？

我早就知道儿子会问这样一句话。这里有世界名牌的牛仔裤，这里我们可以不花钱或者花一点点钱买到最便宜、最时髦的牛仔裤，但让我高兴的是：儿子终于看到了那一台台缝纫机后面的工人。

可对于他提出的问题，我却一下子回答不出来。我知道海外经常说中国的血汗工厂，说中国的工人收入低，说中国的农民工没有保障，但这不是中国一个地方、一个工厂的问题，这是整个中国的问题，是我们的贫穷程度决定的，不能怪工厂主或者"资本家"，中国就是这个生活条件。你如果感到惊讶，只能说你不了解中国。如果我考不上大学，如果我一直待在农村，我的儿子，也会在这些打工者之中的……

我对大儿子说，他们的收入加奖金大概在两百美金左右——这个钱大概相当于儿子每个月的零花钱。儿子没有再问什么问题，谢天谢地。

我一直希望向儿子介绍一个真实的中国，然而，我却时时感到彷徨和无能为力，就拿我自己来说，我又怎么能够说我认识的就是真实的中国？

但我至少能够要求我自己的儿子，要认识真实的中国，一定要抱一个平和、理性和充满爱的心，既看到城市高楼大厦的繁荣，更要看到农村和工厂里那些好像被繁荣遗忘了的人……

带你参观我的地震受难者纪念馆

我一直在思考，应该为去年5·12地震受难者建造一座纪念馆，这几天看到新闻，地震博物馆和纪念馆陆续建好了，但总感到那和我心目中想建的纪念馆如此不同。虽然我没有设计天分，也不会画图纸，没有钱，也没有权，但我还是想为他们建一座纪念馆……

我想要建造的纪念馆要装进近十万个灵魂，所以，我要用质量最好的钢筋和混凝土建造一座朴实无华、永远不倒的纪念馆。

这样一座纪念馆是什么样子的呢？不如，我现在就带你去参观——

纪念馆就建造在那四面青山环抱的山坳里，请你们随我一步一步走下山，走向——首先映入眼帘的是一大片废墟——我用尚没有清理掉的石头、瓦砾覆盖在我建筑的纪念馆的楼顶上。

看到这片废墟，你一定急不可待地加快脚步，你想知道废墟下面是什么，更想知道我建造的纪念馆是什么样子的。于是，我们一起继续向废墟走去。当我们来到山脚下，一座巨大的正方形的白色建筑物呈现在你面前，你们都忍不住东张西望起来，眼睛在到处搜索。

你们中的一位小声问我，杨先生，你请谁为这个纪念馆题的字？

我没有回答你，我知道你们的目光在搜寻什么，你们在搜找"5·12地震受难者纪念馆"这几个大字——那是我建造的纪念馆的名字，但你们什么也没有看到，即便你们绕着纪念馆转一圈，你们也只能看到四堵墙，白色的墙，但如果你们不只是搜寻大字也不忽视那些小小的字，你早就应该注意到，这四堵巨大的白色墙壁上，密密麻麻地镌刻着一些小字——

你们看清楚了那墙上密密麻麻的小字，是一行又一行相同的字：5·12地震受难者纪念馆。面对眼前墙上成千上万条重复的纪念馆的名字，你们会瞬间迷惑不解。但你们马上看出来，墙上这些相同内容的，竟然每一个的写法和笔画都各不相同，很多东倒西歪，一看就知道是孩子们写的。

一开始你们中有人认为那是涂鸦，是当地老师没有管好的小孩子们在墙上搞的彩绘，但你们中大多数能隐约感觉到这是怎么回事了。其实，那就是我为这个受难者纪念馆设计的特殊的馆名，墙上的那些字确实是孩子写的，但每一个字都出自不同的孩子那一只只曾经灵巧的小手……

你们的表情复杂地变换着，但我还是看出来，有些表情带着失望和责怪。我知道、我知道，所有为伟大的逝者建造的纪念碑、纪念馆和纪念堂的馆名，几乎都是由活着的、未来也注定要"伟大"的人题写的。

但我也看到，当你们目光反复扫过挡在你们面前的这堵墙后，你们脸上的失望都逐渐消失——你们没有让我失望啊，你们猜到了这堵墙的字是谁写的了，我能够感觉到，因为你们的目光逐渐变得温柔。

于是，你们默默地和这些最珍贵的"书法"合影。于是，我松了一口气。当初，当我把那些散落在废墟中的孩子们的作业本收集起来，从中一个字一个字地挑选出"5、12、地、震、受、难、者、纪、念、馆"的时候，我并不知道你们和我一样，如此珍爱这些再也不可能写得更好、更整齐的字儿……

刚才那个打听我请谁题字的声音又响起来：杨先生，就算你请到中国价格最高的政客或书法家题字，但他们的字和眼前的相比，也是毫无价值的……

我压抑住激动，轻声说，我们该进去了。于是，等你们收起照相机，我和你们一起朝我设计的"5·12地震遇难者纪念馆"走去。

来到门前，你想推门进去，那门却好像被一块大石头堵住了，只有我们一起合力才能把大门推开，我让你们一个一个钻进去。进去后，你抬头一看，就怔在那里……

因为在你们眼前，竟然是整个纪念馆——而这整个纪念馆，也只有这一座硕大无比的大厅。当然，让你们目瞪口呆的不只是这些，而是这整座大厅里，竟然空空如也，不但没有被分隔成不同的小厅，甚至连一张桌子、一条板凳、一个柱子、一个展柜、一个……什么、什么都没有，空空荡荡的，只是一座空空荡荡的大厅。这，就是你杨恒均设计的地震受难者纪念馆？

你们中开始有人揉自己的眼睛，担心是眼花了，产生错觉，可定下神来后再一看，还是空空荡荡的。你们随即就把充满疑虑的目光投到我身上——怎么没有地震废墟上收集的遗物？那些地震发生后全国各地涌来的救援队的光辉业绩怎么没有贴出来？还有党和国家领导人亲临救灾现场与民同苦的照片挂在哪个房间？全国人民踊跃捐款、献血的感人场面为什么没有重现？那张让很多人泪流满面的一群学生泪流满面的"中国加油"的照片放哪里了？还有、还有……都到哪里去了？杨恒均，这就是你设计的"5·12地震受难者纪念馆"？你是不是脑残了？你对得起那些死难者吗？

你们不高兴了，你们甚至有些愤怒，想对我发火，说话的声音也大起来。不知道是空荡荡的大厅的回声，还是你吵醒了沉睡的灵魂，空空的大厅里突然嗡响起来。你们吓了一跳，不再作声，警惕地竖起耳朵，眼睛里突然露出一丝恐惧。我伸出一个手指头放到唇边，轻轻地对你们"嘘"了一下。等你们把视线收回到我身上，我示意你们跟着我走。你们跟上来，可能已经感觉到什么了，因为你们不自觉地走得轻手轻脚……

走了不到十步，我已经可以感觉到跟在我身后的你们呼吸渐渐急促起来，这又有点出乎我的意外。我没有想到，仅仅走了十步，你们已经开始感觉到，这座一分钟前还让你们觉得空空荡荡的纪念厅，此时此刻，竟然变成这个世界上最拥挤、最拥挤的纪念厅，拥挤得快让你们喘不过气来了……

原来，在这座"空空荡荡"的纪念厅的前后、左右、上下，四面八方，包括地板上、门把手上……都密密麻麻地刻满了名字，每一个名字后面的括号里，都有两个年月日，前面那个是他们各自不同的生日，后面那个是相同的：2008年5月12日——他们，是同一天死去的！

对不起，将近十万个名字，只有这么大的一个纪念厅，要一个不漏地刻上他们的名字，只能刻得这么小，以至你们刚才一进来竟然没有感觉到。现在你们轻轻走在大厅里的十万名字之间，你们看到了，这个纪念厅里凡是可以刻上字的地方，都刻上了他们的名字……你就穿行在拥挤的近十万灵魂中间。

你们再次沉默了，小心地移动脚步，目光在一个又一个名字上温柔地扫过。我仔细观察你们，但此时还没有发现我想看到的。就在我有些失望的时候，我突然发现你们中的几位开始一动不动地凝望某个名字——我知道，你们终于看到了让你们的目光无法一下子移开的名字……

我观察着你们，心里想知道，有谁没有找到他熟悉的名字吗？不一会，我就发现，你们都搜寻到了各自熟悉的名字——很熟悉，不是吗？那也许是一个读小学一年级孩子的名字，也许是村里东头那个老婆婆的名字，又或者是 40 岁的壮年或 16 岁的少女……但相信我，这个纪念馆里的某处，一定有一个，或者几个名字，会让你停下脚步，让你凝视良久。

中国人的名字大多是两个字、三个字，平平淡淡的，可你们每一个人还是被其中不同的一些名字分别吸引了，于是，你们慢慢和我拉开了距离，在大厅里逐渐散开来。我的心扑扑直跳，我知道，由于中国汉字组合限制，包括姓名变化不大等原因，在一万个名字中，你至少可以找到一个，甚至多个和你、或者你的亲戚、朋友、同学、同事相同的名字……这时，你会想什么？

也许这样，你一定会对这场夺去了那么多同胞生命的灾难有了进一步的认识。看到你们此时此刻驻足在这拥挤的"空空荡荡"的纪念厅里凝视那些被我们民族和国家的纪念馆屡次忽视了的普通人的名字，我欣慰地笑了。我的笑虽然和纪念馆里肃穆的气氛不太合适，但我知道，此时和我一起微笑的绝对不止是我一个，你们也感觉到了，这个空空荡荡的纪念大厅里，有近十万个同胞的灵魂……

时间过去多久了？我不知道，因为这个大厅里的所有的钟都停留在5月12日那一天和那一个时刻。我们只知道，双腿已经酸软，你们中的一些已经盘腿坐在了地板上，坐在刻满名字的受难者中间……我向你们轻轻挥挥手，示意你们该离开了。你们不情愿地站起来，移动脚步，依依不舍的样子。

当我看到你们离去时饱含泪水的双眼，我知道我不用对你们解释了。我原本想告诉你们，我想建的是一座纪念地震中遇难者的纪念馆，不是弘扬救灾精神的大会堂，更不是对领导人和救援队员歌功颂德的功德厅，也不是树立一个旨在激励活人继续爱国的文艺大舞台。

我还需要对你们解释吗？在这块神奇的大地上，那些大多以纪念死难者名义建起的纪念馆，其实是为活人建的。我要为地震受难者建立的这个纪念馆，只是让你们记住，在这场灾难中，有这么多成人和孩子离开了我们，他们鲜活的身体消失了，但名字永远刻在这里。以及请你们只要记住哪怕一个名字！一个连死难者的名字都弄不清、不愿弄清或者不愿意公布的纪念馆，又有什么意义？

谢谢你们花费宝贵的时间参观我设计、建造的"5·12地震受难者纪念馆"，虽然我没有才能去设计和画图纸，更没有钱和权去建造，虽然我只是在虚拟的空间带你们参观了我心中的这座纪念馆，但你们一定不会忘记有这样的一座纪念馆吧？

　　我就是想你和我一起，把这样的纪念馆建在我们的心中……

本次列车终点站：奥斯维辛

对于一个博客写作者来说，这里有太多的东西揪住你的心：带电的铁丝网、壕沟、炮楼、集中营、枪毙墙壁、执行绞刑的铁架、毒气室、焚尸炉……这里就是奥斯维辛，二战期间纳粹德国用来关押和屠杀犹太人的地方。半个多世纪前的短短几年里，几百万的犹太人和各国民众在这里被饿死、冻死、打死和折磨致死，更多的犹太人更是直接被赶进了毒气室……

但自从我进入这个世界上最著名的大屠杀遗址，最吸引我的既不是毒气室，也不是焚烧炉，而是一条铁路，一条当时和集中营一起建造、至今看上去也和世界上任何一条铁路无异的铁路……这条铁路，从紧闭的铁门插进奥斯维辛集中营，持续400米左右，戛然而止。据说当时从各地开过来的列车一到站，"乘客"就被分成两部分，一部分是老弱病残以及一些小孩子,他们被直接送进了毒气室，大多数在进入毒气室的最后一个动作是回头张望，企盼能够与驱散的爸爸妈妈、儿子女儿的目光相遇，然后他们被焚烧掉，骨灰被抛进一个大坑里，那坑里，也许已有他们临死前思念的亲人的骨灰……

另外一部分身强力壮的，在"劳动让你自由"的口号下强迫劳动直到死亡，或者不能再继续劳动时被押进毒气室……

顺着这条铁轨漫步，会很快来到终点，但没有人有到达终点的喜悦——对于半个世纪前乘坐这趟列车来此的600万左右的犹太人和世界各国的普通民众来说，这一站，也是他们生命的终点站……

坐在这条铁轨上，我感觉到一阵彻骨的寒冷。世界上的集中营有很多，大屠杀纪念场地也不少，绝大多数已经成为历史，但也有些甚至至今还在小规模地延续。可是，为了便于大批量运送受害者，为了杀人的方便，竟然把一条铁道修进了死亡集中营，从而把这里变成了一个生命终点站，实在让人感到悲哀、绝望。

也许，只有世界上最"优秀"的民族——日耳曼才能够做到这一点吧？！而让纳粹德国杀人的重要原因之一，正是他们认为自己是世界上"最优秀的民族"——他们的屠杀让他们的"优秀"化为乌有，可悲的是，至今，还有很多东方人，包括中国人，竟然比当年的希特勒更加相信西方文明的优越性。

很多中国人一相情愿地认为，西方文明如此美丽，美丽得遥不可及，美得让我们自卑，美得让我们自暴自弃。他们认为西方至今得到的一切辉煌，科技的进步和先进的制度，都是根植于人家"优秀的文明"和高我们一等甚至几等的文化。而当他们说到中国的时候，会说几千年的历史就只剩下"吃人"两字，我们被过去注定了，因此永远走不出历史……

对于持这种看法的人，我想他一定没有来过奥斯维辛，没有在这条废弃的铁路旁边静静地坐一会儿。如果他此时和我站在一起，站在这条突然断裂的"终点站"上，他一定会像我一样，感觉到这里不但是旅途和生命的终点站，也是一些人崇拜和推崇的那种"西方文明"列车的终点站。因为他们无法回答我，如果真像他们所言，只有受欧洲文明熏陶的国家才适合民主、自由和法治，那么西方文明历史上那么多残暴又如何解释？难道盟军（英、美等国）就是西方文明的代表，而希特勒就不是西方文化的产物？

我曾经到世界很多地方居住和旅行，为的是探索文化、文明、人性和制度。我发现，中国人和外国人其实没有本质区别，我们的无奈、错误甚至邪恶，世界各国最先进的民族绝大多数也经历过（有些只是程度不同而已），只是他们都走出来或者正在走出来，而我们，却好像仍然在黑暗中徘徊。我们看不清历史，看不清世界，从而也看不清自己，把自己的不幸归咎于千年前的中国文明和我们的文化，从而主动地放弃了选择权，终日对着遥远的西方妄自菲薄、望洋兴叹……

要找到一条光明大道，对于我们来说是很难的，但是没有必要灰心丧气。西方文明既然诞生了最不坏的民主制度和最坏的纳粹制度，东方文明就没有理由只能产生一种制度，而无法适应另外一种制度。

从某种意义上说，奥斯维辛不仅仅是被过分夸大的某种"文明"的终点站，也是文化决定论者的终点站，同时，这个终点站也是人类经过几千年的折腾而重新上路的起点站，是人权和普适价值的起点站……我们不能选择几千年前的文明和文化，但我们能够选择自己的价值观，和我们的制度——

这一点，至少在奥斯维辛，是不言而喻的真理！

有所敬畏，才能无畏

上午，我开车带9岁的小儿子去看牙医。从后视镜中看到他一路上表情肃穆，若有所思，大大不同以往一个人时也能手舞足蹈、自说自话的样子，一问才知道，他不想看牙医。他还说，一想到要看牙医，他就很 Sad（悲哀）。

看到儿子可怜巴巴的样子，我真有点于心不忍。真不知道我们那时候是怎么过来的，长到20多岁才知道有一门职业叫"牙医"，工作就是在你嘴巴里鼓捣，让你长大后的牙齿好看点。虽然现在满嘴的牙齿有些磕磕碰碰，颇显"峥嵘"岁月愁的痕迹，可看到儿子这样的难受，我还真觉得牙齿丑点也无所谓了。

在澳洲看牙医昂贵得让人心疼，但更让人心疼的是儿子看牙医时遭罪的样子。不过想到儿子长大后，露齿一笑有好"牙口"可以吸引更多妹妹，我就只好咬紧自己一口漏风的牙齿，威逼利诱全用上，一次又一次把他带到牙医那里。

我们来到诊所，牙医还没有戴好手套，小小身子的小儿子却已经利索地躺上诊椅，调好躺姿，让嘴巴正好在聚光灯下，乖得让人心疼——也难怪,他已经看了十几次牙医了。当戴上手套和口罩的牙医走向他的时候,儿子还是忍不住如临大敌的紧张样子,陡然让我有了自己正在刑场上的感觉……

下午,我的计划是抽一个小时教 17 岁的大儿子开车。这之前,他和同学一起去交通部门通过了笔试,等我教会他开,再考过路试,他就可以自己开车了。在这里,孩子成年之前就纷纷学会开车,学开车好像是成年仪式的前奏。盼望儿子长大,可真感觉到他已经长大了的时候,心里却不知是什么滋味。

虽然大儿子早已经高过我半个头,可在我的眼中他还是一个孩子,让他坐到驾驶座位上之前,我再次充分发挥了长篇大论的才能,叮嘱来叮嘱去。从他坐上驾驶座开始,我就紧张起来。可他们这代人,从小坐车,车感几乎是天生的。儿子今天第一次抓方向盘,半个小时后,他竟然就在乡村路上左拐右转了。问他是否紧张,他说没什么。可当我回到家里脱下鞋子时,我惊觉自己的袜子全湿透了。我当初是如何学会开车的?我父亲当然没有能够坐在我旁边,而且,我记不起来我当时是否有如今天这么紧张过……

有了儿子,是我一生的转折点,对责任和爱也有了另外一种认识,同时知道了这世界上,一个人不仅仅是为自己而活。所以,当我从小立志要到处游荡走遍千山万水的时候,我也在大儿子出生的第一天,就想为他找到一个和谐、安全的地方……

好像是很久以前的事了,那是上个世纪 90 年代,我到美国去学习和工作,我把老婆孩子带到了美国。但很快我就发现,作为政治中心的华盛顿虽然是我大展拳脚的地方,却肯定不适合我的下一代居住，除了我这人和美国结仇太深之外（担心他们报复我），更重要的一个理由就是感觉到美国人以自己为中心——这种以华盛顿为世界中心的心态实在有问题。当时我对"中美必有一战"并不完全认同，但我心中隐约觉得，也许有那么一天，这里会成为恐怖分子引爆原子弹的地方。

相比而言，美国西海岸的旧金山与洛杉矶就更安全一些，可我也不愿把儿子送到那里去，因为我害怕地震，那两个城市都在环太平洋地震带上，历史上也发生过几次致命的地震。加拿大温哥华倒是不错，就是太冷，一年有一半时间只有眼睛能够暴露在光天化日之下。剩下讲英语的地方不多了，澳大利亚的悉尼成为首选。

澳大利亚悉尼是联合国评选的人类最适合居住的城市之一，犯罪率也低，我能够在兼顾自己事业和理想的情况下，让大儿子从美国移民到这里定居，让小儿子出生在这里，对于我来说，已经是"仁至义尽"了。然而，生活在自然灾害最少、政治制度相对不坏、社会福利最完善的澳洲，却并没有彻底消除我心中因爱而生的担忧和惧怕——那是根植于人类内心深处的与生俱来的恐惧，对生老病死、生离死别……

年届四十，也进入了"上有老，下有小"的困境，而对于我，人生的这个阶段，却是无与伦比的——我感觉到自己终于成为一个完整的人，不但有现在，还对过去和未来有了另外一番新感悟：我从儿子身上看到未来，我从父母身上经历过去。

看着生命力如此旺盛的儿子，我希望明天快点到来；可面对日益衰老的父母，我希望今天永远别变成昨天。母亲去世前后的这两年，我完成了一生中最重要的关于生命的课业。

记忆中，有一个终生难忘的场景，母亲的病情急剧恶化，医生找不出原因，在哥哥帮母亲翻身的时候发现她后背有一个血窟窿，当时也许是为了安慰我们，她老人家笑着说，哈，（病情恶化的）原因找到了，原来是藏在我背后的一个小火疱。

由于白血病完全摧毁了母亲身体内的防疫系统，两天内由小火疱生成的这个血窟窿，一点一点地漏掉了母亲最顽强的生命。在那个时刻，面对乐观却难掩虚弱的母亲，即便我是"力拔山兮气盖世"，感受到的也只有生命的脆弱和人类意志的软弱……

这些年走南闯北，也见识了西方社会的博爱，尝到了中国转型过程中的人情冷暖，但对儿子和父母的爱，却雷打不动，也成为我人生前行的动力。这种爱无疑是值得称道的，然而，如果能够做到"老吾老以及人之老、幼吾幼以及人之幼"的话，那甚至连西方空泛的博爱都要相形见绌。

晚上，小儿子在我的钱包里找到一张我的名片，他把玩了一会，走到一边写写画画去了。过了一会，他拿着一张小纸片过来，我接过小纸片一看，原来他为自己做了一张名片。和我那张名片的设计一样：名字、电话号码、地址，照葫芦画瓢，像模像样。

儿子自己设计的这张英文名片和我那张唯一不同之处就是，在我那张名字后印有"博士"头衔的地方，儿子写了更长一行字。我扫了两眼，却没有一下子搞懂是怎么回事。这行字直译为：生命形式：人类（Life form: Human）。我问儿子，这是怎么回事？他说，没什么，我是人嘛。我恍然大悟，随即故意夸张地说，啊，原来我的儿子是人类啊？儿子不理我，我只好又问，难道还有不是人的？

儿子一听就脱口答道，当然有，还有猫啊、狗啊、虫子啊，还有树，还有机器人、太空人和 mutant、吸血鬼和上帝……

儿子大概对我这个博士如此"无知"很不屑一顾，而我要好久才回过神来。下次印刷新名片的时候，我也会在名片上注明，我是一个"人"，那将时时提醒我做人的骄傲，和做人的谦卑！

夜深人静了，我辗转反侧无法入睡。虽然我对很多学科浅尝辄止，对很多地方走马观花，但人到中年后，还是逐渐意识到这个世界上最高深的学问其实是宗教。几乎所有的学问都是关于生的，只有宗教是关于死的。我认为那些有宗教信仰的人有福了。

有朋友在采访我关于中国局势的时候顺便问道，当今中国最让你感到害怕的是什么。我毫不犹豫地说，最可怕的是在人类历史上，在地球的任何一个地方，第一次出现了那么多人（大概有十亿人吧），他们除了相信自己之外几乎没有任何信仰，他们认定死亡是一切的终点，从而出现了最大的一群害怕死亡的人……

有笃信宗教的朋友写信给我说，看到你如此艰难地推广民主，我们都为你难受。不过，如果大家都有了某种宗教信仰，民主得来将全不费工夫，所以，他们建议我先推广宗教。我回答说，任何人推广宗教都应该是因为他们相信宗教，如果只是相信宗教能够带来民主而去推广宗教，那就是对宗教的玷污，是"披着宗教的外衣"。

我想去相信，但谁能让我相信？或者是谁让我们再也无法相信？落后的经济可以赶上来，体制改革可以让我们有更好的政治制度，弄残一两代知识分子后还会有后来人，砸烂的教堂和寺庙也可以重建，而唯独这信仰，却不是说建立就可以建立起来的。

宗教无疑能够把人类带向更高的精神境界，然而，我也发现，到达这更高精神境界的路，也许并不只有一条。有相当长一段时间，我和信仰不同宗教的朋友交流，我分明地感觉到他们说的那种信仰、追求和感受竟然如此熟悉。我于是知道，你可以把自己的理念、追求和信仰当成你一个人的宗教。

无论是宗教情怀，还是人文关怀，又或者自由之精神和独立之思想，对于没有信仰的人，都是遥不可及的。信仰就是让我们有所尊重、有所追求和有所敬畏。只有有所敬畏，才能做到真正的无畏……

博客里的守望者

要过年了，屋外到处都张灯结彩，要营造一些节日的气氛，怎奈年味还是越来越淡，有这种感觉的当然不只是我一人。一帮成年人坐在一起的时候，大家都对新年提不起兴趣，争先恐后地回忆起童年时的春节是如何令人留恋……

听着听着，我突然觉得有些不对劲——是春节的气氛淡了？还是岁月把我们磨炼得心静如水？对于当今的孩子们，他们又有什么样的心情？我们又是否在用自己的沧桑感染他们？甚至，让他们失去了我们曾经享受过的欢乐？

现在回顾一下，当时省吃俭用，让我们在每年春节能够穿上新衣服、全家吃一顿丰盛年夜饭的父母，又何曾与我们分享过春节的喜悦？他们只是尽自己所能，让生活在艰难困苦中的我们能够留下一点美好的记忆……现在他们都老了……所以，春节对于我们这些忙碌的中年人，有两个意义：让每一个春节都愉快地留在孩子们的记忆里，让每一个父母都不感到孤独……

对于我们来说，年味淡了还有另外一层意思，因为留在记忆里的"年味"其实就是一年到头期盼的那套新衣服、那顿丰盛的年夜饭，以及口袋里塞得满满的零食……

过去30年物质生活的变化，真有点似梦亦幻。我常常对一些因为政治原因而轻视我们生活改善的年轻人"忆苦思甜"：虽然我们对现实有所不满，但过去的岁月真的很不堪，更不值得怀念。

我小时候随父母工作调动在湖北随县下面的几个公社里搬来移去，父亲是老师，母亲是医生，家庭条件相对还可以，却仍然常常有饥饿的感觉。记得上初中了，父亲给我改善生活的方式就是每个星期多加一次炖肥肉……

同在一个县城，不可思议的是，父母两人竟然因为"革命工作"的需要而长期两地分居（相隔也就一百多公里，一年却只能见一两次），直到退休之后父母才搬到一起。我有段时间和母亲一起住在公社的人民医院里，在我的记忆中，一个小小的公社医院，几乎过不到两三天，就有一位自杀的农民被板车拖到医院……那时如果有统计的话，自杀率绝对比现在高很多……

说到特权，一个医院的院长几乎就掌握了"绝对的权力"，而一个公社的办事员，则是让大家都"真心诚意"地仰视。我成熟比较早，不到10岁就开始留意男女之事，很清楚地记得，那时的公社领导们经常利用和女青年们学习毛泽东思想的机会诱奸她们。被诱奸后的青年往往也沾了特权的光，不久就成为活学活用毛泽东思想的先进分子。当然，也有东窗事发的，那时男女就会被整得很惨，而一般来说，负责同这一对"狗男女"谈话的公社领导人，又会乘机奸污那位被称为"破鞋"的女青年……

我印象最深的是上小学五年级的时候，放学回家，发现大院里多了两辆油光锃亮的小轿车——那是我这一生第一次如此近距离地看到小轿车，我们一群孩子站得远远地带着敬畏的心情看着那两辆来自襄樊市地委的上海牌轿车……

所以，不但要看到中国的不足，更要看到中国已经走过的路，特别是取得的进步，才能让我们更有信心走向未来……当然，我们也应该问一句：中国过去 30 年的巨大经济变化是怎么发生的？

我的美国朋友给我讲过这样一个真实的故事。1977 年，一位美国记者被允许到中国农村采访，他到离城不远的一个村庄采访农民，他指着农田里长得瘦弱不堪的庄稼问一位老农民：请问，粮食丰收靠什么？那农民毫不犹豫地回答了这位目瞪口呆的美国记者：那还用问？当然是靠毛泽东思想……

两年后的 1979 年，这位记者再次来到同一个村庄，见到同一个农民，不同的是包产到户后的麦田里有了丰收的景象。这次，美国记者指着麦田里的庄稼问：请问，粮食丰收靠什么？那位农民像两年前一样，毫不犹豫地回答了美国记者：那还有用问？当然是靠化肥和大粪……

我们过去 30 年在经济建设上的进步，说白了，就在于我们的农民终于被允许说出大粪才有利于粮食丰收这种常识，我们承认了大粪——用米兰·昆德拉的说法，承认大粪就表明我们不再媚俗。我不太喜欢米兰·昆德拉，我恰恰认为这个作家在中国走红，正是因为很多同胞纯属媚俗而去阅读他……

我更喜欢塞林格，不过，他在两个星期前去世了。但他的那本《麦田里的守望者》仍然会活下去。在那本小说里，一位生活在美国二战后的17岁青年彷徨无依，五门功课中四门不及格，结果被开除了，于是他在纽约游荡了几天，和流浪汉、妓女与酒精泡在一起……极度的精神空虚与迷茫，反映了二战后经济开始复苏、金钱开始万能、迷失的理想尚未恢复那段时期美国年轻人的失落……

然而，即便是这样一个迷失了自己的青年人的内心深处，也有闪光的理想。有一次，他说出了自己的理想，也是自己的幻想："有那么一群小孩子在一大块麦田里做游戏。几千几万个小孩子，附近没有一个人——没有一个大人，我是说——除了我。我呢，就在那混账的悬崖边。我的职务是在那儿守望，要是有哪个孩子往悬崖边奔来，我就把他捉住——我是说孩子们都在狂奔，也不知道自己是在往哪儿跑。我得从什么地方出来，把他们捉住。我整天就干这样的事。"

他整天干的事，就是做这种"麦田里的守望者"。这分明是一个稻草人或者一个老人干的活儿，可却是这位酗酒、泡妓女精神空虚少年的理想……真是不可思议啊——

其实，你再读一遍他的理想，看一看这位麦田守望者干的是什么事，你会感觉到温暖，那是一个多么令人向往的工作啊，看着天真烂漫不受污染的孩子们无忧无虑地奔跑，而你却是唯一可以阻止失足跌落悬崖的一个"守望者"……

我真想有那样一块麦田，但我没有。我只有我的博客，我的精神家园……

过去一年里，我竟然不知不觉地写了将近两百篇博文，最短的大概也有 3000 字吧。只要有灵感，我写起来很快，有时甚至突然在路边停下车，打开电脑，立等可就一篇博文。然而，那"灵感"却是我每年抱着地球不停地转、在中国各地不停地走，以及平均三天看完一本不同作者写的书换来的……2009 年，我最自豪的是终于拿了博士学位，而我以前从来不认为自己有能力拿到博士学位……

按照我早就在 3 年前拟定的计划，读博士的 3 年时间里，我会不停地写博客，而在我 45 岁，也就是 2010 年的时候，我会停下博客写作，而去干人生中早就计划好的更重要的事……

可是，现在，我显然无法完全停止博客写作，毕竟我已经是自己博客里的守望者——如果你还记得的话，已经有那么多和我一起、比我写得更好的博客从网民视线里消失了……而我，虽然会在新的一年里减少博文写作，却没有理由不守望住这个博客——精神的家园，为了我自己，为了我的读者，也为了东奔西跑随时会跌进悬崖的孩子们……

谢谢在过去一年里对我的博客不离不弃的读者，谢谢从来没有得到我回复却依然不停留言和发评论的网友，谢谢以各种方式对我进行表扬、鼓励和批评的老师们，谢谢帮我维护博客的网友、朋友，更要谢谢各博客网站的工作人员——杨恒均在这里给你们拜年！

明年，我依然会在博客里，守望……

三八节：写给女孩男孩、女人男人的信

最重要的是诚实与幽默

常常有女孩写信问我找男朋友的标准，这个实在不好说，找一个你爱的、也爱你的当然最好，万一找不到这样的，你又想结婚，那就找一个你不爱的、也不爱你的结婚；千万不要找一个你爱他、他却不爱你，又或者他爱你、你却不爱他的人，那种婚姻对双方都是折磨。

什么样的男孩最好？如果问到的是个人的性格与品格的话，我会对你说：诚实与幽默。诚实不用多说，我想谈一下幽默。

我们生活在一个缺乏幽默的时代，这可是我的切身感受。在微博上，一位网友对我幽了一默，正当我咧嘴想笑的时候，却突然看到他在这条幽默后面的注释：我和你开玩笑呢。

幽默刹那变成了黑色幽默。什么时候国人连幽默一下也需要注明了？在现实中，我接触的国人中有幽默感、或者懂得幽默的实在不多。幽默在西方女孩的择偶标准中，始终不是第一也是第二重要

的。幽默不是讲笑话，也不是引用几个黄色段子。幽默是一种性格，一种品质，也是一种世界观与价值观、一种为人处世的态度……

我曾经对国人缺乏幽默感到很绝望，以为是我们的文化出了毛病，但研究了一通中国古代人与西方古代人，发现中国古人身上的幽默感并不少。而且，我还记得，上个世纪80年代，校园中的我们还是比较强调幽默的，有调查显示，女孩子找男朋友的第一个要求总是在"幽默"与"身高"中徘徊。

可进入90年代，幽默像珍稀动物一样，越来越少。后来我观察到一个现象：中国领导人同外国尤其是西方领导人演讲时的最大区别就在于，他们的讲话虽然都有观众鼓掌，但外国领导人讲话时常常有笑声响起来，而我们的领导们在整整几十年期间无数次的演讲与报告中，永远都是不变的掌声，竟然没有一次笑声。

三八妇女节，我要送给年轻女孩子的礼物是，尽量找一位诚实、有幽默感的男孩陪伴你，5年、10年、50年后，你会知道，能够让你在任何时候都放心与开心的伴侣才是最宝贵的，其他的一切——财富、事业、青春——神马都是浮云！

讲给女人、男人听的故事

这是一个真实的故事，发生在约旦。一对夫妻由于日久生厌，双方关系冷淡下来。这时丈夫在网络聊天室里认识了一位喜欢阅读、善解人意的虔诚穆斯林女孩，随即两人陷入了热恋之中。三个月的网恋，让这位丈夫找到了梦中情人，那女孩也信誓旦旦地说自己未婚并爱他已到了非他不嫁的地步。丈夫看看身边的妻子，毫无情趣，已经激不起他的任何激情与兴趣，与网络中那位匿名的女孩相比，真是一个在天上，一个在地下啊。他决定让这段恋爱从虚拟走向现实。那位网络上的梦中情人也兴奋异常，期待见面……

他们很快约好了见面地点，并连见面后要商谈结婚的事也计划好了。这天，晴空万里，那位丈夫兴冲冲准时来到了约会地点，可他抬头一看，却看到自己的妻子站在那里，脸上罩着一层即将见到情人的光彩。这对现实中的夫妻、网络上匿名的情人立即明白发生了什么事，丈夫恼羞成怒地大吼一声"我休了你"，而女的则哭喊着"你是骗子"，昏了过去……

他们离婚了，都为了对方而和对方离婚了。这件事成为约旦报纸上的头条丑闻，也成为后来研究网络爱情必不可少的例子。这是真实的故事，我无法改写结尾让这段网恋变得浪漫而取悦你们，但我们为什么不设想一下另外一个完全有可能的结局？

这对在现实中疏远却在网络上不知不觉又找回了对方的夫妻，在见面的一刹那，终于都认识到：原来，我热爱的依然是对方啊，只是在现实中，我们已经疲惫得不再想去发掘对方的优点，倾听对方的声音与心跳……

谈谈男人与女人

大家知道，我认识不少年龄与我差不多的男人，大多是事业有成，甚至还有点名气的男人。在接下来我批评这些男人们之前，我想弱弱地提醒女人们：我认识的那些在外面偷食、乱七八糟的男人中（很可悲，这种男人的比例高得让我不敢说出来，否则，明天我会发现自己一个男人朋友都没有啦），有相当大一部分原因出在你们身上，你们多久没有真心关心过你们的男人了？男人其实很敏感，而你们却在某些方面，从来不肯掩饰自己的厌烦与腻味，这要不得的，妹妹们啊……

我曾经写过一篇挺无聊的文章：《中国男人包二奶之研究》，被我的好朋友 L 君看到了，说要同我切磋切磋。这 L 君虽然人长得一般，但混到我们这个年岁，智商与情商都不是太差，自然是风生水起，可他让我看不惯的就是整天对 80 后女孩感兴趣，最近听说连 80 后都嫌老，要找 90 后的，气得我要和他绝交了。他却很委屈的样子。我质问他为什么总是找那么年轻的，一个不够，还老是换来换去？他说，他从来没有感觉到自己拥有过年轻女孩，他想找到感觉，却从来没有满意过。我很吃惊，问他，你和你老婆不是都年轻过？而且，就我所知，他老婆年轻时，还是整条胡同里的美人呢。他听后叹息道，我都忘记了她那时的样子……

为什么会忘记呢？由于那时一门心思搞事业，或者一个追求接一个追求，又或者被各种成长的烦恼折腾，根本没有好好享受本该年轻时尽情享受的爱与性，转眼之间 40 多岁了，又反过来在年轻女孩子身上寻找消失的青春，可鄙复可悲。

在这一点上，我比较欣赏西方人的做法，年轻的时候，该玩就玩个够，别到老了再吃回头草，弄得草儿青黄不接。西方人也有离婚的，比例比中国的还高，可人家离婚后的男女，一般还会在自己年龄段中另寻新欢，不像中国男人们如此变态：一旦离婚，总是立马去找可以当自己儿媳妇甚至孙儿媳妇的女孩子。弄得中国出现了一大批离婚女人，还有大龄女青年，据我所知，这也是中国特有的现象。

我想告诉现在的年轻人，好好爱吧，别让政治、事业、创业等等来影响你们尽情地爱。同时，在这个妇女节里，我真想提议立法禁止老男人们娶年轻女孩，或者规定夫妻之间的年龄差距不能超过10岁，超过了，由我负责阉割工作——哈哈，不好意思，我和你开玩笑呢……

我觉得，要想从根本上解决中国妇女处境与地位问题，应该从妇女参政入手。中国是宣扬妇女能顶半边天的唯一国家，可是，大家看看，在中国的政坛上，几乎都快成清一色男人们的天下了。据说，在这一届六七十位省长、省委书记中，竟然只有一位女性，中央高层的女性也大多属于"无知少女"（无党派、知识分子、少数民族、女性干部）。

中国的女性在世界诸民族中一直是优秀的，而中国男人就摆不上台面了。可在美国、欧洲、亚洲，甚至中国的台湾，女人们纷纷登上了政治舞台，扮演越来越重要的角色，可顶了半边天的中国女性呢？这些年吵得最热闹的，竟然是二奶、小三……

等到有越来越多的中国女性站出来的时候，中国也就有了希望。我对她们有信心，超过我对自己这种"臭男人"的信心。

在母亲与正义之间，你如何选择？

在"母亲"与"正义"之间，你如何选择？大多朋友几乎是脱口而出：当然是母亲。令人欣慰，尤其是在母亲节这一天。

这曾经是一个困扰了很多人的哲学与道德、革命与改良、暴力与非暴力的问题，也是让加缪与萨特最终决裂的问题。

上个世纪 50 年代，加缪的故园阿尔及利亚爆发战争，他被夹在了中间，他不愿像他的老友、著名的哲学家萨特那样选择支持阿尔及利亚的独立，他反对伤及妇孺的革命，却也不愿意站在殖民者法兰西政府一边，因而遭到了两边的攻击。后来他解释自己的境况时说道："我一直在谴责恐怖。但我也必须谴责一种盲目推行的恐怖主义——正如阿尔及尔街景所示，有朝一日它会危及我的母亲或我的家庭。我信仰正义，但在正义之前，我要保卫我的母亲。"

在母亲与正义之间，加缪选择站在母亲一边。他的道德勇气与诚实赢得了广泛的称赞，但把"母亲"与"正义"放在一起比较，也遭遇了众多的非议，以至加缪后来不得不修改了用词，用"爱"来代替"母亲"：爱与正义。

不管是"母亲"还是"爱",把她们同"正义"相提并论,让人选择,在哲学与道德范畴的争议可能挺有趣的,可对于中国人,在我们几千年的历史长河中,这既不是哲学思考,也不是道德说教,而是生与死的问题。从株连、连坐到灭九族,甚至灭十族,我们中国人可能对"母亲"与"正义"理解,是连加缪与萨特都无法想象的。

鲁迅留学日本的时候加入了光复会,也就是秋瑾所在的革命组织。有一次组织派鲁迅去搞暗杀,他也准备去,但走之前突然说:"如果我被砍头,剩下我的母亲,谁来赡养她?"组织者以为他胆怯,但也无话可说,革命就是为了让母亲们活得更好,如果弄得母亲老无所养,怎么说得过去?于是鲁迅活了下来。鲁迅选择了母亲(爱),而不是秋瑾选择的"正义"。

最早为推翻清廷建立共和而牺牲的先烈中有一个响当当的名字:史坚如。他是最早牺牲的革命党之一。1900年11月19日戴着镣铐走向刑场时才21岁,慷慨高歌,视死如归,可歌可泣啊。他被杀害后,妹妹带着母亲逃亡到澳门,辗转到香港,但清廷鹰爪要斩草除根,到香港去追杀她们。孤单贫穷的母女两人只得流落到荒凉的新界,在开荒中相依为命。

《礼记》有一句"父母存,不许友以死"(意思:为了父母,不能轻言牺牲),应该是影响鲁迅也呼应加缪的早期中国思想。这句话不禁让我想起黄花岗烈士喻培伦,他年轻时带着弟弟到日本留学,后来回国参加革命,他擅长制造炸弹,是革命党人的主力。广州黄花岗起义计划好后,他弟弟也硬要跟他一起去。他含着泪对弟弟说:你不能去,如果我们都去,今后谁照顾母亲?——他再也没有机会照顾母亲了。现在，他就长眠于广州黄花岗七十二烈士墓中。很多母亲带着孩子、或者孩子带着母亲去祭拜他的时候，都会说：他是为这个民族的无数个母亲献出了自己的生命，还有爱。

在"母亲"与"正义"之间，你如何选择？对于"正义"像空气一样稀松平常、不再需要付出"母亲"的代价才能得到的时候，我们当然会毫不犹豫地选择"母亲"。但我们不能忘记，在风雨如晦的年代，邪恶势力常常用"母亲"（我们的爱）来要挟"正义"，迫使无数仁人志士在"母亲"与"正义"之间做出艰难的选择，甚至让你在对亲人的爱与对正义的追求中二选一。

绝大多数人永远会选择"母亲"，他们对母亲与家庭的爱，值得我们称赞。但也不应忘记，更不应该曲解：任何时代，总有少部分人会选择"正义"，并为此付出自由、生命的代价，以至他们的家庭、他们的母亲会遭受痛苦与磨难。他们为追求"正义"而付出"爱"的代价，却让无数的后辈子孙们能够得到更多的爱，让无数的母亲不再当奴隶，不再让母亲眼睁睁看着孩子受苦而哭天喊地，不再让孩子们眼睁睁看着母亲被欺凌而无能为力……他们值得我们——母亲和孩子们——永远的敬仰！

在这个母亲节，祝天下所有的母亲幸福、快乐，无忧无虑！我期盼一个再也不用在"母亲"与"正义"之间做出选择的和谐社会快点到来；我期盼越来越多的母亲为了自己的孩子而站在"正义"一边；我更期盼所有的孩子们都能在充满公平、正义与爱的环境里成长……

乔布斯留给我们的有关死亡的遗产

一早开车带两个儿子出去玩，他们边吃早餐边聊天，过了一会，突然安静下来，随即让我把收音机开大点声，原来正在发布乔布斯去世的消息。由于他的名字"Jobs"被大陆翻译成"乔布斯"，两个发音有些不同，我一下子没有听出来（台湾翻译为"贾伯斯"更接近发音），倒是一下子吸引了儿子的注意力。他们平时可是对任何新闻事件都无所谓的，看到上大学与读小学的儿子同时对乔布斯的去世如此上心，很让人感慨，这种事以前也发生过，就在前年吧，麦克·杰克逊。

乔布斯是属于那样的一批人，他们原本是极其普通的，无权无势，靠着自己的天分与汗水，以发明、创新、创造财富、文学与艺术、思想等，丰富、美好了我们的生活，麦克·杰克逊也是这样的人，老乔也是，还有最近陆续公布的那些我们可能连名字也记不住的诺贝尔奖获得者，世界因他们而精彩，我们因他们而得益。很难想象，没有了这些人，世界将会是什么样？

为世界又失去了这样一位优秀的人而难过，同时也有另外一种失落油然而起：创造了上下五千年文明历史的中华民族，一百多年来，却几乎没有为世界贡献一位这样的普通人——一位当他离开的时候，世界各地的普通人——大人们和孩子们都牵挂的人。

说起前年离去的麦克·杰克逊和乔布斯，我能感觉到他们的共同点，那就是在生命的边缘搏斗，或者说与生命搏斗。麦克·杰克逊一直给人病快快的感觉（他死后也显示，他早已百病缠身），可他却能够让世界随他一起跳动。乔布斯，这位早就发现有癌症的"垂死之人"，在死亡之前，创造了我们任何人都能够感觉到、能够触摸到的辉煌。

今天我想和你分享的乔布斯"遗产"不是 iPad、iPhone，也不是苹果电脑，而是这位一边与死亡搏斗一边拼命工作时，留给我们的一些关于死亡的思考，这些思考对我个人的影响，要远远大于他一手创造的苹果产品：

> 记得我将死这件事，是我所用过、帮我做出人生重大决定的最重要的工具。

> 因为几乎所有的事——外界的期望、自尊、对难堪或失败的恐惧——这些在死亡面前，都将烟消云散，仅留下最重要的事物。

> 记得自己将死，是我所知最能避免畏惧失去的最佳方法。因为你已经赤裸裸地面对着生命，所以没有理由不顺从内心的声音。

> 没有人想死，就算是想上天堂的人也不希望透过死亡达到这

个目标，但死亡却是每个人最终的目的地。没人躲得过，这是注定的，因为死亡极可能是生命最棒的发明。死亡是生命交替的媒介，送走老一代的事物，迎接新生代。

死亡，我们谁都无法逃脱的终极命运，其实也是所有生的支撑。没有死亡，生命将会失去意义。对死亡的恐惧会让智者变得更勇敢与坚强，在恐怖的死亡面前，你不再对世间的其他所有的恐惧感到害怕。

我的10万字的探讨死亡的纪实文字《伴你走过人间路》至今没有最后完成，但我对死亡的思考，却从来没有间断过。感谢乔布斯给世界带来的贡献，更感激他让我能再一次深入思考死亡。

生日感怀：后悔做过以及后悔没有做的那些事儿

一

对镜子里的自己还是有些不满意，可已经换过两套衣服了。今天秘密跟踪的"目标"对我了如指掌，稍不小心，就可能穿帮。想到这里，我"扑哧"地笑了出来。没想到，时隔多年，今日不得不重操旧业，弄到自己竟然要化装去跟踪监视"目标"。

下午两点才选定了一套平时不常穿的服装，又从衣柜里翻出一个沾满灰尘的公文包。这个公文包与这身打扮，看上去更像毫无特色的上班族。这可能是在澳大利亚悉尼第一次执行这样的"间谍活动"，虽然对我这样一个久经考验的地下工作者，根本算不了什么，但今天跟踪的"目标"非同一般，我还是小心为妙。

2012年1月31日的下午，我按照蓄谋已久的计划，就这样把自己混在乘客中来到北悉尼圣奥拉多地铁站。目标会从太平洋公路的入口出现。我观察周围地形，选择了喷水池后面靠右侧的一张长凳坐下。按照事先的调查，"目标"可能在15分钟后出现，我的目光锁定了方向。除了中途有一位性感的澳洲女子挺着胸脯、翘着屁股两次从我眼前经过，让我走神了十几秒钟，我那双著名的、可能是迄今为止间谍世界最锐利的小眼睛始终没有离开入口……

二

　　一个多星期前的 1 月 21 日，中国农历除夕的前一天，有几个网站突然关闭了我的博客。我有些吃惊，毕竟已经写了 6 年的博客，怎么说关就关呢？震惊之余又转念一想，我不是早就说过最多写 5 年博客吗？ 5 年时间，已经足够把我想说的都写出来了。可因为种种原因，尤其是与读者的互动，又让我多写了一年多的博客。现在博客被关，终于不得不停下来。

　　没有博客可写，我索性把电脑关掉，连网也不上了。那段时间，国内朋友与读者到处寻找我，海外有七八个媒体要采访我，而关掉电脑的我，并没有去回应，再说，我也失去了回应的平台。6 年多来，我第一次过上了没有博客的正常人的生活……

　　说过上了正常人的生活并没其他意思，也不是夸张。自从写博客以来，我就过得不那么正常了，工作学习之余，有丁点儿时间就要上网浏览、写作，活生生把一个人劈开成了两个人：一个活在现实中，一个活在网络虚拟中。活在现实中的那个我变得越来越不真实，也逐渐脱离现实；活在虚拟互联网中的我，倒是越活越起劲，活出了一个更真实的自我。

　　那段博客被关的日子里，我生活中重新有了澳洲的沙滩与阳光、各地的美景与美女，悠闲的时光也多了起来，与儿子在一起开心时刻以及种种以前被网络与博客占据了的美好时光也悄悄回到身边。

三

下午 3 点 15 分左右，从入口处涌进了一群穿制服的人。调整目光的焦距，没有发现"目标"，应该在第二批里吧。这时我感觉到周围有很多双警惕的眼睛也在搜寻着"目标"们，真是谍影重重啊……

博客被关后，我主动给国内的亲朋好友打电话解释。结果发现他们都知道了，也已经担心好多天了。我说，你们放心，应该没什么事，以前也发生过，等到敏感时期过去了，就又打开了。我又补充了一句：这段时间我正好集中时间工作赚钱，陪孩子到处玩。要是博客重新开了，我也可能不再写了。

没想到，当我说完这几句话时，和我最亲近的几位亲戚竟然都说出了类似的话：太好了，你就不写了，今后好好生活吧。

放下电话，我沉思了很久。虽然我的亲人一直默默地支持我，但直到今天，我才知道，我是如何 "不正常地生活着"，并让他们为我操心、提心吊胆。深爱我的那些人，大多数早就不想我再写了，只是他们碍于我如此的狂热与执著，没有说出来，或者他们在等我受到挫折后"回头是岸"，现在我自己说出来，我仿佛听到他们长长地松了一口气。

这时，我目光锁定了目标！那个我再熟悉不过的小小的影子出现了，活蹦乱跳的……

四

写不写博客，其实同父亲的态度有很大的关系。父亲虽不上网，但总有一些亲朋好友向他提起我在网上的写作。他们大多是以赞赏的口吻，有的还转述我博文的内容。父亲静静地听着，很少发议论。我的博文内容，他并不陌生，最早，就是他对我产生了一些影响。然而，他内心一定很矛盾，也开始后悔了吧。自从他看了我那本《家国天下》，每一次见到我，都会对我说，别写那些东西了，太危险了，不值得，你还是搞好自己的生活吧，你什么也改变不了。

我知道我什么也改变不了，但我改变了自己。不过，为了不让父亲担心，我告诉他，我渐渐写少了，很快就能停下来，您不用担心，我得让读者慢慢适应，对他们得有一个交代。父亲没有电脑，也不上网，但知子莫若父，我看得出他不太相信我的话。有意思的是，当我的博客被关闭后，我在电话里告诉父亲，我已经不写博客了，父亲竟然立即就相信了，有些高兴，仿佛我是浪子回头。

我很有些难过。那是第一次，我觉得即便不考虑其他原因，也该为了父亲与亲人，停止这种带一定危险性的写作。父亲在1949年后的历次运动与"文革"中受到过冲击，很敏感，以他目前的身体与精神状态，如果我出点什么事，他老人家绝对挺不过去。看起来，忠孝不能两全并不是古人才遇到的难题。

在执行最后一次"间谍任务"时，我脑海中一直想着父亲。我还想起了20多年前的一个场景，那天从北京回到湖北，我告诉父亲，我不在北京外交系统工作了，我主动申请调到另外一个更特殊的部门去为国效力。父亲简单问了我几句后就明白了，当时，他脸上露出了一种极其少见的表情，有嘲讽，有悲哀，也有鄙视与无奈，这是父亲第一次在年轻的儿子面前露出那样复杂的表情。直到很久以后，我才能完全解读出父亲当时的内心世界——在内心深处，父亲是鄙视我这种"特务"的，但我却是他亲自培养起来的最得意的儿子。后来有一次，他甚至问过我，你会去当局告发你这个右派父亲吗？我大吃一惊，但很不以为然地说，您误会了，我不是"特务"，我是"间谍"，我是对付外国人，保护中国人的。但也许，误会的是我吧？

这时，"目标"从我眼前不远处经过，不知是有意还是无意，他朝我这边瞥了一眼。我自信没有露出破绽，但会不会我和"目标"相隔太近，他闻出了我的味道？

五

冬天远去的时候，我都会把父亲送上火车，他从广州回到湖北随州过春、夏、秋三季。3月28日，我决定把父亲送到随州。这两年，父亲总说出让人伤感的话：恐怕这是我最后一次离开广州了，我走不动，来不了啦。父亲的身体确实越来越衰弱，但，他还是忘不了关心我：你还在写吗？少写点啊！

我扶他上火车时说，爸，你放心，我已经很久不写博客了。实际情况是，我的博客在2月21日又都解封了。我也顺手写了几篇短文，但由于第一次隔了这么长时间没有写博客，竟然再也找不到6年来支撑我的灵感与激情。不过，我已经事先通知亲朋好友，也在微博上提醒大家，不管我写什么，不要再告诉我老爸，以免一位84岁的老人过多联想。

那天和父亲上火车时，还是出事了。我也没想到，短短一节卧铺车厢，竟然有两位乘客认出了我。列车启动后，一位广州的乘客来到我们的卧铺车厢打招呼，他坐下来聊天。父亲觉得奇怪，好几次问我们：你们怎么认识的？

那位老三届的广州朋友告诉父亲，他常常在网络上看我的博客，一眼就认出了我，他很喜欢我的博文，认为温和理性，又说到点子上。他还记得我写父亲的文章。

我心想，坏菜了，我都告诉老爸我好久不写了，你偏偏哪壶不开提哪壶。这位60岁的广州朋友谈兴正浓，没注意到我的表情变化。他告诉父亲他曾经当过小红卫兵，参与过"大串联"，也去北京见过"红太阳"，但这些年，他的思想渐渐改变了。其中当然也有博客的影响……他又大声说，有人想倒退，有人想复辟"文革"，而我的文章一直在提醒人们警惕这种现象，并在过去两三年，直接点名批评那位位高权重的重庆领导人……

父亲是中学老师，他当时教的学生正好都是老三届，他们两人之间显然比我和他们有更多的共同语言。父亲以前并不看好这些老三届，他了解自己的学生们，他曾私下告诉我，被那样洗过脑的人是不可救药的，得等到他们也死去，中国才有希望。可眼前这位生意人，多多少少改变了父亲的一些看法。那位朋友说，感谢互联网。当那位网友离开时，父亲有些激动地说，老三届有你这样的人，中国有希望啊。

六

地铁里，隔着一节列车车厢，我借助间谍电影上学到的跟踪知识，观察到"目标"在另外一节车厢里的一举一动，换车的时候他犹豫了一下，我的心提到了嗓子眼，如果换错车，至少要多走20分钟的弯路……

还好，他没有换错车。我放心地坐下来，继续想我的父亲，想他对我们姐弟4人付出的代价。父亲就是这样一位矛盾的人，他对国家与民族有感情，但更爱自己的子女。多年前，他用一些原始的、不那么成熟的思考影响了我，而当我经过这些年的折腾，明白了更多道理，也挖掘得更深，并开始用博文影响一些读者时，他却害怕了，一再要求我停止写作。

我理解父亲。他老人家是一朝被蛇咬、十年怕井绳。改革开放后，他最大的希望就是子女能够远走高飞，离开这个国家，可当我有一天告诉他，我们全家要到美国去的时候，他竟然伤心地哭了很久。其实，我那时出国是为国效力，不过因为保密而不能告诉他。父亲反而告诫我：不能做对不起国家的事，不能忘本，要教孩子中文。

父亲的这种矛盾性格有时甚至发展到有些变态的地步。我知道这都是 1949 年后屡次运动，尤其是"文化大革命"造成的。实事求是地说，无论同知识分子，还是当地农民相比，"文革"中我们家庭受到的冲击与迫害都不算什么，父亲是公办老师，母亲是医院医生，工资有保障，而且并不低。只不过，我后来才知道，这些都是父亲忍辱负重换来的。那些年，父亲为了保护 4 个子女，低三下四地生活，把自己最锋芒的观点与思想都深深掩盖起来。一个 1949 年前培养出来的知识分子，明明知道自己是对的，却要配合那些批斗自己的人，高呼打倒自己的口号，那是一种什么样的精神折磨？

　　但父亲"成功"地做到了。他付出的是良心与尊严的代价，保护的是自己的 4 个子女的安全与上学的权利。"文革"扭曲了父亲的心灵。直到今天，他还常常在睡梦中惊醒，问他怎么回事，他说做了噩梦。梦中，他被批斗，我们姐弟 4 个流落街头——对父亲同时代的知识分子来说，这其实并不只是噩梦，而是切切实实在他们身上发生过。

　　老天爷可能都想不到，父亲没有做的，他老人家一直语重心长告诫我不要去做的，正好就成了我后半生追求的目标，成了我做人的理想：我绝对不会对邪恶与不公正保持沉默。

　　但我却没有半点不理解父亲，毕竟他那时是为了保护我啊！而我呢？如果我的孩子也在国内，需要我保持沉默才能保证他们的安全与受教育的机会，我有选择吗？我会去选择吗？我会为了国家、民族和民众的长远利益，去拿我自己的孩子冒险？

七

父亲以长期的压抑与扭曲自己的灵魂来保护子女，我又何尝不会不惜一切保护我的孩子？在跟踪"目标"快到家门口的时候，我想到这些，眼睛都有些湿润了，脚步也加快了，不知不觉就和"目标"拉近了距离，惊动了"目标"——小家伙突然停下来，回头看见了我，喊道：Daddy，你一直在跟踪我？

曾经有一位学生想研究我的思想变化，我说了一些，他觉得不能说服他，于是他翻开我最早的文章与小说，开始仔细对照一些内容，最后他告诉我，你最早的文章，例如那篇著名的"中国再也不需要小说了"，还有你的代表作《致命武器》，几乎都是写遭受磨难的中国孩子的；而根据你的纪实文章，那段时间，你正在澳洲享受悠闲的生活，并陪着儿子铜锁在澳洲的阳光与沙滩上成长，这种反差一定激起了你内心对自己童年的回忆，最终生出了一种信念与力量……

我对他的话不置可否，但我知道他发现了我隐藏得很深的秘密。其实，我所做的一切，都是为了孩子！为了我自己的孩子，也为了更多的孩子。没有什么了不起的崇高的理想，只不过是为了孩子。为了保护孩子，我什么都能做——这个想法有时让我感到害怕，因为在我内心深处，始终隐藏着一股很浓的黑暗势力。

这些年，我努力做得阳光，可并没有完全驱除这种黑暗。每当看到一些残害孩子的事情发生，例如有人拐卖孩子、毒害孩子的时候，我就战栗地想，如果有人这样对待我的孩子，我会怎么办？我还会像我主张的那样，通过"法治"的手段去理智地伸张正义？我心中那股黑暗的力量会不会冒出来，让我变成杀手，甚至恐怖分子，去残忍地报复甚至屠杀那些残害孩子的人？我不敢想下去。我们都是天使与魔鬼一体的动物。这让我关注制度建设、追求民主自由的时候，从不敢放松对人性的关注，对性格的塑造。

可能因为那天脑袋里充满了这些想法，让我第一次失去了专业水准，跟踪到家门口，还是被儿子发现了。不过，他没有生气，只是说，他早就感觉到我在跟踪他。他又说，今天好多位同学的父母都去"跟踪"他们同学了，你们真是"过度保护"（overprotective）……

那天是儿子第一天上中学，也是第一天自己坐火车与公车独自上学，我们认为应该陪他一天，让他熟悉路途，知道如何转车，但儿子一口拒绝了，而且很生气，说那样太掉价了，让爸爸这样"不酷"的人陪他上学？同学们看到了，会笑话死他的。最后我只能采取地下行动，重操旧业，对他进行了"间谍"行动。可怜天下父母心，现在想起来，今天去"跟踪"孩子的还有好多位父母"间谍"。不过，我也能够感觉到，对孩子进行"跟踪"的大多来自于亚、非、拉发展国家的移民父母，看到几位白人，结果是说俄语与意大利语的。

八

这次把父亲送回随州后，我又回到北京忙工作。这些天又听到他身体状况不好，又住进了医院。我当即调整了儿子回国过复活节假期的日程，安排他们回随州看望爷爷。

父亲看到两位长大了的孙子很开心，也有些激动。父亲同孙子有一句没一句地聊天，我明显感觉到他们之间不但有"代沟"，还有"国沟"。我告诉父亲，儿子对政治一点也不感兴趣，我也刻意让他们回避政治、文学写作等人文科目。我说，如果他们今后长大后不同中国做生意，估计关系就不是很大了。我想告诉父亲，我们经历的一切，就到我们为止吧。我还想告诉他，到我这一代，怎么也都该结束这一切了。

但我没有说出来，因为父亲大脑里生了一个瘤子，医生说不能激动，否则会出血的。我想，只要不谈论政治与历史，84 岁的父亲是不会太激动的。父亲对我说，也好，你也该放下了，别再管那些事，少写点吧，看看你儿子，那些事也不关你的事啊。你要是出事了，被打倒了，没有人会关心你的，我见得多了。

我知道，父亲见过太多，要想改变他，真不容易。我只能使劲地点头。其实，我很想告诉父亲，时代不同了，"被打倒"的概念也不同了。只要你站在历史正确的一边，只要你坐得正、行得直，只要你自己不倒掉，其实没有人和势力可以打倒你。我还想告诉父亲，你不是最讨厌"文革"吗？这些年，我虽然冒一些险，但总算让越来越多的读者认识到"文革"的本质，恶制度的弊端，以及自由、民主的好处。过去 30 年，中国取得了多大的进步，这个进步还会持续的，但需要一些人去推动，甚至有些人去牺牲。

我什么也没有说，父亲依旧保持沉默。看着老态龙钟的父亲，我很难过。父亲当然知道任何一点美好的东西都需要一些人的努力甚至牺牲，但他只不过不想要自己的儿子去干那种事。我怎么可能不理解他呢？我自己不是早就自私地把儿子送到了国外？

　　这次同父亲在一起的时候，我不止一次生出了冲动，想问父亲一些问题：这一生中，你做过什么让你后悔的事？又有什么事，你因为没有去做而感到后悔呢？

　　但我始终没有问出口，怕激起老人对往事的回忆，所以至今我也没有答案。今天，是我 47 岁生日，我再次想起这个问题，不过我只能问我自己：我的大半生中，做过多少让我后悔的事？又有多少事没有去做，而留下了遗憾？

信仰不是用来救国，而是用来救人的

凤凰网做了一个有关信仰的专题，约我写两句。圣诞节前夕，网络上对"中国人到底信仰什么"这个话题炒得如火如荼，是可以理解的，因为圣诞节就是西方人展示信仰的节日，而我们呢？人无信仰不行，一个国家的国民大多都没有什么信仰（除了钱），那就很危险了。

不过，当大家今天都在高谈阔论"信仰"的时候，我却想从另外一个方面敲打一下。我想大家也注意到了，当我们（尤其是作为精英的我们）在谈论信仰的时候，绝大多数都会立即把"信仰"与国家联系起来，与国家的发展前途、与"救国"联系起来。

这就让我有些警觉了。因为"信仰"这个东西在本质上是非常个人化的。如果真要很"功利"地拿信仰来"拯救"什么，排在前面的首先应该是我们自己，我们的灵魂，而不是某个"国家"。

当初我们在吸收西方先进经验的时候，就曾经铸下大错，把我们向西方学习"长技"与制度的目的定为"救国"，而忽视了人。人救不过来，国家就算救活了，又靠什么支撑？结果大家都看到，走了一百年，几乎还在原地踏步。同西方的"长技"与制度相比，信仰这东西是更加私人化的，与我们每一个个体密不可分。

我并不否认，大家有了信仰，那么由"大家"组成的国家也就有了信仰与方向，可不能因此就把本末给倒置了。我们需要信仰，是为了我们自己，为了拯救我们的灵魂，而不是为了这个国家。国家倒应该为每一个公民的信仰自由创造条件与"保驾护航"。世间最可怕的事，莫过于由国家来统一国民的信仰。

虽然我曾经写过一篇《我的信仰是民主》的博文，而且也竭力推崇自由、民主、法治与人权的价值观，并期盼这些普适价值能够成为国人的核心价值的一部分，但我要提醒诸位，这些和我们今天说的国人的"信仰"是有本质区别的，甚至不是一个概念。一个国家应该有得到大家认可的共同的核心价值观，但却绝对不能要求国人都要有共同的"信仰"。我们看到一些极权国家正是把某个主义与某个利益集团的宗旨当成了"全民信仰"来强制民众接受的。

我们有些信仰某个宗教的朋友也不时发出"如果中国人都信某某教了，中国就民主了"之论。作为教徒，以此话来宣扬教义，这无可非议，但如果要拿来要求国人与国家，当作政治宣传，那就很可怕了。有些信仰固然更接近民主价值，但为了民主而去号召甚至要求大家拥有某种信仰，则是很不可取的。

民主，就是让大家生活在自由、法治的社会里，让每一个人都成为自己的主人。到那时，他们有权做出选择，自然会选择自己认为正确的信仰。

人生十论之"救国救人"

忙了几个月，刚刚到澳洲，还没有时间同儿子去游一次水，就收到了姐姐的电话。老父住院了，半边身子已经瘫痪。于是合上刚刚打开的行李，重返机场，回到家乡随州。家事、国事、天下事，家事始终是第一位的。

回来后这些天，一直同哥哥姐姐轮流守候在父亲病榻前。父亲住在随州市中心医院，以前叫第一人民医院。再往前，也就是47年前吧，我就出生在这所医院。昨天一位从武汉赶过来看望父亲的网友不经意地说了一句：我看到医院门口的那个教堂了。他说的那个教堂，以前是一栋外国人建造的有琉璃瓦的楼房，我就出生在那栋楼里，我在《伴你走过人间路》里写到过。

自从29年前在同一条大道上的随州市第一中学高考后，我就很少回来。上次是6年前，母亲生了白血病。那段时间，我曾频繁出入这家随州市中心医院。我当时悲痛欲绝，唯一能够减轻痛苦的就是写作《伴你走过人间路》，最终，痛苦让我无法完成这篇纪实。母亲于5年前离开了我们。

现在，我又回来了，陪伴在父亲身边。陪伴父亲给了我一次难得的阅读、静修与思考的机会。父亲清醒时，也会同我说一会话。就在昨天，他突然说，自己一生最后悔的是1949年没有撤退到台湾去。我听后不知道如何接腔，有点哭笑不得。我安慰他说，你要是当时真撤到台湾了，世上就无杨恒均了，也没有我们姐弟4个啊。当然，我又逗他开心说，这也许不是坏事，你到了台湾，也许真能搞出个杨英九，还可当民选总统呢……

真希望对话都能这么轻松，可惜，有一些却异常沉重。父亲今天对我说，他已经感觉到自己走到了生命的尽头。我想安慰他，却很无力。过了一会，他突然问我：你信（姓）什么？我一开始以为他糊涂了，忘记了我"姓"什么，随后发现他问的是我"信"什么，他在问我有什么宗教信仰。我心中暗暗吃惊。我知道父亲想起了我8年前回国时对他提的要求，我希望他能拥有宗教信仰。

今天，有4位网友来随州找我，和他们聊天时，我讲了这样一个故事：

在我快到40岁的时候，我回到了中国，我是回来"救国救人"的。我认为自己读过了足够多的书，走过了足够长的路，思考了足够多的夜晚，我也悟出了"救国救人"的良方。

所谓"救国"，就是复兴中华民族，让中华民族真正崛起于世界的东方，实现民富国强，而"良方"就是"自由、法治、民主"。这些年我也一直在推销自己的"良方"，之所以达到了"无惧"甚至"疯狂"的地步，其实就与我认为这是"救国"的良方有关——当你自以为是帮助国家强大与人民富强时，你还会觉得有什么害怕的？

当然，与"救国"相比，"救人"就没那么"高尚"与"无私"了。我并没有伟大与狂妄到要去救人民于水火之中，我其实只想"救"两个人，我的父母。随着父母年岁渐增，我每日都感觉到他们的衰老。母亲还算乐观，而一向悲观的父亲，就常常被死亡的阴影缠绕得喘不过气来。

　　我可以在20多年前把自己赚到的"第一桶金"不用于投资，而直接汇给父母，让他们再也不受到贫困的威胁，在同事中成为最"富有"的；我也可以请他们到各地游玩，到国外去看看是否想定居……但我却没有办法帮助他们克服对死亡的恐惧，更不用说战胜死神了。

　　就在我寻求"救国"良方的时候，我也无意中寻得了"救人"的良方，那就是我在西方接触的宗教信仰。我承认，当时的我是非常"功利"与"现实"的，我认识到宗教可以帮助父母克服对死亡的恐惧，我甚至把作为信仰的宗教当成了一种"工具"，正如我一度把"民主、自由、法治"也仅仅当成了一种实现富民强国的工具一样。

　　8年前，我带着"救人"良方回到父母身边，急切地开始说服他们走进教堂或者寺庙。但无论我怎么说，都没有效果。这和父母被无神论强制教育了60年有关，也和我自己有关——我自己都没有信仰，又如何能说服父母去信？

　　5年前，我亲眼见证了离世前的母亲如何"病急乱投医"，最终找回了那些被政府定性为"迷信"的儿时的信仰。母亲有福了，那是因为她几乎没有读过书，被洗脑得不够彻底；而父亲不但是解放前的知识分子，1949年后也一直在学校当政治与语文老师，被强迫接受再教育了整整 60 年。

　　直到今天，父亲才第一次问我信仰什么。在听我解释了一通后，他用微弱的声音说：我这辈子只有一件事没有搞清楚，就是宗教信仰。由于父亲身体极度虚弱，每天聊天时间无法超过半个小时，当他说出了自己的困惑后，就沉默不语了。

　　国家，是靠制度来挽救的；而人，则必须得靠信仰来拯救。

人生十论之"养儿防老，还是养国家防老？"

这个父亲节有些特别，因为父亲躺在病床上，无法下床走路。我从国外赶回来，陪伴在他身边。我这样的人，大概怎么都能算得上是一位"孝子"吧，很多网友也是这样称呼我的。然而，"孝子"的称呼却让我有些不自在。趁今天父亲节，我这个"孝子"，想同你谈一下我的"孝"，还有我对"孝顺"、"孝道"的认识。

对于我这三位随州老乡，父亲节太沉重啊

为避免话题太沉重，先讲几个有关父与子的故事，这是前几天同随州的作家、文化人到郊区一家野味店吃饭时他们告诉我发生在家乡随州的真实故事。其中第一个故事就发生在这家野味店老板的身上。

去年，野味店老板的独子结婚了，老板给儿子买了新房，风光地办了婚礼。小两口结婚后不久，儿子来到开小饭店的父亲身边，说要 20 万元。这位野味店的老板手头其实并不充裕，没有给儿子钱。

儿子非要不可，并威胁说，不给20万，他就去随州二桥上跳下去。老板不以为意，坚持不给。结果那儿子真从桥上跳了下去，淹死了。独子自杀，老板以为自己断子绝孙，悲痛欲绝，不过很快他发现新婚的媳妇怀了一个遗腹子。于是经过讨价还价，答应给遗孀买一套房子，让她把孩子生下来之后才可以离开嫁人。我们吃饭的那天，老板的孙子刚刚出生50天……

儿子为逼父亲拿出20万而自杀，悲剧发生，最后老板还是用超过这个数目的钱数留下了一位孙子，算是后继有人，还算是有一个"圆满"结局的悲剧。当我在重复20万这个数字时，一位随州文友马上讲了另外一件事：随州某位老板的儿子，向父亲要200万——这位老板显然比我们吃饭的野味店的老板要富不少。父亲觉得儿子游手好闲，也舍不得一下子给这么多钱，拒绝了。儿子一气之下——他倒没有跳随州二桥，而去买了一把猎枪，声称要把父亲干掉。干掉老家伙，作为独子自然要继承遗产。父亲一听，慌了，落荒而逃……就在离父亲节只有3天，我们正在那家野味店吃饭的时候，据说这位父亲还在东躲西藏，逃避儿子的追杀。

不过，猎枪显然还没有派上用场，否则，这个就不是喜剧，而是又一个悲剧了。大概是我们对这个悲喜剧忍不住大笑的缘故，一起饭醉的随州作家又讲了一个故事：一位不务正业的混混，伙同朋友把父亲的国产小轿车"绑架"了，他给父亲打电话，要求父亲拿5万元来赎回自己的小车。这位父亲只不过是一位做酱菜的手工业者，就和儿子讨价还价，最后儿子答应他可以拿3万元赎回自己的车。那天，父亲提了一个小包，来到儿子指定的地点，他从包里掏出三捆一百元的钞票，儿子收下三捆钞票，同党把车开过来交给他父亲。父亲上车慌忙把车开走。开了一公里左右，手机响了，他知道是儿子打来的，一开始不准备接，因为他刚刚给儿子的那三捆钱，只有上下两面是两张真的人民币，中间夹的都是冥钱。儿子显然已经发现老子给的"钱"只能在阴曹地府里使用，就不停地打电话。电话不停地响，那位父亲终于接了，他听到电话里儿子恶狠狠的声音："你这样对待老子，小心今后你死了，老子不给你烧纸……"

这是三个真实的故事。也许有人对后面两位父亲不太理解，为什么被追杀，以及小车被绑架而不去报警？其实很简单，他们要"养儿防老"，儿子是用来延续香火的，难道让警察抓走他们？这种故事一些大城市的人可能觉得很离奇，但实话告诉你，在我家乡随州这样的城市，尤其是农村地区，最离奇的故事与可笑的犯罪几乎都发生在家庭里、亲人之间。我走遍世界，也穿梭在不同的文化中，我常常纳闷，为什么一个最讲求孝道的国家，一个最重视家庭的地方，却出现了如此多荒唐的家庭伦理悲剧，生出了那么多不肖子孙？

"孝"是一种感情，是爱

我们可以从几个不同的层次来看"孝"，也可以把"孝"放在几个不同领域研究。我坚持认为自己对父母的"孝"纯粹是一种感情，顶多再加上一些"报恩"的成分。父亲养育我长大，尤其对我付出了很多其他人没有付出过的辛勤与关心，所以，我对他有感情，又想报答他。这是我对他的爱与感激，也就是大家认为我的"孝"。

然而，在中国传统文化与儒家思想中，"孝"可不是那么简单，肯定不是一种纯粹的感情，也远远超出了"报恩"的范畴。"孝顺"与"孝道"已经成为道德伦理规范、社会行为准则，变成一种政治文化，甚至在一些朝代里，已经成为政治制度的一部分。当我对父母的爱被归类为以上提到的"孝道"时，我心里会产生一种本能的反感。

我不否认"孝道"在中国历史上的必不可少的作用。胡适、殷海光、陈志武等都对"孝道"有精彩的论述，我基本认同他们的观点。在中国几千年的农业社会，生产力低下，人们要想生存下去，必须以家庭为中心。每个人都会老、都会生病，国家与社会对个体的生老病死是不负责任的，如果没有家庭成员的关照，没有子女的"孝道"，可以说都会出现少无所养、病无所医、老无所依的现象，到那时，别说家，就是国，恐怕也难以维系下去。

这种历史背景下，把本能的"感激"、"报恩"提升到道德伦理、社会规范、政治文化，甚至把它制度化、法律化，是历史条件下的必要。否则，仅凭你的动物本性，你想报恩就报恩，不想爱就不爱，你万一不"孝顺"，你的父母老了后，由谁来供养？从这样一个层面来讲，"孝道"在中国历史上功不可没，也让中华民族在那么恶劣的环境与条件下，政权与国家不停更换，但以家庭为主的中华文明始终延续不断。

然而，现在不是农业社会了。传统文化中的"孝道"在很多方面已经越来越不合时宜，甚至逐渐变成了阻碍社会发展的障碍。"孝道"的全套理论就建立在"养儿防老"的基础上。正是这种想法，让一些父母在明明知道自己没有能力养活孩子的时候，硬是一个接一个地生，这样的父母，让别无选择的婴儿一来到人世，就有了悲惨的命运。他们是不负责任、不合格的父母。中国父母对子女的溺爱可能超过外国父母，但中国父母对子女的伤害，也是世界其他国家望尘莫及的。可怕的是，这些伤害，都是以"爱"的名义发生的。"爱"的背后，不是想孩子们过自己的生活，而是希望孩子们能够有所成就，从而"回报"自己。

同样因为"养儿防老"的想法，让一些子女成人了，还在当"啃老族"，好吃懒做，不肯自食其力不说，还把父母的养老钱与棺材本都盘剥出来。我看到一些并不富裕的父母竟然拿出大部分存款为刚刚成人的孩子买房子、举办奢华婚礼，我忍不住在想，他们是因为爱，还是在为"养儿防老"做投资？为自己的未来买保险？

几千年的历史上，更让人反感的是，"孝"被统治者利用，独享解释权，"孝道"这种感情竟然成为一种机制。他们把子女发自内心的对父母的爱，上升到道德与政治层面，最终要把民众"孝"的美德扩大到对父母官、对皇帝老爷们的"顺"。所谓君君、臣臣、父父、子子也就是顺理成章了。当我发自内心的对父母的爱，被打上这种"孝顺"的烙印时，我不觉得这是对我的爱心与孝心的肯定，反而感到这是对我感情的玷污。

用社会保障机制代替"孝道"机制

孝作为一种感情与报恩，即便不值得推崇，也是值得羡慕与肯定的。但至今仍把孝作为一种道德要求、社会规范，甚至有人要制定法律，形成制度，实在是开历史的倒车。简单点说，感情不能靠"规定"，报恩不能靠"制度"，这是一个简单的逻辑；复杂点说，农业社会时期的"孝道"，已经远远不能适应当今的家庭与社会要求。

就拿"养儿防老"来说，除非你是大富大贵，或者高干子弟，普通人多养几个孩子负担太重，"计划生育"政策也不允许你超生。而你老了后靠儿子来养活更是不实际。我在随州医院陪伴老父亲的短短两个星期里，遇到的几乎所有的农村来的病人，都有因为医疗费用的问题而想提前出院，哪一个儿子的钱能够承担他们的住院费？（何况他们还有新农村医保，可以报销60%以上）

医学已经发展到所有的人都能被找出身患某种疾病的程度，同样发展到绝大多数有病的人都能被医治或者延续生命。然而，我们的社会福利与医疗保险却远远跟不上，一些老人一旦得了要花钱与费时间照顾的病，子女往往就被严重拖累，最后几乎无一例外出现"久病床前无孝子"的伦理悲剧，一些老人不愿意拖累子女而想回家等死。以及前面讲的那些荒唐的故事，这些不是因为中国人不懂得"孝顺"，而恰恰是推崇"孝道"才有的中国特色。中国已经进入21世纪，但很多人还在试图使用农业社会时的"孝道"来维系家庭，管理社会，甚至控制国家。

在陪父亲住院的两个星期，我每天出入病房，并和其他病人、家属、医生与护士聊天。由于有了国外的生活经历，加上我的观察，稍微一对比，我的心情沉重得无以复加。当我告诉一些医生和病人，我们在澳洲住院看病不要钱时；当我告诉他们无法自理的老人不必要子女辞去工作来伺候时，他们竟然没有几个人相信这是真的。有一位农村来的病人发出了质疑：国家怎么会那么有钱？我说，其实中国也有钱，例如"神九"今晚就把三个军人送上了太空，澳洲就没有这个国力。但他们有钱给每一个国民住院、看病，让他们老有所养。

这不仅仅是一个财富多少的问题，更重要的是一个体制问题。当我们在"养儿防老"，试图把感情为主的"孝"演变成一种家庭保障机制的时候，现代文明国家已经发展到"养国家防老"的文明程度。

从"养儿防老"到"养国家防老"

很多人以为以家庭为中心是中国的传统与儒家特色，这完全是误解。把任何一个发达国家推到几百年前，没有社会福利，没有养老制度，所有的国家与民族其实都同中国一样，也是以家庭为中心，人家也是"养儿防老"的。但人类进化到现代社会，已经从"养儿防老"发展到"养政府防老"，最终到了"养国家防老"。

"养国家防老"比"养政府防老"更进一步。我们现在正处于从"养儿防老"到"养政府防老"的过程中，大多的农村人口与弱势群体还在"养儿防老"，政府也默认（所以，竟然弄出了富裕的城市人只能生一个，相对贫困的农村人竟然可以生二胎、三胎的政策），而城市的人正在"养政府防老"。其实，我们下一步就应该像世界上大多数发达国家一样，要进化到"养国家防老"。

"养儿防老"不但靠不住，还给自己的子女戴上沉重的枷锁，把感情、亲情与爱烙上了工具与投资的印记。地球上绝大多数家庭道德与伦理悲剧都发生在中国,恰恰都是不合理与不合时宜的"孝道"造成的。西方分开上下两辈人,你是你的,我是我的,财产归财产,感情归感情,鲜有纠纷,更少悲剧。

"养政府防老"的问题在于,这个政府你得防着,他会贪污腐败,他会亏空你的钱财,他甚至把自己当成你的"父母",要求你孝顺他,却在你需要他的时候,置之不理。那么,"养国家防老"呢?那就是健全国家的福利保障制度,以高于政党与政府的法律规定,保障国民的养老与福利制度,并以社会力量取代政府力量,介入养老与福利事业,大力发展金融与保险业,发展健康的证券与股票市场。只要国家还在,社会健全,商业规则明确,哪怕政府换了,甚至一些顶层的政治制度变了,那些福利保障机制照样可以延续下去,无论你是公务员还是农民,老了或者生病了,病有所医,老有所养,而不用看谁的儿子多,儿女们官有多大,赚钱多少。

民众不是为国家而活着,国家是为人民而建立的。人类建立国家,平时能工作时,交税给他,供养一批政府工作人员为大众服务,国家是为民众而存在的。"养儿防老"不如"养国家防老"。要清醒地认识到,是国民养活了国家,而不是国家养活着民众,国家再强大,也始终是国民的"孝子",而不是相反,成为高高在上、好吃懒做、道德败坏、贪污腐败、压榨老子们的不肖子孙!

"老杨头"的非正常生活

我其实只想"救"两个人

刚刚飞回澳洲，准备陪孩子度假，就接到了老家的电话，潜伏在父亲右脑里的肿瘤开始渗血，我又立即飞"回"来。渗血的肿瘤让父亲左边的身体失去了知觉，瘫痪在床。于是，我的"家"，继6年前母亲得了白血病之后，再一次"战略转移"，从澳洲妻儿那里，转回到湖北随州，父亲的病床前。

看到父亲的样子，我感觉令人担心的事终于发生了。同死神搏斗了几个来回的父亲已不再是那个万事都有主张的一家之主，他眼中透露出的绝望让我迷茫，这同我印象中的那个历经天灾人祸依然能把我们姐弟4人拉扯大的高大形象相去甚远。

多年来对死亡的恐惧变成了现实。病床上的父亲对我说，如果全身都不能动了，他真想"安乐死"，免掉这份罪，也不想拖累后人。我们异口同声地说，想都别想，你有4个子女，你瘫痪后，我们保证任何时候至少有两个子女在你身边，充当你的两条腿。父亲黯然地说，你不会理解瘫痪在床等死的感觉。他说，他并不怕死，在"大跃进"、"文革"等多次政治运动中，他都是被迫害与批斗的对象，苦不堪言，他一生中至少三次想过自我了结，唯一把他拉回来的就是我们四个孩子的存在——为了把我们抚养大，他得活着。就这么简单，他说，你们现在都长大了，也出息了，为什么还不让我走？

"走"其实并不可怕，我们每个人都是人间过客，总有一天会"走"的。但对于绝大多数无神论者，"走"是如此的空虚与无望，对"走"的恐惧要远远大过"走"本身。尤其是父亲的性格，多年前我就感觉到他的晚年将会更加艰难。没想到，这一天到来了。

在我走遍了世界，觉得悟出一些道理时，带回了"救国救人"的良方，那是七八年前的事。所谓"救国"就是复兴中华民族，让中华民族真正崛起于世界的东方，实现民富国强。

与"救国"相比，"救人"就没那么"高尚"与"无私"了。我并没有伟大与狂妄到要去救人民于水火之中，我其实只想"救"两个人，我的父母。我想陪伴他们走过最后一段人间路，帮助他们度过死亡这个难关。战胜死亡不可能，但至少可以战胜对死亡的恐惧。

这次回来后，父亲第一次主动同我谈起了宗教。他问我信什么，有一天深夜，竟然连问我好几次：天堂是什么样子的？

这就是传说中的天堂啊

我自然答不出来，就连基督徒也无法对天堂做更具体的描述。那天我一直在思考这个问题，直到凌晨，才迷迷糊糊睡着，随后我就在晕晕乎乎之间，置身于天堂里……

环顾四周，原来天堂就是这个样子的啊，真令人惊讶。这里并不宽敞，乳白色的表面，很干净也很牢固的样子，让人感觉到置身在一个巨大的铁棺材里；这个空间里大概挤满了几百个男女老少，却没有人世间那种喧哗与吵闹：有人看电视，有人看书，有人在玩游戏，有人在窃窃私语，有人在品尝饮料，有人在吃东西，还有人在透过周围的小窗户对下面的人间张望……这就是传说中的天堂啊！

在这里，你不愁吃不愁穿，有身穿性感制服的高挑的粉嫩皮肤的美女按时给你送饭、送饮料、送酒，吃过后，你只用擦擦嘴，白净的手儿会帮你收拾干净；吃饱了，你可以到周围散步，也可以透过小窗户观察脚下的人间——透过飘浮的白云，你偶尔可以瞅见蚂蚁似的来往车辆，人这种动物小得不值一提，好在他们都和你无关；没有电报，也没有手提电话，这里的人来自五湖四海，却不会钩心斗角；更让你彻底遗忘人间的是：这里不能上网，你不必和人间沟通，更不用为那里发生的事烦恼。

只有在这样的天堂里，我才可以真正安下心来看书、思考，左右旁边的人不会打搅你，也不会扯一些你不想谈论的问题。在这种环境里，看书、思考的效率是如此之高，也许是因为这里离上帝最近的缘故吧。你思考你看书，你享受着置身人群中的孤独，于是你迷迷糊糊起来，眼皮渐渐沉重，这时"天堂"有些摇晃，你却舒服得不想睁开眼皮，潜意识里在搜寻自己正置身何处。这时，一个温柔的声音在耳边响起：先生，请戴好安全带……你被惊醒，看到一张天使的脸蛋，那双经过职业培训的迷人的眼睛正温柔地盯着你的两腿之间，你担心有什么不雅，急忙夹紧两腿，这时，空姐的声音再次响起：先生，飞机遇到气流，请你系好安全带……

这就是我对天堂的全部理解。我从小的理想就是走遍世界，走遍世界的唯一有效的工具就是飞机。有那么一段时间，我三分之一的时间就是在来往机场的路上，以及在机场与飞机上度过的。飞机，成了逃避俗事、抛开网络与手机、看书与思考的"天堂"。对于像父亲这样一生孤僻、喜欢独处，喜欢看书与思考的人，还有什么地方比高空中的飞机更能接近天堂？机舱里虽然挤满男女老少，你却不用去处理"人际关系"。在这里，贫富贵贱并不那么重要，至少在同一个舱位里，大家进来都一律平等，一视同仁，吃一样的定食，喝相同的饮料，坐在同一个马桶上……

我对父亲讲述了飞来飞去在飞机里的感觉，父亲忧伤地看着我，对我说：是我害了你。我惊讶得嘴都合不拢，问此话怎讲。父亲说，是我弄得你走上了这条路，是我影响你去关心政治，因为我，你不走"正路"，离开了在政府的工作……

我说，老爸，你又胡思乱想了，我现在过得不是很好吗？父亲叹息道，你现在过的哪里是正常的生活？你看看人家——父亲竟然拿我的一位副厅级领导干部的同学当例子，这还是很鲜见的。那位同学的父亲住院，来看望他的下级领导干部络绎不绝。据说，那位父亲因此发了一笔财，医院也对他很重视，病情好转得很快。住院后父亲发现，现在生老病死都少不了"关系"，而只有当官的人，才拥有各种关系。以前父亲鄙视各种不正当的"关系"，然而在他生命的最后这段时间，他也希望有些关系能够照顾到他。

我心里有些难过，说实话，只要愿意，只要不离开体制，这样的级别对于我这种人来说，实在并不是太难。但我在父亲的引导下，走上了另外一条路，莫非，父亲先我而后悔了？

我不后悔

这是一条什么样的路呢？其实，我本来一直都活得很轻松，更无生活压力，以前在体制内不用说了，我一直算是一位"红人"，深得领导喜欢与信任，这在中国意味着什么，不用我画蛇添足。即便现在，以我的学历与工作经验，无论在国外还是国内，都能活得很滋润。可我给人整天忙忙碌碌、飞来飞去的感觉，还让亲戚朋友为我担惊受怕。这完全是我自己的选择，或者说"自找的"。

这一切都源自我的博客，源自我在博客上的所作所为——一位反对我的网友送给我一个绰号："民主小贩"。当我发现无论是中国还是外国，都并不缺乏民主的理论与实践，缺乏的是结合二者、融合二者、通俗易懂的文字时，我决定用五六年的时间，把我的经历与所学写出来，呈现给中国大陆没有机会读上去，更没有机会走遍世界的同胞，尤其是青年人。

因此，我把本来大多数人都利用业余时间打理的博客变成了承载理想与梦想的载体。大概很难有人相信，为了有系统地从方方面面讲清楚民主制度、民主理念与中国现实之关系，这些年我付出的时间与金钱都达到了能够承担的最大限度。多年以前，我曾经只为了回答几位网友对台湾选举与游行示威的疑问，亲自买机票飞到台湾，最后只不过是为了写两篇没有人资助更没有稿费的博文。

就在陪父亲期间，我收到香港大学的信件，邀请我前往韩国首尔参加国际媒体大会。前后 4 天，发言只有 20 分钟，这种会对我没有多大意义。虽然不用自己出钱，但时间和精力还得付出。可我还是立即同意前往了。在那场世界著名媒体人大会上，我感觉到格格不入，我们在很多领域尤其是新闻与媒体领域与世界发达国家以及大多数亚洲国家不在一个层面，甚至不在同一个地球。

那天，被誉为"世界上网络最发达"的韩国的一位政治博客写手同我交流，他告诉我们他们如何在博客上展现政治宏图、传播民主理念、践行公民权利。我听他滔滔不绝，却渐渐失去了兴趣。我对他说，我不明白你们为什么需要政治博客，拉选票、造势，还是表达政治观点？——我搞不明白，你们在博客上干什么？博客，对于韩国、美国的网友而言，只不过是生活的一部分，对于我们，却是不折不扣的另外一种生活。

我去韩国不是为了这次会议，而是为了一个人，一本书，和一篇博客。我带上读了两遍的前总统金大中的口述自传《为了民主，我不后悔》（中文版，中央编译出版社），我去找韩国人聊天，询问他们对我的偶像金大中的看法，然后，写了一篇小小的不起眼的博文。

我的很多博文都是这样写出来的，并不像我留给一些读者的印象：老杨头心血来潮，打开电脑，一篇博文立等可取。读万卷书，行万里路可能夸张了，但要想在追寻民主的道路上达到"言有物，行有恒"的地步，还真得费一番工夫。

在父亲的病榻前，我翻阅一篇一篇的博文，感觉只要在几个领域再补充一些博文，我结合世界民主理念、实践与中国现实的博文就齐全了。这也算是完成了我的一份心愿。我像一个小小愿望得到了满足的孩子，心里感觉有些自豪。我最想与之分享这种满足与自豪的，就是我的父亲，但如今，连他也有些不理解我了。

有这样一件事

有这样一件事。一位有传奇经历的亿万富翁经朋友介绍找到我，希望我能够抽时间帮他写自传，或者给他的自传出一些主意，增添一些亮点。他希望自己的自传能够像我的博文一样吸引人。我请他说说自己的主要经历。

他说从 12 到 15 岁，他前后四次偷渡香港，跑到香港后从学徒做起，吃了不少苦，说到艰难处，眼睛都红了。积累了一些资本后，他回到内地做生意。讲起那段经历，他长吁短叹。他说，常常为了搞关系而对内地一些领导低三下四，像孙子一样点头哈腰。有一次饭桌上，一位管纺织品配额的官员喝醉了，为一点小事失控，顺手打了他一巴掌。他当时一下子愣住了，不过很快清醒过来，清醒后的他不但没敢生气，而且竟然不敢马上躲让，他担心那位能决定自己生意成败的领导还想顺便抽自己另外半边脸。他说，我就等他抽回来。在做生意的过程中，艰难困苦不少，这种屈辱却更让人难以忍受。

但他忍住了，所以，他的钱越来越多。他越讲越起劲，讲到自己拥有上亿资产时，看我的眼光已经没有了见面时的些许尊重。他说，杨先生，如果由你主笔，我给你30万，可以不落你的名字，但我要你把我的奋斗历史写活，还要写出我的思想。

　　我婉拒了，不是因为他的经历不够传奇，也不是他给的钱不够多，而是我认为花至少四个月写这样一本书，不得不停下我的博文写作，不值得。他听我拒绝，很是不快，又有些不解，他问我：你现在一个月赚多少钱，你现在搞这些事有什么意义？值得吗？

　　我也有些不快，心平气和地说，你应该能够找到人帮你写，据我所知，香港像你这样的富翁有好几万，大陆更是上百万，很多人都出了传记。至于我，还是写博客比较好，毕竟，世界上只有一个绰号叫"民主小贩"的博主。这位富翁离开时像看怪物一样打量了我几眼，我能够理解，毕竟在这个国度，一切都是以钱和权来衡量的。他赚了钱，就是老大，而当初他为了赚钱，对权力卑躬屈膝，也是很自然的。不自然的只有我，竟然为"贩卖民主"而瞎折腾。

　　你去看看我们的监狱，里面关押的罪犯近三分之一是因为感情问题而犯罪，另外大约70%的罪犯是因为钱财而入狱。他们为了钱贪污腐败锒铛入狱，为了钱铤而走险，甚至杀人放火，拦路抢劫、入室盗窃，但监狱里却很少有人是为了公共的福祉与幸福而入狱的。商人们会为了赚几百万、几万甚至几千块钱而忍辱负重，部长、省长级领导可能会为了赚几百万而作奸犯科，抛弃理想，也背叛国家，但是却很少有人能够理解少数人为了国家与民族，为了大多数人的福祉而"铤而走险"，不惜身陷囹圄。

人为财死，鸟为食亡，为个人的权力与钱财拼搏没什么不对。但人和鸟类等动物不同的地方在于，鸟儿永远不会为了对付捕鸟人而结成联盟，人类知道为了共同的福祉与解放而奋斗。一个民族一个国家，总得有一些为了整体利益而"铤而走险"的人。否则，这个民族就没有希望。

父亲的高考，我的梦

那是 1983 年 7 月下旬的一天，父亲像往常一样，顶着炎炎烈日在湖北随县天河口公社的一条小河里打鱼。从远处看，父亲不像一位因病早退的知识分子，他瘦削的躯体在河边跑来跑去，让人感觉有些干瘪，已经挤不出汗水了。他拎起渔网，微微侧身，然后猛然旋转，同时甩开膀子，那网就在空中散开，轻轻落在小河里。那时物质生活虽然不丰富，但小河里还有水，也有鱼。我小时候几乎每个星期都能吃几顿小鱼儿。

父亲收网时，两手轻拉细绕，小心翼翼，盯住河面，见到黑色的渔网中有白色的鱼儿肚在闪，他的双眼也发亮了。这时，父亲是不许我们发出声音的，好像落网的鱼儿还能跑了似的。我们都知道父亲的规矩，但那天，当他正在收网时，我大哥气喘吁吁地从河埂上跑过来，父亲停下来，缓缓直起腰。大哥把一封信递给他。父亲先把手在衣服上擦干净，才接过信，打开，扫了一眼，停了一下，又扫了一眼，然后说了一个字：走。

后来大哥告诉我，父亲三下五除二地扯起渔网，往肩膀上一甩，迈开大步就往回走——大哥说，不是"走"，是"跑"。后面的情节可能有些夸张，但大哥坚持说是真的。他说，父亲一边走，小鱼儿一边从网中落在地上，活蹦乱跳……那一天我们没有鱼吃，听他这样描述，都像猫一样咂着嘴。

哦，对了，那封信是大哥骑自行车跋涉了40公里山路从随县（随州市）专门送过来的，是我的高考录取通知书。看到录取通知书，我倒没有什么兴奋，只是感觉到，父亲应该高兴了。高考，与其说是我的，还不如说是父亲的。49年前中专毕业的父亲，最大的愿望就是孩子中有上大学的。但在"文革"期间，这几乎成了不可能。眼看着姐姐和两个哥哥都去了中专，父亲把家族最后的希望放在了我身上。

在备战高考的最后一年里，父亲从所在的公社（乡镇）来到县城，用500元钱买了一间能摆下一张床的小房子，在门口支起煤（炭）炉子，让我每天放学回"家"，他开始照顾我的生活起居，给我做饭洗衣服。当然，父亲偶尔还会不失时机地鼓励、刺激一下我。父亲说，改变命运，只有高考！看我对"命运"有些冷漠，父亲又说你想到大城市，想到国外看看吗？唯一的途径，就是高考！！

我看着父亲点点头。其实，父亲有所不知，我当时对大城市与国外并无概念，也没多大兴趣，真正激励我努力学习的是我感到只要考上重点大学，就有"资本"去追求几位吸引我的初中与高中女同学。我这人性成熟比较早，小学五年级就胡思乱想了。

当然，也有来自反面的刺激，那就是母亲正积极为我准备接她班这件事。这也是我们那些"吃商品粮"的落榜考生的唯一出路。

还记得母亲和同事们拿起我的手，赞叹道，这手指真细长啊，太好了。听得我毛骨悚然。母亲是乡里的妇科医生（接生婆），我考不上大学的话，只能接她的班，当一名男妇科医生。这样的话，我细长的手指就能派上用场，方便在当时医疗条件下伸进女性的阴道里把孩子扯出来……

为了不当男妇科医生，为了有"资本"追到我羡慕的女孩子，我只有一个选择：考上大城市的重点大学。后来的情况是这样的：我考上了大学，等参加工作再回到家乡时，发现我暗恋的那些女孩子早就结婚生子了。唉，人生啊！如果我没考上大学的话，那第一个解开同桌女生衣扣的一定是我啊，而且，我还可能为她们接生……想一下，也并不是那么难以接受嘛。

高考改变了我的一生。上个世纪80年代，小河里还有鱼，大学毕业还基本上是按照成绩与在校表现实行分配，还算是公正。我毕业后进入国家机关，从上海到北京到香港，也多次出国并一路走到今天。虽然对高考有诸多不满，并把儿子送到了国外（就是为了让他不再遭受高考之虐），但高考确实是我们这种普通家庭的孩子向上的一个阶梯。

当时的高考，寄托了无数普通中国父母对孩子们孤注一掷的希望。我们的高考，就是父母们的"中国梦"。父亲看准了这点，几乎把自己全部投入到我的高考中，有时看他紧张和忙乎的样子，我怀疑参加高考的是他而不是我。父亲坚信，只有高考才能实现我的"中国梦"，只有实现了"中国梦"，才能实现"出国梦"。父亲当时还不知道，"出国梦"之后是"美国梦"。

距我的高考已经30年了，考试还是那样严格，竞争还是那样激烈，表面是考学生的，实际上每年的高考都是父母们的高考。然而，不知不觉间，高考也有了一些重要的变化，有了出国的机会，高考不是唯一的出路。从不包分配到扩招，原本都是增加选择的机会与扩大教育范围，也是其他发达国家的先进经验，怎奈我们的体制诸多弊端，失去了公正、公平，高考渐渐走样、变味。无法实现梦想的高考，快要沦落为对孩子的纯虐待。

我们眼睁睁看到：滥竽充数的越来越多，一度"大学生"同"公知"一样，竟然成了用来讽刺人的词儿；好不容易毕业了，却面临失业；好不容易找到工作，却发现只有努力忘记学校那些没用的知识，才能适应这个糟糕的社会。不过，更糟糕的是：像我父亲那样全力帮助孩子备战高考、实现理想的父亲被"我爸是李刚"代替。如果说上世纪80年代选拔人才总体上还是按高考成绩与表现，那么现在则更多的是靠关系，靠有一位好爹或者干爹。君不见最近连日曝光的那些坐直升飞机提拔起来的"官二代"？碾碎了多少父母们的希望与学子们的努力？

多年后，那个激动得连鱼儿也不要的父亲，也一步一步在现实的教育下"清醒"过来，他不再对孙子辈的成绩关心，常常对中国的教育长吁短叹。有一次，他有气无力地对我说，如果国外真像你说的那样好，还是靠本事吃饭，把他们（孙子）都弄出去吧。

父亲已经在今年初永远地离开了我，我没有来得及问他老人家，如果我在这个时代参加高考，您还会全力投入帮我通过高考实现自己的梦想吗？但我想告慰父亲在天之灵，追求公正、公平的社会，就是我的梦。这个梦，源自于您。

很抱歉在高考的前两天，写出这样的话，但愿我的文章不会影响你的高考成绩，不会影响你的高考梦，或通过高考实现的"中国梦"，容我再啰唆一句：无论有没有高考，无论你是否考上，都不要忘记在你的"中国梦"里，加上公正、公平！

悼念父亲

各位亲朋好友，各位来宾，在这个寒冷的日子里，你们赶过来，同我们姐弟一起，送别父亲。让我们在丧父之余，感觉到分外温暖。

父亲生于 1928 年，经历了民国统一、抗日战争、国共内战、中华人民共和国成立、反右、三年大饥荒、"文化大革命"与改革开放，86 个春夏秋冬，86 年的风风雨雨，斗转星移，沧海桑田，唯一不变的是父亲对子女的爱，对家乡父老乡亲的牵挂，以及对国家与社会的关心。

父亲于 2013 年 1 月 4 日永远离开了我们，正如他老人家选择的这一天 201314 的发音一样，"爱你一生一世"，父亲给自己的人生画上一个句号，也用自己的"一生一世"向我们这些晚辈展示：什么是爱，以及如何用他自己的一生一世去爱。

父亲爱我们。记得在无数个如此寒冷的夜晚，是父亲的大手牵引着我们，温暖了我们，伴随我们一路走来。在风雨如晦的日子里，父亲同母亲一起克服重重困难，抚养我们长大，教育我们成长。父亲教导子女无论做大事还是小事，无论做生意还是做官，首先要学会做人。从我们咿呀学语，父亲教我们说话；从我们蹒跚学步，父亲带我们走路。父母的恩情如海深，父爱如山，此时此刻，千言万语也无法表达我们对父亲爱戴的千万分之一，千言万语只化作一句轻轻的问候：爸爸，你是我们心中的英雄，但您累了，一路走好！谢谢你，爸爸！！

父亲心里最放不下的就是生他养他的家乡，最让他牵挂的就是家乡的父老乡亲，尤其是杨家的子孙后代。他关心家乡的建设，关心老家的生活状况，尤其对青年一代的教育，他费尽了心血。直到在他人生最后的时刻，他还在询问家乡有多少孩子考上了城里的高中，有多少孩子没有钱继续读书、深造。父亲对家乡父老乡亲的关爱，是后代们学习的榜样。

父亲是一位普通的人，但他对国家与社会的关注与爱，却一点也不普通。父亲常常告诫我们，搞好自己小家庭的同时，一定要关心社会，关注国家大事。只有社会健康了，国家强大了，老百姓才能真正过上幸福、和谐的生活。父亲同情弱势，反对强权，一生不屈不挠，从没向邪恶低头。父亲堪为世人楷模。

父亲的家、国情怀，尤其是同母亲半个世纪的相濡以沫，会永远激励我们去爱、去追求。如今，父亲追随母亲而去。如果云端上面是天堂，我相信，父母已经在天堂最美丽的房间相会；如果地上有丰碑，相信我，父亲的丰碑将会高耸入云。

爸爸，安息吧，我们将会继承您的遗志，薪火相传，不负杨家，不负国家，不负您给予我们这一生一世！

爸爸，我们爱您，一生一世！

启蒙者——父亲杨新亚

　　飞机在悉尼机场降落。儿子开着挂 P 牌（新手驾驶）的车来接我。上车时我习惯性地对他说，我来开吧。儿子没有习惯性地递给我车钥匙，自己坐上了驾驶座。看着身边开车的儿子，我突然有些伤感起。多少年来，无论是在父亲身边，还是和儿子一起，我都一直扮演驾驶者的角色。如今，父亲离我而去，儿子也会自己开车了。

　　这次待多久？儿子问我，我却不知道如何回答，过了一个红绿灯后，他又问，这次什么时候回去？我这才回过神来，问他，回哪里？这次，轮到儿子没明白我的问题。我说，这不回来了，我的父亲、你的爷爷走了，今后，"回去"的目的地只有这里。

　　2006 年 7 月 23 日的一个电话，改变了我的人生。得知在中国大陆的母亲得了白血病后，我决定辞掉必须坐班的工作，把自己的时间和人生一分为二：一半放在老婆孩子这边，一半放在父母双亲那边。在海外赚钱容易，到父母身边也没有其他的事，就是陪他们聊聊天，开车带他们去吃饭。无聊的时候，就上网。也因此，中国多了一个网民，还弄了个"民主小贩"的绰号。

母亲 2007 年去世后，父亲也于去年底追随她而去。我的人生好像又面临改变，不过，正如听到我对"回去"的解释后满脸狐疑的儿子一样，我自己也拿不准，我是否还能回到原来的人生？

我曾经问父亲，你为什么给自己取名叫"新亚"？父亲满脸沉重地说，他生活在内忧外患、日本侵华的时代，期盼一个和平环境与一个新亚洲，是当时大多青年学子的愿望，他又是特别活跃的一位青年学子，立志报国，要有一番作为。这位"青年学子"后来的人生充满艰辛，历经风波，最后连性格也变了，变得意志消沉，沉默寡言。

沉默寡言的父亲是我的启蒙者。他对我的启蒙是从小学五年级开始的，那年恢复了高考。这之前，父亲从来不管我的学习成绩，身为教师的他心知肚明，成绩不能决定今后是否可以上高中、保送大学，反而可能会"知识越多越反动"。

高考恢复后，父亲好像突然寻得了生活的目标。从小学五年级到初中一年级，两年时间，父亲竟然亲自辅导我读完了《聊斋》与《史记》。父亲 50 多岁就"病退"了，后来我才知道，虽然身体确实不太好（下放劳动时折腾坏了），但也不至于需要"病退"，他病退的目的，就是为了在家照顾我，辅导我这唯一的一位学生。我考上大学那一天是父亲最开心的日子。

现在回想起来，父亲对我最早的"启蒙"是他对鲁迅的评价。当时的课本里，鲁迅的文章无处不在，且被拔高到仅次于毛泽东的文豪与革命家的地位，但我发现父亲总是对鲁迅的文章不屑一顾。他说鲁迅只会骂，且专门挑选不会修理他的国民党骂，他既不骂日本，也不骂共产党。父亲让我多读其他作家的作品，还有文言文作品。多少年后，当我写了一些评价鲁迅的文章后，我才想起来，我文章中的有些观点，就是父亲早在30多年前灌输给我的。

父亲对我的启蒙主要是他对我讲述的1949后毛泽东时代的政治与社会历史，这些知识使我在认知上比同龄孩子早熟一些。父亲讲的很多内容在后来我出国后，从海外的书籍与文章中才读到。生于1928年的父亲，对这些的认识我至今还没有见到有几位学者能及，只是父亲在向我"启蒙"时，一再告诫我：你自己知道就可以了，千万不要到处说。父亲脸上的恐惧表情让我感到害怕。父亲后来的座右铭早就不再是改变世界，更不是为建立"新亚洲"而读书与奋斗，他常常说：一个人，要活得明白。

父亲对我最大的一次"启蒙"，不是教我读书，也不是给我讲历史，而是我永远也忘不了的那个眼神。大学毕业后，我被分配到北京外交系统工作。不久，我发觉这个工作太死板，主动要求调到了保卫国家安全的部门工作。此事我并没有同父亲商量。那年春节探亲，我特意穿上了一套警服。父亲看到后，以为我在闹着玩，说，哦，在哪里借的那制服？我说这是我的。

父亲知道我换了工作，一直闷闷不乐。晚饭后我同他聊天，告诉他，我不是和某某（我们的一位亲戚）一样的警察，我是保卫国家安全的，是对付真正危害国家安全的国家的敌人，我是"更高级的警察"。父亲突然打断我说，我知道你是干什么的，你会告发我吗？你会告发自己的亲戚朋友吗？你会像"文革"中那些打小报告的人一样吗？

我很惊讶，抬头匆忙一瞥，碰上父亲的目光——那个眼神我一生都忘不了，那是一种夹杂了无奈、悲哀、生气与鄙视的目光，那目光直刺我内心。父亲的眼神与几次眼泪（见《父亲的眼泪》）是不苟言笑的父亲留给我最深的印象。虽然我反复向父亲解释我的工作，但他后来一直回避这个话题。这成了隔开我们父子之间的一条无形的鸿沟。

为了能活得明白，父亲要求到香港去工作的我，每次回到大陆一定要给他带各种政治、历史的书与杂志。上个世纪90年代，在家没什么事的他几乎把港澳台出版的相关书籍都看遍了。而我根本没有时间看，也不太感兴趣，每次回来，他都抓住我，和我讨论那些书里的内容，说这本如何如何好，那本有点"胡扯"。无形中，又给我灌输了不少东西。有一次我对父亲说，你应该把自己的经历与认识写下来，估计比这些书还精彩。父亲立即警觉起来，说，祸从口出，我不写是为了你们，活得明白就可以了。

父亲失算的一件事是：退休后的他可以"活得明白"而什么也不做，可在他全身心启蒙与影响下长大的我，一旦明白过来，又怎么可能若无其事、一如既往地生活、工作下去呢？父亲可以活得"独立"，与世无争，对专制和贪污腐败都深恶痛绝，靠退休金和子女的资助生活下去，可是，我呢？明白过来的我，又怎能与专制、腐败共舞？

多年后，父亲终于看到了自己犯下的这个"错误"，看到了自己"启蒙"的结果。当我受到父亲最早的启蒙，根据自己的经历与认知，终于选择了一条少有人选择的道路后，父亲惊讶得目瞪口呆。

很长一段时间，他几乎都不敢相信，我竟然选择了这样一条路，一条和他的"启蒙"脱不了干系的路。

当我反过来安慰受惊的父亲，并开始"启蒙"他时，父亲的心情一定非常复杂，我能感觉到那是夹杂着高兴、紧张、恐惧与后悔的心情。父亲希望我活得明白，但希望明白后的我能学会保护自己和家人，最好能够远走高飞。他怎么也想不到，我竟然会走上这样一条路。

父亲想不到我选择这条路的另外一个原因是，父亲根本不相信地球上有这样一条路。严格地说，父亲对我的启蒙并没有完成。无论父亲看了多少书，无论他对专制有多么深刻的认识，我发现，他始终存在一个严重的问题，那就是他根本不相信中国能够彻底走出几千年的专制制度，他甚至不相信这个世界上已经有一种叫宪政民主的制度，可以彻底埋葬专制制度。因此，从一开始，父亲对子女的要求就是：活得明白，不要助纣为虐，能躲就躲起来，能走就走得远远的。

2006 年我回国后，被启蒙者变成了"启蒙者"，可无论我怎么讲，父亲还是不能接受现实，并且开始为我担惊受怕。严重的时候，他甚至开始批评我"不务正业"，他希望我赶快"回去"，继续过国外中产的富裕生活，不要管他，也不用常回来了。听到父亲这样对我说，我多少有些迷惑与伤心。启蒙我走上这条路的父亲，开始担心我在这条路上走得太远。他不知道，我走到今天这一步，大部分是因为他的教诲，因为他的那个眼神。当初那个眼神对我的影响到底有多大，我说不清楚，但我知道，在这个世界上，就算活得再潇洒与富裕，却让父亲用生气与鄙视的眼神看你，又有什么意义？

可是，我理解父亲。尤其当我自己变成了某些青年网友口中的"启蒙者"后，我越发理解父亲。因为对我的青年读者来说，我几乎怀着父亲对我一模一样的心情：我想让他们明白，但我又时刻担心他们明白到去采取行动。这样的心思多次在我的文章中流露，以致有些读者看出来后，说我软弱，是变色龙。我承认，这是我的缺点，也是我无法超越父亲的地方，我继承了父亲的这一"缺点"，虽然我比父亲勇敢。我只希望，受我影响的人也能走出自己的路。

父亲不上网，但在生命的最后几年，也陆续从我的一些读者口中知道了我的所作所为。在父亲病重期间，先后有二十几位素不相识的读者前来看望他，虽然我在网络上声明不要读者来看望他，但内心里我还是希望一些读者能够来，因为这是活了半个世纪的我唯一能够送给父亲的"安慰"与礼物，让他临走前为他启蒙的儿子感到哪怕一次的自豪。

有一次病榻上的父亲对我说，如果我当时不受他的影响，能一直在政府工作，以我的聪明与才能，应该能让他住进更好的病房里，也会有成群结队的"单位"的人去看望他；如果他不老是给我讲政治，我可能像某亲戚一样去做生意，肯定已经是富翁了，他可能会有更多的钱治病；如果……他停下来，突然问道："昨天来看我的网友真是自己找来的？不是你安排的？"我说，不是我安排的，我还拦下来一些。父亲问，你有多少读者？我说，你影响了我一个，我影响了大概上千人吧。父亲若有所思地自言自语道，他们真受了你的影响？他们不害怕吗？

当时我一时不知道如何回答父亲，后来想起来，很想找机会对他说，你当初对我启蒙时，其实也把一种对专制的恐惧深深植进我的内心，我最终还是克服了恐惧。我的读者自然也可以啊。然而，我再也没有找到机会对父亲说，父亲永远离开了我。

父亲的葬礼上，又有十几位网友过来和我一起送别他。在这里，我要对你们深深说一声感谢。尤其值得一提的是，就在父亲葬礼举行的那天早上，第一位来吊唁父亲的是我的同龄人。他看到消息后，连夜从外省赶过来，为了不碰上其他人，一大早第一个过来表达对父亲的尊重。他一直读我的文章，并在自己的圈子里传播。临走时，他给我看了自己的身份证与工作证。他在某省公安厅工作，是一名国保警察。

当时，我的启蒙者——父亲杨新亚，他的灵柩就在旁边，虽然他再也无法发声，但我真希望他能看到这一切，也能原谅我这位不肖之子没有能够对他尽孝。

黑眼睛看世界：先做人，再做事

在一次通过微信平台发送的"床上谈话"中，我谈了一分钟的性格与人生，没想到，那天收到的回复远远超过我谈政治话题，不少人同我讨论起性格。可见被"性格"困扰的不止我一人。这些年，接触的人越来越多，有志同道合的，也有貌合神离的，还有水火不容的，久而久之才发现，价值理念、政治观点等等这些东西很容易分辨，也可以说清楚，自然也就无法困扰我。而我对人性也有自己的认识，不会陷入其中而不能自拔，可唯独在同各色人等的具体交往中，一再被一些人的为人处世，或者他们的性格，弄得很郁闷。

这些年，我在追求自己的理想过程中，来自任何反对我的力量，包括武装到牙齿的公权力，都从来没有让我灰心丧气过哪怕片刻，而确实有几位宣称"志同道合"的读者与"朋友"的表现，让我曾经想打退堂鼓。过后冷静下来分析，我和他们之间应该不是什么政治观点上的差异，也许仅仅因为他们不喜欢我的性格，或者他们自己的性格有问题。

更糟糕的是，我说的这种交往，并不是在现实生活中，而是存在于网络上。现实中，我活了这么大把岁数，接触了各色人等，几乎没有一个反目成仇，或者结下怨恨的。网络就不同了，我常常遭到一些不认识的网友的人格侮辱与攻击。网络好像可以放大人性格中的缺点，一些在现实中都无法遇到的"人"，网络上比比皆是，例如一言不合就破口大骂的，在当今现实中国，已经不多见了。

这样的事发生多了，不由得我不内省，开始关注自己的性格优点与缺陷，也购买一些谈论性格的书来看。记得曾经阅读一本介绍各类性格的书，那书把人的性格分成九种类型，宣称只要是人，就一定属于其中一种，而且入坟墓之前，你是无法改变自己性格的。于是，当我真发现自己属于其中一种，又读到那种性格的诸多缺陷时，几乎陷入了绝望之中。难道我身上要永远带着这类性格缺陷一路走下去？我自己倒无所谓，可我都给自己的朋友造成了多少困扰啊！

很少有人敢于正视自己性格中的缺陷。现实中，你看到周围的人一般都会谦虚地说"我这人心肠太软"之类的暗夸语句，很少听人说"我这人嫉妒心很重"。认识自己的性格缺陷只是第一步，下一步就是如何改变自己的性格缺陷。

人性是无法改变的，一个人的世界观与政治观点却可以改变，那么介于这二者之间的"性格"呢？那天，很多朋友给我发信息说，性格无法改变，例如脾气暴躁的人，最多暂时压抑着不发火，可压抑久了，爆发起来可能更激烈。也有不少听众给我发来微信说，他（她）正在努力改掉性格中的一些不太好的东西，还希望同我交流。

从我对周围朋友的观察来说，我认为任何一种性格都包含优点与缺点，你是不可能拥有所有性格优点而没有缺点的，包括我看的那些讨论性格的书，从来没有说有一类只有性格缺陷而无优点的人。例如，脾气暴躁与性格温和，乍看上去，所有的人都喜欢后者。可你知道不，脾气暴躁的人往往也是热情大方、爱起来爱得你死我活的那类人。而有一种"性格温和"的人永远无法深爱除自己之外的任何一个人，和他们在一起，你的爱情可能会像温吞水一样，一辈子都达不到高潮。

同样的道理也可以用在追求政治理想上，大家每天都在说，我们需要温和理性的人，不需要偏激的人，这一点可能是共识，我也赞同，尤其是需要"温和"的人一点一滴推动社会进步，需要"理性"的人耐心地构筑美好未来，极端性格的人往往"成事不足、败事有余"。可是，在对"温和"与"极端"的认识上，你自己也不能太"极端"，各位不应忘记，历史上很多重要的变革的导火线都不是那些"温和理性"的人能够点燃的。而每一次冲在社会变革前面的，往往是一些性格"偏激"的人。

然而，追求政治理想与平时待人接物毕竟不同，如果不加区分，偏执的为人可能严重影响你在政治上的激烈追求，让你到头来白忙乎一辈子。尤其在资讯透明的互联网时代，别以为你政治正确，还敢勇敢地登高一呼，就一定会一呼百应。有时大家对你敬而远之，不是因为他们不赞成你的政治主张和追求，而是不认同你的为人。很多人就因为自己的为人与性格而损害了他们孜孜以求的理想与追求，让人扼腕叹息。

因为性格的双重性，所以我不会说讨厌某一种性格而喜欢另外一种。和他人交往中，意识到他人身上哪些性格是你喜欢的，哪些是让你难以忍受的，然后对照自己，效仿长处，避免短处。如果你有恒心，不忘自省，这可能也是改变你自己性格的最好方式。有人说，那不叫改变，那只能叫压抑性格中不好的东西。但如果性格真如你所说的无法改变，是否可以压抑更久一点？例如压制一辈子？这样可能就是一种改变吧，毕竟没有人会从死人身上抽取DNA来验证他是改变了性格基因还是压制了一辈子。

我个人认为性格是可以改变的，尤其对一些意志坚强、心怀理想并试图在此生中做一些大事，例如要改变世界或者改变他人的人来说，先改善一下自己的性格应该不难，而且非常必要。一个人，随着阅历、知识的增加，眼界的拓宽，以及世界观的变化（成熟），都可能调整甚至改变自己的性格。宗教信仰与个人修养分别是东、西方陶冶性格的最有效的办法。西方的宗教律条与中国传统道德对修身养性的要求，对一些从事政治与其他公众领域的人物改变自己性格中的缺陷，有无法取代的作用。

但这一切，都有一个前提，那就是你必须认识到自己的性格优势与缺陷，对于那些根本不愿意自省，从来不反思自己的人来说，改变自己的性子是不可能的，他们永远在抱怨别人。例如，有少数以唤醒民众的"启蒙者"，事没做多少，文章没有写几篇，甚至连他自己都没有搞明白一些基本的道理，满嘴就会抱怨民众是"奴隶"，不知不觉间，他们就把自己当成了"奴隶主"。

我自己也是活到这个年岁，经历了这么多才终于意识到做人甚至比做事还重要。年轻时热衷追求钱财与地位，觉得很刺激，成熟一些后发现追求知识与真理更有意思，更有成就感。而到了现在，则越来越认识到，做人比什么都重要。做人最重要的就是认识自己性格中的缺陷，改变或者改掉缺陷，发挥性格中的优点。我给自己也定下了一条时常反省的座右铭：先做人，再做事。

现在，我把这句话也送给你，如果你还年轻，无法做到"先做人、再做事"，那至少要记住这句话，在做事中不忘记如何做人。

谢谢。

后记

或许是我多年的从医生涯，目睹过太多人间的生离死别，那种生命将逝时的恐惧迷惘，那种失去亲人时的悲戚哀伤，袭倒过多少英雄豪杰、才子佳人。无论你的人生多么得意，无论你的经历如何辉煌，当面对死亡的时候，人类总是显得那么脆弱和渺小，甚至，不及一朝珠露，难敌一叶秋霜。

根据国家统计局的相关数据，每年全国死亡人口大约890万人，面对这些逝去的生命，少有人愿意掀开那层神秘的幕布，走进幽深的生命隧道，直面死亡，探求死的意义，追寻生的真谛。哭过、痛过，那个冷寂的角落，却仍然被人们忽略着、回避着。于是，杨恒均来了。或许，人生的厚度无法丈量，但，生命的价值却是可以探求的。

我从最初读到杨恒均至今，多年来一路走来，熟谙他丰厚的学识，辽阔的视野，博大的胸怀，敏锐的视角。从他的著作《家国天下》《黑眼睛看世界》和诸多博文中不难发现，杨恒均辨析透彻，轨度精深，看问题的高度、深度、广度，都堪为当今先进，引领着一代人的思潮。杨恒均的所思所想、所作所为，透露出强烈的社会责任感和历史使命感，有目者共睹之，有耳者共闻之，乐观、理性、豁达，充满信心和力量。

本书却让我们看到了杨恒均的另一面：细腻、感性、重情，上部写母亲病逝前后的细节，下部是关于情感的记忆，着力诠释了他对生的理解，死的探究，爱的感悟，促使我们思考人类那个永恒的疑问：我从哪里来，要到哪里去？人，为什么活着？透过模糊的泪眼，让我们听到来自心灵深处的泣诉和关怀的福音。

儿时的记忆是清晰的和深切的，同为60后，相似的家世背景，很容易理解杨恒均所经历的一切，那些远去的喧嚣，那些熟悉的身影，那些人和那些事，曾经拥有的和失去的，都感同身受。

在我们这一代人身上，背负着太多的时代烙印，那些曾经的遭遇，是让它成为前行的羁绊，还是成为改变的动力？我们的梦想、追求，伴随着生活的研磨，究竟还所剩几许？我们年轻过，经历过，我们承袭着先辈的精神，担当着开拓未来的责任，我们还必须要在这样一个风云变幻的年代里，学会如何用心灵去感受人生的冷暖，去面对命运的碰撞。

时代需要有人来负起巨轭，社会需要有人来担当道义，亲人需要我们的安抚，朋友需要我们的慰藉，而那些将逝的生命，更需要我们的关怀、救助和爱。

被需要着，就是幸福的。

回看年轮的痕迹，停下匆忙的脚步，在浩如烟海的文字长廊中，这本《伴你走过人间路》与我们不期而遇。理解生的意义，消除死的恐惧，填补临终关怀的空缺，这本书试图打开一扇门，让逝者魂有所寄；安放一席茶座，让生者情有所依。经过爱的包扎，抚平伤口，拾掇起心情，继续我们的路。

佛家解释生死，前世来生，轮回不息；道家追求长生不老，福如东海长流水，寿比南山不老松；基督教解释生死，前生带来的罪，一世的苦修，换来死后的天堂。无论如何，生命是有限的；无限的，是爱。有爱，生就不会荒凉，死就不再可怕。拥抱爱，直面死，探求死的意义，是为了让活着的人更加珍惜亲人，珍惜生命，生活更美好。

我相信人心是相通的，我相信生命的温度是可以测量的，冰冷的灵魂是可以回暖的，我还相信：生老病死，你都不是孤独的，你也不是被忘记的，更不是被抛弃的。亲在，爱在，亲不在，爱还在，这里有人与你同呼吸；生，有爱，死，亦有爱，这里有人与你共命运。书里这些文字，字字出于本心，鲜活灵动，情真意切，曾经深深打动过我，时而泪流满面，时而惬意满怀，时而心痛如绞，时而会心一笑：读《伴你走过人间路》的日子里，就这样丢了魂。

请别忘记：有人与你——同在。

是为后记。

曲阳竹子

2013 年 10 月，北京

（京）新登字 083 号

图书在版编目（CIP）数据

伴你走过人间路 / 杨恒均著 . —北京：中国青年出版社，2013.10
ISBN 978-7-5153-1979-7

Ⅰ . ①伴… Ⅱ . ①杨… Ⅲ . ①散文集－中国－当代 Ⅳ . ① I267

中国版本图书馆 CIP 数据核字（2013）第 244574 号

特约编辑：曲阳竹子
责任编辑：吴晓梅
装帧设计：瞿中华

出版发行：中国青年出版社
社址：北京东四 12 条 21 号
邮政编码：100708
网址：www.cyp.com.cn
编辑部电话：（010）57350521
门市部电话：（010）57350370
印刷：三河市君旺印装厂
经销：新华书店

开本：880×1230 1/32
印张：12.625   插页：8
字数：260 千字
印数：12001-17000
版次：2014 年 1 月北京第 1 版
印次：2014 年 1 月河北第 2 次印刷
定价：36.00 元

本图书如有印装质量问题，请凭购书发票与质检部联系调换
联系电话：（010）57350337